Peter Carey

Theft: A Love Story

〔澳〕彼得·凯里 著　张建平 译

偷香窃爱　一个爱情故事

上海译文出版社

前言

彼得·凯里（Peter Carey, 1943—　）是当代澳大利亚文学的领军人物，是继民族主义文学奠基人亨利·劳森（Henry Lawson, 1867—1922）和现代主义文学巨匠帕特里克·怀特（Patrick White, 1912—1990）之后的又一位文学大师，被誉为"澳大利亚最有才华和最令人激动的作家之一"[①]。迄今为止，他出版的十部长篇小说、两部短篇小说集和五部非小说作品，已被翻译成二十多种文字，屡获国内外文学大奖——两次布克奖，两次英联邦作家奖，三次迈尔斯·富兰克林奖，是世界上仅有的两次获得布克奖的三位作家之一。另两位分别是南非作家库切（2003 年获诺贝尔文学奖），以及英国作家希拉里·曼特尔。有评论家预言，凯里将是诺贝尔文学奖最有力的竞争者。

凯里生于墨尔本市郊小镇，父亲是通用汽车公司的推销员。凯里曾就读于蒙纳什大学，学习有机化学，后因一场交通事故，未及毕业便去从事广告设计工作。在这期间，他结识了作家巴利·奥克利和莫里斯·卢里，开始接受文学创作的熏陶，阅读了贝内特、贝娄、纳博科夫、凯鲁亚克和福克纳等人的实验性作品。1967年，带着对国内环境的失望和对朋友奔赴越南战场的忧伤，凯里离开澳大利亚来到欧洲，寄希望于得到欧洲文化的滋润。在欧洲，他周游各国，不断积累素材，但大部分时间侨居伦敦，靠写广告谋生。闲暇之余，精心创作，小说《寄生虫》（*Wog*）就是在此期间完成的，但因该小说大胆前卫，出版社拒绝出版。1970年，凯里回到澳大利亚，着手创作短篇小说。1974年，他结集出版了短篇小说集《历史上的胖子》（*The Fat Man in History*），一举成名。1990年应纽约大学之邀，任住校作家，目前常住纽约。

凯里的主要作品有短篇小说集：《历史上的胖子》(1974)、《战争的罪恶》（*War Crimes*, 1979）；长篇小说：《幸福》（*Bliss*, 1981）、《魔术师》（*Illywhacker*, 1985）、《奥斯卡与露辛达》（*Oscar and Lucinda*, 1988）、《税务检查官》（*The Tax Inspector*, 1991）、《特里斯坦·史密斯不寻常的生活》（*The Unusual Life of Tristan Smith*, 1994）、《杰克·迈格斯》（*Jack Maggs*, 1997）、《凯利帮真史》（*True History of the Kelly Gang*, 2000）、《我的生活如同骗局》（*My Life as a Fake*, 2003）、《偷香窃爱：一个爱情故事》（*Theft: A Love Story*, 2006）、《他的非法自我》（*His Illegal Self*, 2008）、《主仆美国历险记》（*Parrot and Olivier in America*, 2009）、

---

① Hassall, Anthony J. 'Preface'. *Dancing on Hot Macadam*. 3rd ed. St Lucia: University of Queensland Press, 1998.

《眼泪的化学》（*The Chemistry of Tears*，2012）和《失忆症》（*Amnesia*，2014）。其中《奥斯卡与露辛达》和《凯利帮真史》获布克奖，《杰克·迈格斯》和《凯利帮真史》获英联邦作家奖，《幸福》、《奥斯卡与露辛达》和《杰克·迈格斯》获迈尔斯·富兰克林奖。

凯里的文学创作从撰写长篇小说开始，但却因短篇小说而声名鹊起，成为澳大利亚新派作家中的代表人物之一[①]。他的第二部短篇小说集《战争的罪恶》出版后，赢得了广泛赞扬，人们认为他的作品使澳大利亚小说为之增色，称他为具有国际色彩的作家，"终于使澳大利亚脱离顽固的狭隘地方主义角落"，走向"新的广泛性和复杂性"[②]。他的作品怪诞、幽默，具有寓言式小说和科幻小说的特征。小说里的人物往往是极为孤立的个人，面对强大的社会制度感到无能为力，常落入现实的陷阱而难以自拔，生动地表现了现代人所处的困境。[③]

凯里的长篇小说总是激荡着历史的回声，分别从民族叙

---

① 七十年代初期，澳大利亚文坛出现了一批无视文学传统、刻意标新立异的青年作家。他们的文学见解与众不同，他们的作品无论在内容还是形式上，都迥异于此前的传统现实主义文学和怀特派文学作品，所以被称为"新派作品"，其作者为"新派作家"，而又因为他们大都居住在悉尼市内的"巴尔门"地区，故名"巴尔门派"。见黄源深，《澳大利亚文学史》，上海外语教育出版社，1997年，第398页。

② Kienan, Brian. 'Introduction' *The Most Beautiful Lies*. Sydney：Angus and Robertson，1977.

③ 黄源深，《澳大利亚文学史》，上海外语教育出版社，1997年，第402页。

事、帝国远征、殖民文学、历史记忆和文化霸权等方面探求了澳大利亚的民族心理，以及与英、美帝国之间错综复杂的关系。也正由于此，他被誉为澳大利亚"民族神话的创造者"[1]。"丛林哥特式小说《魔术师》是一曲'澳大利亚之歌'"，[2]"……可以与帕特里克·怀特的《沃斯》相媲美。"[3]《奥斯卡与露辛达》被美国时代杂志评为"最优秀的小说之一"，[4]再现了基督文明与土著文明的冲突。《特里斯坦·史密斯不寻常的生活》是凯里"了不起的成就，把虚构的世界描写得惟妙惟肖，如同魔法一样。"[5]《杰克·迈格斯》"虽说是旧瓶换新酒，但这新酒更让人心醉"。[6]《凯利帮真史》出版后更是好评如潮，《纽约时报》认为："彼得·凯里无疑是小说宝库伟大的探索者之一……他将瑰丽的色彩、耀眼的光芒，赋予一个早已褪色的故事；将滚烫的血、温暖的肉赋予一个久远的神话。"[7]《我的生活如同骗

① Smith, Margaret. 'Marvelous Moment in Hell'. *Australian*. 7 – 8 Nov. 1981, p. 12.

② Lamb, Karen. *Peter Carey: The Genesis of Fame*. Sydney：Angus & Robertson, 1992, p. 33.

③ McCrum, Robert. 'Comment'. *Irish Times*, 4 Oct. 1985.

④ Stewart, Annette. 'The Booker Prize'. *Quadrant*. 12 December 1988, p. 66.

⑤ Kemp, Peter. 'Flamboyant Fabrication'. *The Sunday Times*. 4 September 1994, p. 13.

⑥ Gray, Paul. *Time*. 23 February 1998, p. 84.

⑦ 见 Carey, Peter. *True History of the Kelly Gang*. St Lucia：University of Queensland Press, 2000 的后封面。

局》是凯里"对澳大利亚民族神话的翻新，并使之成为文学宝库中的一件艺术珍品"[1]。一方面，凯里立足文化遗产，通过人物形象塑造，讴歌独立的民族精神，使被压制、被边缘化的族群重新回到话语空间；另一方面，他又秉承强烈的历史责任感和开放包容的人文精神，通过历史人物与事件，来诠释现代人的生存状态和生命的意义。同时，对社会的丑恶和人性的黑暗，进行了无情地批判。他的文学作品既是民族的，也是世界的，因而容易在不同民族的读者中间产生共鸣。

较之短篇小说，凯里长篇小说的创作手法更加丰富多样。他从不局限于一种写作形式，而是在继承文学传统的基础上，大胆创新，不断超越，既有别于亨利·劳森的现实主义，也异于帕特里克·怀特的现代主义。他的作品里既有后现代主义作家常用的手法，如元叙事、戏仿、侵入式话语等，也有后殖民主义意义上的寓言和反讽，同时，还运用现实主义的传统叙述和魔幻现实主义的表现手法来凸显主题。可以说，凯里的小说是真实与虚构的结合，科幻与现实的结合，高雅与通俗的结合，后现代主义、现实主义和魔幻现实主义的结合。他的小说并不适合非此即彼的二分法，而是多种形式的"杂交"或是兼而有之的"第三空间"，而这正是

---

① Craven, Peter. 'My Life as a Fake'. *Sydney Morning Herald*. 9 August 2003

凯里文学艺术的创新之处和魅力所在。

《偷香窃爱：一个爱情故事》是凯里的一部力作，获得2007年度新南威尔士总理奖。凯里藉其"超常的语言天赋，创作了一首完全出人意料的爱情诗"。这部"悬念丛生的故事"，促使人们对"艺术、欺诈、责任和救赎"等问题进行深入思考。①它看似是一个发生在绘画艺术界的爱情故事，实际却揭露了画家、收藏家、鉴定家和艺术商人的虚伪、狡诈和贪婪。主人公迈克尔·布彻·博恩是澳大利亚新南威尔士州北部小镇的一位知名画家，因盗窃原本属于自己却被法院判给前妻的画作而入狱四年。1980年，刑满释放后，他暂住于艺术收藏家让-保罗·米兰的屋子里，一边继续从事绘画创作，一边照顾体重达二百二十磅且患有痴呆症的弟弟休。一个暴风雨的夜晚，三十出头的漂亮女人玛琳·莱博维茨闯入他平静的生活。不久，邻居多齐·博伊兰家收藏的名画不翼而飞，警察怀疑是迈克尔所为，没收了他所有的绘画作品，声称要把它们带回警察局鉴定。数日后，迈克尔来到悉尼，向警察索回自己的作品，但无功而返。此时玛琳再次出现，被没收的作品失而复得，两人迅速坠入爱河。原来，她是已故著名现代派画家莱博维茨的儿媳。她从美国来到澳洲，就是为了寻找她公公遗留的价值连城的名画。一场冲突

---

① 引自该小说硬封面内侧的内容简介和评论，见 Carey, Peter. *Theft: A Love Story*. Random House Australia, 2006.

之后，迈克尔带着弟弟休，回到了澳大利亚内陆小镇，再次过起了平淡无奇的生活……迈克尔如同一只迷失的羔羊，图圄于传统与现代、善良与欺诈、中心与边缘的世界中，经历了人格自我分裂和自我健全的过程。

整部小说都围绕对"名画"的占有而展开，因为"名画"代表着金钱和社会地位。迈克尔不满律师将他的财产"抽干"，铤而走险，最后落得人财两空；收藏家让-保罗因为一幅名画与迈克尔反目成仇；邻居多齐·博伊兰因为收藏了一幅名画而引来杀身之祸；奥利维尔·莱博维茨出身绘画大师之家，母亲及他本人由于继承大量遗产而被人谋害；玛琳为了占有公公的作品，更是处心积虑，设计圈套将名画盗走，并亲手杀死了自己的丈夫。凯里以"名画"为中心，勾勒了一副现代人贪婪欺诈的嘴脸。小说中"名画"已不再是高雅的艺术品，而是人们扬名立万的"商品"。在名利的驱逐下，人与人之间的关系变得十分紧张、甚至仇视。正如弗罗姆所言，现代工业社会是一个完全以追求占有和利润为宗旨的社会，大多数人把以占有为目标的生存看作是一种自然的、唯一的生活方式。在重占有的生存方式中，人与人之间存在着严峻的对抗性。①

然而，凯里似乎要将这种对抗性披上一层温情的薄纱，

---

① 佟立.西方后现代主义哲学思潮研究.天津：天津人民出版社，2003年，第150页。

让两个追名逐利的人演绎了一场"甜美"的爱情故事，彰显出人性的矛盾与复杂。迈克尔出身贫寒，父母亲靠屠宰卖肉维生。二战期间，一位德国艺术家来到他们的小镇，从此改变了他的生活道路。他没有继承父业，而是跟随这位德国人学习绘画艺术，并在当地小有名气。与妻子离婚后，他又变得一贫如洗，但他渴望能东山再起。然而，绘画市场风云变幻，他的作品在市场上已不受欢迎。正当迈克尔陷入困境和绝望之际，集美貌与贪婪于一身的玛琳来到他的身边。玛琳来自维多利亚州东北部的一个小镇，曾经在纽约的一家公司工作多年，其顶头上司是奥利维尔·莱博维茨。因为工作的关系，她赢得了奥利维尔的信任，使之将一包有关"法国艺术"的资料交由她保管。当得知奥利维尔就是著名现代派画家莱博维茨的儿子时，玛琳便心生歹意，偷偷地将"法国艺术资料"复印了一份，利用业余时间研究绘画艺术。与奥利维尔结婚后，她摇身一变，成为绘画艺术界的知名商人，千方百计搜集名画，牟取钱财。颇具讽刺意味的是，由奥利维尔亲笔鉴定的名画却是赝品——它只是莱博维茨生前尚未完成的一幅作品，而不是人们传说中的代表作。《偷香窃爱》揭示了重占有、轻生存的社会心理：在名利欲望的驱使下，两个利己主义者结合在一起，各有所图，一个为恢复自己在绘画艺术界的声誉而处心积虑，另一个则是为了得到名画而不择手段。名利打破了人们内心的平静，并使其人性变得异常扭曲。

凯里在《偷香窃爱》中以第一人称叙述，由博恩家的两兄弟交替讲述他们共同的故事，既增强了故事的真实感和亲切感，又增加了小说叙述的深度和广度，使人物刻画入木三分。事实上，凯里在小说中塑造的休和玛琳分别是主人公迈克尔的两个自我，休代表澳大利亚传统的乡村生活方式，玛琳则是现代都市生活方式的化身。迈克尔挣扎于传统与现代、善良与贪欲之间，造成了自我人格的分裂。迈克尔从乡村小镇走向大都市悉尼、东京和纽约，意味着他越来越受到都市欲望的牵引，选择了一种追名逐利的生活方式。随着他与玛琳交往的深入，迈克尔逐渐认识到自己陷入了一场偷窃的骗局。小说里休内心的孤独、寂寞、愤懑、无奈和渴望恰恰是迈克尔的内心写照。

此外，《偷香窃爱》还探究了现代社会艺术作品的独创性和审美价值问题。利用新技术仿造艺术作品是新技术革命时代在西方艺术界出现的一个新特征。技术的可复制性使本真性的价值判断开始在西方世界坍塌，"真品"和"摹本"的区分在当代丧失了意义。当代人被各种人造"伪物"所包围，人创造了文化，而文化的扩张又使现实隐退，形成了事物的非真实化。因此，技术的复制性，消解了艺术作品的独创性。《偷香窃爱》中迈克尔的艺术生涯遭遇到前所未有的危机。他的作品"落伍了"，收藏家、画商和中间商所关心的不是他作品的艺术价值，而是绘画作品在市场拍卖的价格。对此，迈克尔感到气愤和无奈。形成鲜明对照的是，二十世纪的现代作品受到了市场的追捧，画商、鉴定家不择手段地"掠夺"大师们的画作。他们利用现代技术手段进行"修补"，使摹本变成了真品，从中捞取大量钱财。迈克尔按照玛琳的指令制作赝品，完全丧失了画家的基本职业操守。令人意外的是，迈克尔过去的两幅画作，虽然被纽约的鉴定家和画商们所不齿，却被艺术界最著名的博物馆收藏。小说的结局表明，真正的艺术终将获得艺术界的认可和尊重。

　　凯里的《偷香窃爱》是一部探讨人性迷失、追求艺术本真的作品。面对艺术世界的变化莫测和世俗社会的名利诱惑，"落伍"的艺术家们陷入了两难境地，挣扎于真与伪、善与恶、个性与共性、传统与现代的泥潭中，一度秉承和坚持的艺术观和道德观遭遇到了前所未有的冲击。自我的本真性逐步迷失，占有欲不断膨胀。所幸的是主人公在经历了"炼狱"之后，真善美的人性之光得以重现，艺术的价值得以彰显。"偷窃"与"爱情"本为矛盾的两极，但在充满欲望的现代社会，却是如此的和谐统一，演绎了一场荒诞而又真实的故事。主人公迈克尔与玛琳最终分道扬镳，正昭示了人性的复归和人格的自我健全。

彭青龙

2016 年 11 月

引言

我将成为国王，抑或只是一头猪？

——《私人笔记》 福楼拜著

若阿欣出生于战前，那年头孩子们依然要背诵使用大写字母的十三个理由。而他又加上了自己的一个理由，即，在任何情况下，他都要做他确实想做的事。

——《一个人》 马卡多·费尔南德斯著

1

我不知道,我的这个故事是不是庄重得可以被称做悲剧,虽然其中的确发生了很多悲惨的事情。这当然是一个爱情故事,不过这要在那悲惨的事情进行到一半的时候才开始,那时候我不仅失去了我八岁的儿子,还失去了我在悉尼的房子和画室,在悉尼的时候,我的知名度曾经几乎达到了一个画家在他自家的后院所能指望达到的最高程度。那一年我本该获得澳大利亚勋章[①]——为什么不呢!——看看他们都给了谁呀。可结果我的孩子却从我身边被偷走了,我被离婚律师搞得大伤元气,并且因为企图弄回我最好的作品而锒铛入狱,因为那幅作品被宣布为夫妻共同财产。

1980 年萧瑟的春天,我从长湾监狱出来,听说立刻就将被放逐到新南威尔士北部去,在那里,虽然我几乎没什么钱可以用在自己身上,但是据说只要我少喝点酒,就可以有钱来画一点小作品和照顾我那病态的二百二十磅的弟弟休。

我的律师们,顾主们,收藏者们都来救我。他们非常善良、慷慨。我很难承认我他妈的讨厌照顾休,我不愿意离开悉尼或少喝点酒。我没有勇气实话实说,只好踏上他们为我选好的路。在悉尼以北两百英里的塔里，我开始往一个汽车旅馆的脸盆里吐血。谢天谢地，我想道，现在他们无法把我送走了。

但我只不过是患上了肺炎，毕竟没有死掉。

我最大的收藏者，让-保罗·米兰，是他制订了这个计划，让我在他的一个大农场里担任不收费的护工，他早在一年半之前就想把那个农场卖掉了。让-保罗是一家连锁私人疗养院的老板，后来疗养院改由卫生委员会投资，但他还喜欢画画，他的建筑师给他建造了一间画室，朝河边的墙上开了一扇门，好像车库的卷帘门。那里的自然光，正如他在把画室当礼物送我的时候那么亲切地提醒我的那样，也许带点绿色，那是河边的古木麻黄造成的"错误"。我原本应该告诉他，关于这个自然光的事情完全是扯淡，但我又一次闭紧了嘴巴。出狱的第一个晚上，我跟让-保罗和他的妻子一起吃晚饭，那是一顿蹩脚的晚饭，酒倒是可以畅饮。当时我同意道，我们悲剧性地把背转向了自然光、烛光、星光，的确，在烛光里欣赏歌舞伎更精彩，借助从一扇灰蒙蒙的窗子渗进来的光欣赏马奈[2]的画最完美。但是，去他妈的吧——我的作品会在画廊里生存或死亡，我需要靠得住的二百四十

---

① 由英国女王伊丽莎白二世于 1975 年设立，用于奖励在各方面做出成就的澳大利亚公民。
② 马奈（1832—1883），法国著名画家，尤其擅长表现外光及肖像，对印象派产生影响。

伏交流电画我自己的画。我现在注定要生活在一个肯定没有这种东西的"天堂"里。

让-保罗如此大方地把他的屋子给了我们，可他马上就犯起愁来，怕我会损坏它。或也许真正杞忧的人是他的妻子，她早就抓住过我用她的餐巾擦鼻涕。不管怎么说，我们住进贝林根才六天之后的那个早晨，让-保罗就冲进屋子，叫醒了我。这着实把我吓得不轻，但我闭紧了嘴巴，给他煮了咖啡。随后的两个小时里，我像他的一条狗似的跟着他在农场里转，把他吩咐我的每一件无聊的事情记在我的笔记本上，这是一个旧的皮面本子，对我来说就像命一样珍贵。这个本子里记下了我自从1971年那次所谓的突破性画展以来，我的每一次调色经历。这是一座宝库，一本日记，一个每况愈下的记录，一个历史。大鳍蓟，让-保罗说，我就在我可爱的本子上记下"大鳍蓟"。刈草。我拼写了出来。倒在河面上的树。斯蒂尔链锯。断木机沾了油污的螺纹接套。这时屋子下方停着的一辆拖拉机惹恼了他。木料堆堆得不整齐——我让休按着让-保罗喜欢的样子把它堆放整齐。最后我的东家和我一起来到了画室。他脱掉鞋子，好像要做祷告似的。我也学他的样。他抬起面朝河边的硕大的卷帘门，站了很久，俯视着奈佛奈佛河，说着——这可不是捏造的——关于莫奈①那操蛋的《睡莲》。他的脚非常漂亮，我以前就

①　莫奈（1840—1926），法国著名画家，印象派创始人和主要代表。

注意过，又白、足弓又高。他已经四十五六岁的年纪，可是脚趾直得像个幼儿。

虽然开着二十多家疗养院，让-保罗本身并不是个轻易流露感情的人，但是此刻在画室里，他一把抓住我的前臂。

"你在这里会开心的，布彻。"

"是。"

他环视着又高又长的画室，然后迈开那双富有、完美的脚，轻快地走过柔软的地板表面。要不是他的眼睛过于湿润，他看上去真像个准备参加科幻小说中的田径比赛的运动员。

"角瓣木，"他说，"是不是很好啊？"

他说的是地板，的确很可爱，一种被冲蚀的浮石的灰色。那还是一种罕见的雨林木材，但是，我一个被判刑的罪犯，有什么资格说三道四呀？

"我真羡慕你，"他说。

事情就是这样，我是说，我像条又大又老的拉布拉多猎犬那样驯服。我本可以求他给我画布，他会给我的，但是他会跟我要一幅画。我现在正想着的，就是我不愿给他的那幅画。他不知道，我还保存着大约十二码的棉帆布，在我被迫使用梅森耐特纤维板之前，那可以画两幅好画。我悄悄地吮吸着他当作礼物拿给我的不含酒精的啤酒。

"挺好的吧？"

"像真的一样。"

然后，终于，最后的指令颁布了，该许诺的也都许诺了。我站在画室下面，看着他开着租来的汽车蹦跳着驶过拦畜沟栅①。驶到最低点后，就到了柏油路上，然后就驶走了。

　　十五分钟后，我到了一个叫贝林根的村子，向乳牛场主合作商店的人们做了自我介绍。我买了一些胶合板、一把锤子、一把木工锯、两磅两英寸的石膏板螺丝、二十只一百五十瓦的白炽灯灯泡、五加仑的多乐士深黑漆，以及同样分量的白漆，所有这些，加上其他一些零碎东西，我都记在了让-保罗的账上。然后我回家去布置画室。

　　稍后，几乎每个人都会大声嚷嚷，因为他们认为我是在用石膏板螺丝糟蹋角瓣木，但我看不出有别的什么办法可以把胶合板覆到角瓣木上。当然啦，现在这个样子是不行的。每个人都知道，我要在那里画画，一个画家的画室的地板应该像一个献祭场，被 U 形钉刺破，但每次仪式过后，都要加以呵护，清扫，擦洗，冲刷干净。我把便宜的灰油地毡覆在胶合板上面，涂上亚麻籽油，直到它散发出宛如一幅新出炉的《圣母哀子图》②的异味。但是我仍然无法开始画画。现在还不行。

　　让-保罗的那位得奖的建筑师设计了一个高拱顶的画

---

① 拦畜沟栅，铺在出入口掘成的沟上，人车可行其上，但牲畜不敢走过。
② 《圣母哀子图》，圣母马利亚悲痛地抱着耶稣遗体的画（或雕刻）。

室，他用钢缆把拱顶绷紧，就像弓上的弦一样。这是一件非常令人惊叹的事情，我把一排排的白炽灯从钢缆上吊下来，这一来既在很大程度上抹杀了他设计上的典雅，又抵消了透过木麻黄渗进来的绿光。即便有了这些改进，也很难想象有比这里更糟的作画的地方。臭虫多得不得了，小虫子盯着我的多乐士油漆，用同心圆表明它们临死前的痛苦。当然啦，那扇又大又宽的门对那些讨厌的小东西是一种公开的诱惑。我回到合作商店，签收了三只蓝光灭虫灯，但这无异于杯水车薪。我四周尽是热带雨林，无数的树木和尚未命名的虫子，除了我来命名——你这讨厌鬼，你这小坏蛋——肆意破坏我好不容易挣来、擦洗干净、用沙子铺平的工作场地。为了防御，我只好拉起难看的防蝇电网，但是防御范围不够宽，绝望之中，我赊账定做了一块绸帘子——两边钉上维可牢①，底部装上沉甸甸的挡风沙袋。帘子是深蓝色的，沙袋是铁锈色。这下子那些小小的破坏者掉进帘子汗津津的叉柱后就死在了那里，每晚都要死好几千个。每天早晨我扫地时，都要把它们扫掉，但我也会救下一些来做我的活模特，没别的原因，就因为画画是一种放松，我常常会——尤其是没酒喝的时候——坐在餐桌前，用灰色笔缓慢而仔细地在我的笔记本里画出它们可爱的尸体。有时候我的邻居多齐·博伊兰会替我给它们命名。

---

① 一种尼龙褡裢，两面相合即粘住，一扯即分开。

12月初，我弟弟休和我被当作护工安置下来，到了盛夏，当我的生命开始又一个有趣的篇章时，我们还在那里。闪电击中了贝林根公路上的变压器，因此，我们又一次没有很好的灯光来干活，为了报答东家的好心，我美化了前围场，用鹰嘴锄锄掉了"待售"招牌四周的大蓟蓟。

在新南威尔士北部，1月是最热的，也是最潮湿的。连着下了三天雨后，围场都湿透了，我挥动鹰嘴锄时，只觉得脚趾间的泥土都热得像屎一样。在这一天之前，溪水一直像杜松子酒一样清澈，那是一条深不过两英尺的小溪，溪里多的是岩石，但现在，湿透的土地造成的溢流把这条原本平静的小溪变成了一头略显肿大的野兽：黄色、汹涌、地盘性的，迅速涨到二十英尺，吞没着后围场宽阔的洪泛区，吮吸着溪岸的顶部，高雅的画室就蹲伏在——显著地但并非牢不可破地——岸边高高的木柱子上。这里高出地面十英尺，人们可以在凶猛的河流边缘的上方行走，就像在码头上行走一样。让-保罗在向我介绍他的屋子时，曾把这个摇摇欲坠的平台命名为"石龙子"，指的是那些澳大利亚的小蜥蜴，每当灾难来临时，就会甩掉尾巴逃命。我纳闷的是，他有没有注意到这整座屋子都是建筑在洪泛区上的。

我们没有被放逐多久，也就是六个星期左右吧，我记得那个日子，是因为那是我们遇到的第一次潮水，也就在那天，休从邻居家回来时大衣里面藏着条昆士兰小花狗。照顾休本人就够难的了，现在又加上这么个额外的负担，倒不是说他老是惹麻烦。有时候他精得出奇，说起话来有条有理，而有时候，他呜呜咽咽，叽里呱啦，不知所云，像个傻瓜。有时候他崇拜我，大声地，充满激情地，像个长胡子、有口臭的孩子。但相隔一天，或一分钟，我就会变成反对党领袖，他会埋伏在野马缨丹里，扑向我，在泥浆里，或河里跟我死劲扭打，或把我拽过潮湿的季节里到处都是的绿皮密生的西葫芦丛。我不需要一条可爱的小狗。我有了诗人休和谋杀者休，低能特才者休，他变得更重更壮，一旦把我摔倒在地，我就只能扭他的小手指，好像要把它拗断，这样才能制服他。我们俩都不需要一条小狗。

　　我割断了或许有上百条大鳍蓟的根，劈开了一棵小桉树，生起炉子，给日本式浴缸烧热水，这时发现休睡着了，而小狗不见了，我退出屋子，回到了石龙子上，看着河水的颜色，听着奈佛奈佛河淤青、肿胀的皮肤下面砾石相互碰撞的声音。我特别注意到邻居家的鸭子在黄色的洪水里上下起伏，而我感觉到平台摇摇晃晃，像三十节风速下绷紧的桅杆。

　　小狗在某个地方吠叫。它肯定受到了鸭子的过度刺激，也许以为它自己就是鸭子呢——现在我想起来，挺像那么回事。雨势一刻也没减弱过，我的内裤和 T 恤都湿透了，我突然想到，要是把衣服脱了，会感觉舒服很多的。于是我就待在那里，难得地对小狗的吠叫充耳不闻，像个嬉皮士似的赤裸着身子蹲在汹涌的洪水上面，一个屠夫，一个屠夫的儿子，惊讶地发现自己距离悉尼三百英里远，在雨中居然意想不到地快乐，要是我看上去像个膀大腰圆、毛茸茸的毛鼻袋熊，那倒也无妨。这并不是因为我处在狂喜的状态中，但我，至少在一时间，摆脱了我一贯的激动，对我儿子的伤感记忆，因为不得不使用操蛋的多乐士而生气。在六十秒钟时间里，我非常接近，几乎，感到了平静，但随后两件事情同时发生，我常常感到其中的第一件是一种预兆，我本该多加留意。这只是一瞬间的事情：是那条小狗，被黄色的洪水快速地冲走。

后来，在纽约，我会看见一个人在百老汇慢车站前面跳跃。他一会儿还在那里，一会儿就不见了。我无法相信我所看见的。说到那条狗，我不知道是什么样的感觉，根本不是同情那么简单。当然不能轻信。轻松——没有狗需要照料。生气——我竟然不得不对付休的过分的悲痛。

我不知道心里有什么打算，只是艰难地开始往身上套湿衣服，于是，无意间，在拦畜沟栅过去二十码处，画室下面，我的大门清晰地跃入了眼帘，在那里，我看见了第二件东西：一辆黑色的汽车陷在了泥浆里，直陷到车轴那儿，车头灯亮得晃眼。

我没有正当的理由为潜在的买主生气，除非时间太糟，还有，操蛋，我不喜欢他们老是操心我的事情，假装评价我的画或我的家务。但是我，前著名画家，现在只是个护工，不得不强迫自己重新穿上冰冷的、不舒服的衣服，慢慢地走过泥浆地，来到棚子前，发动起拖拉机。那是一台菲亚特，虽然它那喧闹的分速器箱快速损害了我的听觉，我还是对这个黄色的家伙保持着一种奇怪的感情。我骑在它高高的背上，像堂吉诃德似的怪模怪样，朝我那位汽车陷在泥浆里的访客驶去。

天气比较好的时候，我可以看见三千英尺的多里戈悬崖高高耸立在汽车之上，迷雾从年代久远、未被采伐的灌木丛中升起，新生的云高高在上，驾着强势的热气流飘浮，那气流任何滑翔机驾驶员都会从心里感受到，但此刻群山被遮住了，我只能看见我那一排栅栏和咄咄逼人的车头灯光。福特车的车窗上布满雾气，所以即便在十码之内，我也只看见后视镜上安飞士①的标志轮廓，汽车里面什么都看不见。这足以证实来人是个买主，我做好了以低声下气面对骄横无礼的准备。然而，我却有一种被激怒的倾向，当我发现没有人从车里出来招呼我时，我开始纳闷，哪个悉尼来的操蛋以为他可以挡在我清晰可辨的车道上，然后等着我去伺候他。我从拖拉机上下来，砰的一拳打在车顶上。

将近一分钟的时间里，什么都没发生。然后引擎发动起来，布满雾气的车窗摇了下去，出现一个三十出头、浅黄色头发的女人。

---

① 原文为 AVIS，由沃伦·安飞士于 1946 年在底特律的一家机场创建的第一家设置在机场的汽车租赁公司。

"你是博伊兰先生吗？"她的口音很奇怪。

"不是，"我说。她有一双淡黄褐色的眼睛，嘴唇对她那张瘦削的脸来说几乎显得过大。她的样子不同一般，但是很有吸引力，所以你也许会觉得奇怪——以我这种多舛的命运以及几乎一以贯之的喜欢女色——她居然那么强烈、那么深刻地激怒了我。

她看着窗外，打量着前后的轮子，那些轮子一直深陷在我的地界里空转着。

"我这身打扮可不方便下车，"她说。

要是她跟我道歉，我也许会有不一样的反应，可她却径直把窗子摇了上去，在另一边朝我发号施令。

不错，我曾经是个名人，而现在只是个勤杂工，所以我还能指望什么呢？我把菲亚特牵引缆索空的一头系在福特的后轴上，这一来溅了我一身的泥浆，也许还有点牛屎。然后我回到自己的拖拉机上，挂上低速挡，踩下油门。她当然没有让汽车熄火，所以我这一踩下去，就见两股长长的气体穿过青草，蹿到了公路上。

我看不出有什么理由要说再见。我把缆索从福特上收回来，把拖拉机驶回车棚，没有再回头看一眼。

我回到画室时，却发现她根本就没离开，而是提着高跟鞋，正穿过围场朝我的屋子走来。

正常情况下，这时候我得画画，我的访客过来时，我在削铅笔。河水的咆哮像血脉在我耳鼓里奔涌一样，但是当她踏上硬木楼梯时，我能感受她的脚步声，那是一种从地板搁栅上一路响过的震颤声。

我听见她的叫唤，但是休和我都没搭理，她就踏上了架在屋子和画室之间的掩蔽廊道，一种离地面十来英尺、有弹性的、摇摇晃晃的小建筑。她也许会选择敞画室的门，但是那里也有一条非常狭窄的通道，一种跳板，环绕着画室的外墙，所以她出现在开着的卷帘门前，站在绸帘子外面，河在她的背后。

"对不起，又是我。"

我假装把注意力全部集中在我的铅笔上。

"我能用一下你的电话吗？"

这时候电又来了，明亮的灯光把画室照得通亮。一个苗条的金发女人站在长筒丝袜似的帘子后面。她那漂亮的腿肚子上沾满了泥巴。

"画得真棒，"她说。

"你不能进来。"

"别担心。我不会把泥巴带进画室的。"

只是后来我才想到几乎不会有人这么说话。而当时我的心思全在更简单的事情上：她不是来买农场的，她很有魅力，需要帮助。我领着她从廊道上回到让-保罗的"没什么东西的屋子"里去，那里唯一真正的房间就是一个中央厨房，里面有一张用塔斯马尼亚黑檀木做的方桌子——根据他最后的吩咐——我每天早晨要擦洗。这桌子比让-保罗最后一次看见时更有特色了——镉黄、深红的玫瑰、咖喱、酒、肥牛油、黏土——经过一个月的家庭生活，现在已经部分地被大丰收的南瓜和绿皮密生西葫芦遮掩了，我最终在那堆南瓜和西葫芦中间找到了电话。

"没有拨号音，"我说。"我肯定有人在修。"

休在他的房间里骚动起来。我记起他的狗淹死了。这事早被我抛到了脑后。

我的访客还留在防蝇门的另一边。"非常对不起，"她说。"我知道你有更重要的事情要操心。"她浑身湿透，短短的黄发全都缠结在一起，像只从水里被救起来的小鸡。

我打开门。

"这里老是有泥巴的，我们都习惯了，"我说。她犹豫着，瑟瑟发抖。看起来该把她放进炉火前的小纸板箱里。

"也许你需要换身干衣服，冲个热水澡吧？"

她不可能知道我向她提供的是一种多么私密的东西。你看，让-保罗的浴室在后阳台里，我们这些粗人常在这里冲澡，几乎像在露天一样，只有防蝇网把我们和咆哮的河、弯曲的树隔开来。这自然成了我们被放逐生活的最好的部分。一旦冲干净后，我们就爬进那个日本式大木浴缸里，那里的热水会把我们煮得像淡水螯虾那样通红，而与此同时，至少在一个像今天这样的日子，雨水拍打着我们的脸。

在外部，屋外楼梯旁边——其实只是个太平梯——有帆布遮帘，此刻我已把帘子放下。我把我们的一条干净毛巾、一件干衬衣、一件围裙递给她。

"要是你用浴缸的话，可不能在里面打肥皂。"

"多谢①，"她叫道。"我懂规矩的。"

多谢？六个月后我才会明白那是什么意思。当时我想着要把那条该死的小狗的事情告诉休，但我现在不需要他的发作。我回到放满南瓜的桌子前，像个安静的耗子似的，坐在嘎吱嘎吱响的椅子上。她在找多齐·博伊兰——还会是谁呢？这里没有别的博伊兰，我知道她不可能驾驶她租来的车子驶过他泛滥的小溪。我开始考虑拿什么来做晚饭。

我不想惹毛休，就在她洗澡的时候默默地坐在桌子前。我只站起过一次，去拿一条毛巾和一些润肤膏，我拿着这些东西开始擦洗起她的莫罗·伯拉尼克高跟鞋②。谁会相信我呢？在我婚姻的最后一年里，我肯定付过二十来双这种鞋子的钱，但这是我第一次真正碰到一双，那皮子异乎寻常的柔软让我大吃一惊。柴火在雷博恩炉灶的火箱里挪动着，噼里啪啦地响着。要是我把心里盘算的事情说出来，那我告诉你：我他妈的根本不知道自己在干什么。

---

① 原文为日语的拉丁化拼法。
② 以西班牙设计师莫罗·伯拉尼克（1943— ）的名字为品牌的鞋子，因美剧《欲望都市》中的女主角的穿着而成为众多时髦女性追逐的对象。

2

我听见浴室的纱门轻而急促地"啪"的一声，就把鞋子藏在桌子下面，急忙收拾起沾着泥巴的南瓜，把它们堆在外面的前阳台里。我注意到她进来，并看见我的凯玛特衬衫松松地耷在她瘦削的肩膀上，领子在她被洗红的脖子上投下柔和灰色的影子。

我把无绳电话递给她。"电话又通了。"生硬。这是以前人们对我的议论——清醒的时候缺少魅力。

"哦，太好了，"她说。

她把毛巾扔过一张木椅，轻快地往外走到前阳台里。雨滴不停地打在屋顶上，在雨声中我能听见轻而粗浊的美国口音，按我的理解，这是东海岸的富婆才有的声音，不过这都是澳大利亚的经验，是从电影里看来的，其实我一点都不知道她是什么人，她是不是来自北达科他斯彭福克斯的投毒者席尔达①呢，我一点头绪都没有。

我开始切一只大南瓜，一只可爱的南瓜，火红色中带有

---

① 投毒者席尔达，出自加拿大作家格兰特·艾伦（1848—1899）的侦探小说《席尔达·韦德，一个抱定目标不放的女人》。

锈棕色的斑纹，密藏着一包湿润、光亮、溜滑的籽，我把它们舀到放堆肥的盘子里。

我听见她在外面的阳台上说："好。行。没错。再见。"

她回进屋里，坐立不安的样子，擦着头发。

"他说他的小溪漫过了大岩石。"（她把溪说成了"斯"。）"他说你会明白的。"

"那就是说你得等到'斯水'退下去。"

"我等不了，"她说。"对不起。"

就在那个时候——哦，我他妈的对不起小姐，可你要我拿那潮水怎么办哪？——患有腺样增殖体肿胀性呼吸困难的休把他的气喷到我们中间。他不做任何解释地堵在门口，六英尺四的身高，软弱无力，浑身肮脏，脸露凶相。他穿着长裤，但是头发乱糟糟的，像是被牛啃过一样，他没刮脸。我们的客人离他三英尺，但是他却对着我说话。"该死的小狗在哪里？"

我在炉灶的另一头，沾了橄榄油的双手滑溜溜的，把南瓜和土豆往烤盘里放。

"这是休，"我说。"我弟弟。"

休上下打量着她，完全是休的做派，要是你不认识他的话，那是怪吓人的。

"你叫什么名字？"

"玛琳。"

他往外噘着厚厚的下嘴唇，粗壮的双臂抱在胸前，问道，"你读过《神奇的布丁》^①这本书吗？"

哦，天哪，我想道，别这样。

她又擦起头发。"事实上，休，我读过《神奇的布丁》。两遍。"

"你是美国人吗？"

"这很难说。"

"难说。"他自己剪的鬓角在耳朵上面的发型，让他看起来凶相毕露，而且活像个僧人。"可是你读过《神奇的布丁》呀？"

现在她全神贯注起来。"对，对，我读过。"

休迅速看了我一眼。我完全明白他的意思——现在他会忙碌一会儿，但是他没有忘记小狗的事情。

他把褐色的眼睛转向这位外国人，问道，"你最喜欢《神奇的布丁》里的哪个人？"

她很高兴的样子。"我喜欢其中的四个人。"

"是吗？"他表示怀疑。"四个？"

"包括那个布丁。"

"你把布丁也算进去了！"

"但是我喜欢所有的画。"她最终把电话放回到桌子上，开始正儿八经地擦干头发。"偷布丁的贼，"她说，"是非常

---

① 澳大利亚著名画家、小说家诺尔曼·林赛（1879—1969）的小说，并被改编成动画片。

可笑的。"

"你这是在说笑吗？"我弟弟憎恨偷布丁的贼。他持续地、大声地、动情地后悔自己不能对着袋貂的嘴巴揍上一拳。

"我喜欢的不是那些角色"——她顿了一下——"而是那些画——我觉得比林赛以前所有的画都要好。"

"哦是的，"休说，口气缓和了。"我们见过林赛的该死的画。我的天哪。"

不管她心里有什么急事儿，暂时她都把它搁在了一边。"你想知道《神奇的布丁》里我最喜欢谁吗？"

"想。"

"山姆·索诺夫。"

"他又不是人。"

"对，他是个企鹅，但是我觉得他非常好。"

她就是那样一种类型——难得的"跟休合得来的"人中的一个，而这种人往往是不走运的。

"你喜欢谁？"她笑吟吟地问道。

"巴纳克尔·比尔！"他欣喜地叫道。紧接着他就从门口闪开，像跟假想敌搏斗似的，绕着桌子又跳又叫："戴上手套，戴上手套，你们这些肮脏的布丁贼！"

我说过，让-保罗那座没什么东西的小屋子是一座轻轻的、有弹性的建筑，设计的时候没有想到会有穿着沾满泥巴的工作靴的五大三粗且蹦蹦跳跳的人住进来。杯子和茶托在架子上叮当乱响。这些似乎都没使她感到扫兴。休用胳膊揽着我的胸脯。她误会了，还在微笑。

"我那该死的小狗在哪里？"我弟弟嘶嘶地说。

这么近距离地跟他在一起，他的呼吸的确非常吓人。

"等一等再说，休。"

"闭嘴。"他的前门牙掉了，还有牙垢什么的，但是自从霍夫曼医生被赶走后，没有一个牙医有胆量给休诊治。

"请等一等再说。"

但是他使劲顶着我的背，用他胡子拉碴的下颌顶我的脸颊。他三十四岁，身强力壮，他用粗壮的胳膊卡着我的喉咙时，我气都喘不过来。

"你的小狗淹死了。"

我看见我的客人倒吸了一口气。

"它被淹死了，兄弟，"我说。

他把手松开，但是我仔细看着他。我们的休有时候很狡猾，我可不想吃到他那著名的大抡拳。

他往后退退，垂头丧气的样子，而我最关心的就是别让他够着我。

"当心热水器，"我说，但是他已经绊了一下，坐在了上面，疼得叫了起来，低头冲进了他的房间。

烫焦的羽毛，我思忖道，想起了《神奇的布丁》里的雄鸡。

休哼哼着砰地把门关上。他扑倒在床上，屋子摇晃起来并发出格格的声响，客人清澈的蓝眼睛瞪得滚圆。我该怎么解释呢？我弟弟所有的悲哀都痛苦地明摆在那里，私底下没什么好说的。

"我能走过小溪去吗？"她问道。

五分钟之后我们一起到了外面，走进狂风暴雨中。

拖拉机车头灯的灯光很弱，车速不超过二十公里，一颠一颠的，声音也非常响，但是风从峭壁上吹过，雨打在我的脸上，无疑也打在她的脸上。她借了我的油布雨衣和一双胶鞋，但这会儿她的头发肯定又乱又卷，她眯起眼睛看着雨水。

在前往多齐·博伊兰家的拦畜沟栅的路上，在最先的一英里半当中，我非常留意那个苗条的身躯，她那对小小的乳房顶着我的后背。我有点发疯了，你知道，一个发情期的危险的男人，跟我弟弟憋着火，在环道上狂吼，断木机在晃动，咣咣作响，分速器箱在我耳朵里嘎嘎地叫。

到了拦畜沟栅，我微弱的黄色灯光照在斯威特沃特小溪的急流上，而那原先只是一条狭窄的小溪。让-保罗的大断木机——我宁愿把它称为割草机——连接在分动机和三点式液压机上。我把它升到最高点，那是一个六英尺见方的大铁筏子。我本来应该把它拆下来，但我是个画家，关于农业方面的事情我的判断糟得几乎难以想象。我一直坚信这条小溪翻不起大浪，但是一踏进溪水，我的靴子里立刻灌满了冰凉的水，这下子为时已晚，菲亚特浮了起来，在暗礁间磕磕绊绊地往前。然后急流缠住了断木机，我感觉肠胃里一阵恶心的翻腾，我们开始漂了起来。当然啦，我坚持着往上游行驶，可是拖拉机在往下滑，翻动砾石，前轮朝天空转。我不是农民，从来就不是。割草机像条橙色的驳船，在水面上滑行。我感觉得到我的乘客的恐惧，她趴在了我的肩上，清晰地、愤怒地看出我是个多么道地的傻瓜。我把我的命拿来冒险，为了什么呀？我甚至都不喜欢她。

换了休的话，他会说，我的天哪。

幸运之神或上帝在我们一边，我们抵达了彼岸，我把割草机放低，驶上多齐家陡峭的车道。玛琳什么都没说，但是当我们抵达前门、多齐出来迎接她时，她迫不及待地、绝望地把我的雨衣甩掉，似乎再也不愿意让它碰到她。我毫不怀疑地认为她是害怕了，从她递给我的皱成一团的雨衣上，我想象中可以感觉到她对我的疏忽产生的怒气。

"你最好把那个断木机拆下来，"多齐说。"我可以照料它一两天。"

多齐是个富裕、成功的工厂主，尽管精力旺盛，毅力惊人，也难免成为一个粗俗的六十岁的老头，留着灰白的胡子，一个有力的农夫的肚子。他还是一个天才的业余昆虫学家。但是现在这都不是关键，当他的客人躲进他家时，他拿出一只强光手电筒，无声地握在手里，而我则把割草机从液压机上拆下来。

"休一个人在家吗？"

"我马上就回去。"

我的朋友没有说三道四，但是他引起了我的想象：休在围场对面大声吼叫，黑暗中带刺的铁丝网、兔子洞、河，害怕我死了，留下他一个人。

"我本来可以用路虎车截住她，"多齐说，"可她当时非常匆忙，而我正在听 BBC 的新闻。"

关于她有没有魅力，他什么都没说，让我得出的结论是，她是他撒在世界各地的众多侄女或孙女中的一个。

"我现在很好。"从某种角度来说，的确是这样。我要回家去喂休吃饭，调谐他的无线电收音机，确保他把药给吃了。然后我们会谈论他的狗。

曾几何时，就在不久前，我是一个快乐的结了婚的男人，晚上还给自己的儿子掖被子呢。

3

哈哈！我们是博内斯，上帝保佑我们，在锯木屑中长大，每天早晨都是干的。我叫休，他叫布彻①，但是我们这一对是屠夫，不是水手，不是藏在潮湿的棚屋里的乞丐，那

---

① "布彻"原文为 Butcher，意为"屠夫"，因为博内斯家是开肉铺的。

些棚屋常年浸在洪水、泥浆中，到处都是霉菌，前阳台上挂着一把钩子，用来剥鳗鱼的皮。我们出生、生长在巴克斯马什，在墨尔本以西三十三英里，安东尼路堑的南面。要是你指望那里有泥塘或沼泽①，那可没有。那只是个说法而已，并没什么真实的意思，就像那个镇子被叫做巴克斯山一样。马什是个又大又老的取乐成风的镇子，在**产品经理人们**过来定居之前那些年里，有四千人口。我们拿每个人取乐。除夕夜，**男无赖、女流氓们**会拿鸡蛋砸理发店的窗子，并用石灰水在公路上写字。有一年元旦那天，我老爸醒来时发现有人把我们家店铺上的招牌"博恩"（BOONE）换成了"博内斯"（BO NES）。我们从此就成了博内斯。博内斯肉铺。

整个镇子里有很多像《神奇的布丁》里的山姆·索诺夫那样整天兴高采烈的人。

我们全都像巴纳克尔·比尔和山姆·索诺夫一样，老是打架、摔交。天哪。我像布彻·博内斯哥哥一样跟我老爸和爷爷摔交，我哥哥那可是一个大家伙，即便算不上最大。他不能忍受输给我。天哪，他居然有那么多的技巧使用双肩下握颈。侧面肩下握颈。中国痧②。我没有怨恨他，从来没有。不管哪一天，摔交都是最好的事情。我们常常在锯木屑里玩打架的老把戏，抓彼此的睾丸，俗话怎么说来着：血浓

---

① "巴克斯马什"中"马什"原文 marsh，意为"沼泽"等。
② 以上三项均为摔交术语。

于水。这是很久以前的事了，但我们都长得五大三粗，只有爷爷比我还大。在他七十二岁那年，在皇家宾馆的酒吧里跟三十五岁的奈尔斯·卡彭特发生了争吵，把他摔了个屁股蹲儿。卡彭特是巴克斯马什橄榄球队的，但他以后再也没有到那个**酒吧**去过，即便在爷爷去世，葬在了巴克斯马什墓地之后。屠夫草环绕着那个墓穴，非常干净，你都可以在边上陈列脊肉排。即便那时候，奈尔斯也不愿回皇家宾馆，尽管他的老朋友们会在门口大声叫唤，进来，进来，我们会请你喝姜啤。1956 年，奈尔斯在骑车上斯坦福山时摔死了。

卡彭特照理应该知道喝姜啤并重新开始。当人家取笑我时，**我大部分都照单全收**，尽管我恨不得杀了他们。就是这样。我是个**温柔巨人**。我们的父亲是蓝博内斯，因为他年轻时有一头红发，人家就叫他蓝，意思就是红。要是你从海外来，这是一条通用的规则。在澳大利亚一切都是反的，比如，因为我动作非常迅速，就被叫做慢博内斯，这是人家对我动作的说法。我有时候是慢博内斯，有时候是慢普克①，后面那个叫法挺**下流**。那些来自牛奶厂、**外粗内秀的家伙**，或者来自达利砖厂的**农业工人**，他们老爱说公牛把它那家伙塞进母牛里，好像这是生活中最奇怪的事情似的。

瞧那个普克，他在操她。但我可以把玩笑当真，把一场快普克变慢，慢到你喜欢的程度，你也许会感到惊讶。

---

① 普克原文为 poke，意为"慢慢吞吞的人"，还有"性交"的意思。

博内斯家是干屠夫的。我们有我们自己的屠宰场，在原先的德雷伯恩客栈。在那些淘金热的日子里，这里是人们换驿马去 COBB&CO① 的地方，而如今我们在这里结束牲畜的生命。从来没有一个博内斯把生命看得很轻。如果是鱼或蚂蚁，那有可能。但是一头牲畜的心称一下得有五磅重，不管你宰了多少，每次宰的时候你都会想一想。我相信，肯定先得有一番祷告：**你这可怜的老东西**，或别的什么更严肃的，然后他们就割破它的喉管，把血放进铁皮桶里，留着灌香肠用。宰杀一头牲畜是个大责任，但真正干了也就干了，事后你去皇家宾馆，然后你回家，筋疲力尽，我得承认。然后你就休息。《圣经》里关于礼拜天是这样说的：你千万不能工作，你的儿子、女儿、男用人、女用人、牛以及屋子里的陌生人，都不能工作。可怜的妈妈。

我不想做一个屠夫，老天保佑我。我哥哥比我矮三英寸，可他还是夺走了我的真正的、正当的名字。这是个小狗当道的世界。

布彻·博内斯本来有机会把在巴克斯马什的家庭生意继续下去，但是在老爸中风之后，布彻遇到了一个德国鳏夫，给了他明信片贴在他铺位上方的墙上。那些明信片让他头脑发昏。那个德国鳏夫受聘成了巴克斯马什高中的教师，他在那里教那些在跟德国人打仗时阵亡的人的孩子。我奇怪的是

---

① 似为 COBB & CO 博物馆，澳大利亚最大的马车博物馆。

他为什么没进监狱,但是我哥哥回家说他的老师是个**现代画**家,并加入了那个所谓的遮荫堂①。要是老爸知道那个遮荫堂对他的大儿子产生的影响,他就会到学校去,把那个德国鳏夫摔倒,就像因为我没有答对问题考克斯先生抽了我,而他跑到学校去把考克斯先生摔倒一样。蓝博内斯把考克斯拖到教室外面,把他拖在面包车后面,拖到马路对面。考克斯的脚离地面有六英寸高。这都是我们看见的,但是我们知道得更多。

我的哥哥继承了屠夫这个外号,这是个人人都看得出的玩笑,因为他拒绝了刀和刀鞘。这个**可笑的家伙**,从德国鳏夫那里养成了把脑袋瓜子刮得精光的习惯,也从他那里得到了马克·罗思科②的明信片,以及**绘画艺术现在是为了屠夫们**的思想。他从德国鳏夫那里得知,绘画艺术从前是被严格局限在王宫里,由国王、王后、公爵、伯爵和男爵们在高高的大门后面欣赏的。在任何情况下,当我们可怜的母亲恳求他把围裙穿上时,他都严加拒绝。他的父亲既不能说话又不能动,但是很明显,他想最后再抽布彻一个耳光。美好的往昔。自从老爸中风之后,我们就不再屠宰牲畜了。

---

① 似为一个基督教的咨询机构,旨在为需要帮助的基督徒提供各种各样的帮助。

② 马克·罗思科 (1903—1970),生于俄国的美国画家,抽象表现主义代表画家之一,以颜色为唯一表现手段,主要作品有《蓝、橙、红》、《第10号》等。

屠宰牲畜不是件容易的事情，但是干完了也就完了。要是你从事绘画，那可是件永远没完的活儿，没有宁静，没有休息日，只有永远的折腾，折磨，担心，发愁，永远不想别的，只想着有哪个白痴会来买画，或别被虫子毁了**二维空间**。

不管你怎样把脑袋瓜子刮得精光或吹嘘你在**澳大利亚画界**的地位，似乎没有什么是确信或有把握的。这一分钟里你是国宝，在赖德有豪宅，下一分钟你就成了过眼烟云，用你弟弟的伤残抚恤金买多乐士。你是个**被判刑的罪犯**，一个住在壁虱肆虐、大鳍蓟泛滥的农场里的用人。

那条小狗是条牧牛犬，但是那里没有牲畜需要它照看，所以它从没学会尽自己的职责。上帝保佑它。在它出事前，我跟它摔过跤。溯流而上，可怜的杂种狗。它是条失意的狗。它喜欢猛地往前一蹿，然后狠狠地摔倒在草地上。由于贪玩，它的身上像排队似的爬满了虱子，钻进它下垂的耳朵边上，就像汽车停在凯玛特①或悉尼橄榄球俱乐部外面。我遇到它那天，把它身上的虱子一个一个地捉掉了，上帝保佑它。我哥哥听到了它朝着鸭子吠叫的声音，可他只顾着画画，根本没工夫去理它。

你的狗死了，休。布彻·博内斯根本不把小狗**放在心上**。他说你的狗死了，然后就驾着拖拉机带着那个女人走

---

① 澳洲最大的折扣连锁店之一。

了，留下我听那黄狗颜色的河水的咆哮声，操蛋的洪水，把石头拖出、拽出了河岸，我们的脚底下，我们站在那上面的一切都会被冲走。

4

那天晚上我接到的多齐·博伊兰的电话，会让我笑上好几天。"伙计，"他说，我知道他藏在自家的浴室里，因为我能听到回音。"伙计，她在勾引我。"

他这是胡说八道，我跟他说，虽然不无关爱之情。

"闭嘴，"他说。"我这就带她回你那儿去。"

我出声地把我的开心表现了出来，这是粗鲁愚蠢的，我没有理由，除了——我的过于活跃的朋友是个六十岁的农夫，胡子上沾着汤，裤子卷到扎得紧紧的裤带上面。她在勾引他？我朝话筒里哼着鼻子，当他很快就打上门来时，我丝毫不怀疑他这么做的原因。

几乎一眨眼的工夫，他就咆哮着过了我家的拦畜沟栅。我已经喝了一两杯酒，也许正因为这样，紧接着发生的事才显得那么好笑，只见他的越野车一颠一颠地驶过木桥，他的紧张都能听得出来。当我换上一件干净的衬衣时，那老头已经开足马力，拐了个 U 形弯，等我来到前门廊时，他那辆新发明的越野沙滩车的尾灯已经消失在黑暗中。我的客人进来时，我还在笑着。她的头发又湿透了，贴在头皮上，水顺着脸颊往下滴，积在她可爱的锁骨窝里，但她也是笑吟吟的，而且——至少是在一瞬间——我觉得她会放声大笑。

"渡河的情况怎么样？"我问道。"你没受惊吧？"

"根本不是因为渡河。"她一屁股坐在我的椅子上，呼着气——现在变了个人，变得肮脏，不那么活泼了。她从借来的雨衣的褶层里掏出一个二夸脱的 1972 年处女山①酒瓶，像纪念品似的举在空中。

后来她跟我说，我当时一直歪着脑袋，像条闷闷不乐的狗，看着那瓶酒，但这是一个误会。这是从多齐·博伊兰家的地窖里拿来的作为奖品的酒。这件事无法解释，她的举动让这个谜变得更深奥——她突然变得精力十足，蹬掉橡胶靴，打开一个抽斗——她是在等着我的同意吗？她找到一把瓶塞钻，把瓶塞取了出来，把裙子掸干净，跷着腿在厨房椅子上坐下，同时看着我把处女山酒倒出来，她只是不加掩饰地朝我咧嘴微笑。

"好了，"我说。"出什么事了？"

"没什么，"她说，她的眼睛闪着火花，几乎达到二氧化碳饱和的状态。"你弟弟在哪里？他好吗？"

"睡了。"

---

① 处女山为澳洲主要的葡萄酒产地之一。

也不知她这时想起了什么黑暗的形象——或许是那条淹死的狗——她再也忍不住了。"好事情是，"她说，举起杯子，"博伊兰先生知道他的莱博维茨是真品。"

　　"雅克·莱博维茨？"

　　"就是。"

　　"多齐有一幅雅克·莱博维茨的画？！"

　　现在我知道，我的惊讶在她看来似乎是装出来的，但是多齐这个鬼鬼祟祟的家伙从来没透露过他有这么个宝贝。而且，你不会到新南威尔士北部去看伟大的画。还有：莱博维茨是我成为画家的原因之一。我第一次在巴克斯马什高中看见《多朗波瓦先生和太太》，或至少是一幅《现代的基础》的黑白复制品。我不打算向一个穿着莫罗·伯拉尼克高跟鞋的美国人承认这一点，但是我真的生多齐的气，还算是我的哥们呢。"我们甚至从没谈论过绘画艺术，"我说。"我们坐在他那蹩脚的厨房里，他就住在那里，里面尽是一堆堆的《墨尔本时代》。他给你看了吗？"

　　她扬起一条眉毛，似乎在说，为什么不呢？我所能想到的只是，我曾把《毛鼻袋熊蝇》和《细腰泥蜂》这两幅可爱的画给了他，他用操蛋的磁铁把它们贴在冰箱上。真让人不敢相信他有眼光。

　　"你要给它投保吗？"

　　她从鼻子里发出笑声。"我看上去像这样的人吗？"

　　我耸耸肩膀。

她又用明显的估测的目光看着我。"你介意我抽烟吗？"

我把一个茶碟递给她，她隔着桌子吹出一股味道像粪便一样的烟来。"我的丈夫，"最后她说，"是莱博维茨的第二个妻子的儿子。"

要是我不喜欢她，我就更不喜欢她的丈夫了。但是当我明白过来他是谁的儿子后，我还是吃了一惊，印象深刻。"多米尼克·布鲁萨德是他的母亲？"

"对，"她说。"你知道那张照片吗？"

就连我都知道——那个黄褐色皮肤的画室助理躺在尚未铺好的床上，她的新生儿在她的胸前。

"我的丈夫，奥利维尔，他就是那个婴儿。他继承了莱博维茨的精神权利①，"她说，似乎不得不解释一个她已经厌倦了的故事。

但我没有厌倦，一点都不。我来自维多利亚的巴克斯马什。我在十六岁之前从没见过一幅名画的真迹。

"你知道它的作用吗？"

"什么？"

"精神权利。"

"当然，"我说，"多少知道一点。"

"奥利维尔是鉴定名画真伪的人。他为博伊兰的画签了

———————————

① 欧陆法系中赋予创作者对自己原创作品享有独立于著作权的另一系列权利。主要有两类：署名权或识别权；保持原作品的完整。

鉴定证书。那是他的法定权利，但是有些人挑拨离间，我们不得不保护自己。"

"你们一起干活，你和你丈夫？"

但她不愿接这个话题。"我早就知道博伊兰先生的画了，"她说，"连绷画布的框子上的镀锌大头针都是可信的，但这个问题不得不一次次地给予证实。这有点烦人。"

"你这么了解莱博维茨？"

"就是这么了解，"她干巴巴地说，我看着她掐灭香烟，在碟子里狠狠地碾着。"但是像博伊兰这样的人，当他听说他的投资有风险时，肯定会忧心忡忡。在这种情况下，他把画拿给奥诺雷·勒诺埃尔看，勒诺埃尔让他相信，他买的不是完全的赝品，但实在也差不多。可以再来点酒吗？对不起。这天气糟糕透了。"

我不加评论地给她倒酒，没有显示出听到勒诺埃尔的名字时感到的惊讶，好像他是当地旅馆老板或五金店老板似的。我知道他是谁。我的床边就放着他的两本书。"奥诺雷·勒诺埃尔成了一个笑话，"她说。"他是多米尼克·莱博维茨的情人，这你也许知道。"

这种谈话让我有一种说不出来的厌烦。这种厌烦的实质就是这样一种概念：我是个乡巴佬，而她来自那个操蛋的宇宙的中心。我所知道的你从《时代》杂志里可以读到——多米尼克一开始是莱博维茨画室的助理；勒诺埃尔是莱博维茨的记录者和评论家。

现在我的客人的第二杯酒也喝到了一半，她变得非常健谈。她透露说，多米尼克和奥诺雷等了几乎八年，从战争刚一结束直到1954年，就等着莱博维茨去世。（我回想起勒诺埃尔的专著里非常精确地描写了画家的力量——一种生命力，矮小，粗腿，硕大的方掌。）

他的儿子五岁那年，他的媳妇此刻告诉我说，莱博维茨本人已经八十一岁了，死神偷偷找上了这个老色鬼，在他端着个装满酒的杯子站在桌前时，推着他往前走。他向前摔倒，大鼻子被砰地撞了一下，玳瑁眼镜掉进了毕加索奶酪盘里。这就是我的客人说的，说得很流利，有点气喘。她喝完了第二杯酒，没有对它品头论足，为此，当然啦，我判断她是非常严肃的。

盘子裂成了两半，她说。

我想道，你他妈的是怎么知道的？那时你出生了吗？但我对这样的概念很陌生：人们也许会知道名人的事情，而且，当然啦，她嫁给了那个目睹这件事的人，那个孩子——一个橄榄油肤色的孩子，有一双戒备的大眼睛，招风耳，但不影响他的漂亮。当他父亲摔死后，他显然一直想问，他可不可以得到原谅，但是现在他看着他的母亲，等待着。多米尼克没有拥抱他，而是用手背抚摩着他的脸颊。

"爸爸死了。"

"噢，妈妈。"

"你要明白。现在不能让任何人知道。"

"噢，妈妈。"

"妈妈必须搬走几幅画，你明白吗？因为下雪，所以搬起来很难。"

近来我一直在观察法国小孩，他们的坐姿，长着乌黑的大眼睛的他们那么整洁，他们那些收集在纸卷里的干净的指甲。他们是怎样的奇迹啊。我猜想奥利维尔也像那么坐着，看着他死去的父亲，但是怀揣着一个属于他自己的可怕的秘密——在他父亲死去的那一刻，他正想要撒尿。

"别动，你明白吗？"

当然没必要让他在椅子里受折磨。但他母亲打算犯一个大罪，就是在警察接到报案前把画从屋子里挪走。"待在这里，"她说。"这样我就能知道你在哪里。"然后她拨通电话，说服她的漂亮情人离开他在讷伊的壁炉边，解释说他们不能等到雪化了以后，他必须去巴士底，弄一辆卡车，开到雷恩路。

在那个晚上的混乱和恐怖中，那小孩在一个地方把尿尿在了裤子上，尽管这个不幸在很久以后才被发现，当时奥诺雷最终注意到他前额搁在桌子上睡着了，然后多米尼克拍了一张该死的照片。想想吧！后来，不管出于什么原因——也许那幅失踪的《带电的怪人》被拍在了镜头中——她把半张照片撕掉。这也许可以作为呈给法庭的唯一证据，证明那天晚上多米尼克·布鲁萨德和奥诺雷·勒诺埃尔偷走了五十来幅莱博维茨的作品，其中好多是被遗弃或未完成的，今后加

[034]

上印章并做些精心修补，就会变得价值连城。他们把画运到圣马丹运河旁的一个车库里，难怪在各个不同的阶段，莱博维茨的一系列作品都因上面的"水印"而遭到质疑。从那天起，就没人再看到过被莱奥·斯泰因[①]和更严厉（从而也更可靠）的毕加索双双称为杰作的那幅画。斯泰因称其为《带电的怪人》，而毕加索则称其为《怪物》。

直到第二天午餐时分，多米尼克才向警方报告了她丈夫的死亡，然后，当然啦，画室——根据法国法律——被封，留在那里的画全部做了登记。没有《带电的怪人》。哦，千万别介意。

多米尼克，马赛一个税务会计的女儿，现在有了足够多的莱博维茨的作品，几可乱真的莱博维茨的作品和尚未诞生的莱博维茨的作品，可以过上五十年丰衣足食的日子。同样，当然啦，她还继承了精神权利。这给了她鉴定真伪的权力，这是一种法律，尽管似乎难以置信，但是现在她选择在她相当邪恶的人品上贴金，于是成立了莱博维茨委员会，让德高望重的奥诺雷当主席。在她看来，这样的安排肯定是非常周全了：他们可以利用委员会里这些贪婪的商人和收藏家为他们虚假的鉴定撑腰。他们两个在未经署名的画上署名，给被遗弃的作品做修补，用这样的方法来打发下半辈子。

---

① 莱奥·斯泰因（1872—1947），生于意大利的美国著名艺术品收藏家和批评家。

这个讲故事的人漂亮，健谈，贪杯。我给她倒了第三杯处女山，不由得有点儿想入非非。

"后来，"她说，掸掉她可爱的脚踝上的灰尘，"多米尼克发现奥诺雷和罗杰·马丁在床上。"

"那个英国诗人。"

"正是他。你认识他。"

"不。"

"谢天谢地。"她扬起一条眉毛。就算我不知道她到底是什么意思，但我欣赏这种串通一气的感觉。

"所以，他们当然离婚了。但是没人知道那些被他们密藏起来的画最终到底是怎样分赃的，"她说。

但是多米尼克似乎认识很多"同党"，那些固执的家伙，她几乎肯定得到了最大的一份。所以当奥诺雷在委员会里被剥夺权利、被孤立，终因寡不敌众而被击败时，他就成了一个非常危险的人。他当然恨多米尼克。对她无辜的儿子，他表现出更大的敌意。

1969年，多米尼克的一个可爱的同党在尼斯一家宾馆里勒死了她，此时奥利维尔已经到了伦敦，在圣保罗学校彻底摒弃了法语口音。他对他父亲的画一无所知，却继承了精神权利。

"要是你见过我的丈夫，"玛琳说，"你会觉得他非常温和，他的确温和，但当奥诺雷采取法律行动要夺走精神权利时，奥利维尔像老虎一样跟他争斗。你见过那些照片吗？他

[036]

是个孩子，非常漂亮，有可爱的眼睫毛，十七岁，但是他憎恨奥诺雷。我无法告诉你恨到什么程度。如果你要问为什么会有那场官司，对奥利维尔来说，这实在是唯一的原因。"

我们这个民族诞生过亨利·劳森[1]，喜欢围着篝火聊天。但是对于玛琳现在所做的事情同样非常他妈的讨厌。我们不禁纳闷，她是个扯大旗作虎皮的人吗？她是不是自负呢？同时，这个围场里从来没人这么说过话，从来没有，我其实只是坐在椅子边上，全神贯注地看她抽着万宝路，烟头均匀地燃烧着。

"等这一切都过去时，奥利维尔甚至都没碰过他父亲的一幅画。他恨它们。他现在恨它们。这些伟大的艺术品让他苦恼，实实在在的苦恼。"

这倒很有趣，我没说不是。"但是，看在老天的分上，多齐为什么不让我知道他有那幅画呢？"

她耸耸肩膀。"有钱人嘛！"

"他是害怕让任何人知道他有一件这么值钱的东西？"

"这是一笔资产，"她嘲弄地说。"对他们来说，这种东西就是资产。这是拿来拥有的，不是让人看的。但如果市面上相信奥诺雷的故事——这幅宝贵的画是经过修复的——我丈夫就身败名裂了。我们必将遭受巨大损失，一百万美金，

---

[1]　亨利·劳森（1867—1922），澳大利亚小说家和诗人，澳洲本土文化的创始人之一。

也许还要多。"

"你和你丈夫?"

"对，"她几乎微笑着说。

"奥诺雷当然只是个邪恶的势利小人，"她说，"但是他一定要得到回复，所以我就请了两个法律化学师去做独立的色素分析。的确，我认为他们中的一个在酒馆里遇见了你的弟弟。他觉得他非常令人惊奇。"

"有时候他是这样的。"

"不管怎么说，"她迅速说，"我的独立化学师同样呼应奥诺雷，弄不清白色中存在的钛白是怎么回事。在1913年，钛白不是经常使用的，所以他们这么称呼钛白"——她做了个鬼脸——"一面红旗①。幸运的是，多米尼克住在一个猪圈里，把每一张电车票、每一张饭店账单都藏了起来，所以，感谢上帝，我们有一个详细的档案。我最终找到了那个档案，不仅有莱博维茨向他的供应商求购钛白的信，而且还有收据，日期是1913年1月。这就够了。至于那是不是常用品，这无关紧要。让奥诺雷操他自己去吧。你的朋友有一幅真正的莱博维茨。我亲自把那份文件带给他，所以从此以后它可以永远跟那幅画在一起。我特意把它装在一个信封里，放在绷画布的框子后面送给他的。"

她把杯子伸出来，我给她倒满。"就此表示祝贺。"

---

① 此处意为表示危险信号的示警红旗。

"这酒也挺不错的。"等了这么久的我,这会儿打算好好给她上一课,让她知道她刚才痛饮的是什么——汤姆·拉扎尔①的作品和他在凯恩顿的葡萄园,关于生长在我孩提时代的丑陋的暗褐色土地上的这个宝贝——但就在我开始说教时,她无意中透露说,多齐的画是《多朗波瓦先生和太太》,跟我第一次在巴克斯马什高中时看到的复制品是同一幅。那天晚上,这像是一种甜蜜而神奇的联系,小时候的我眼中的炫耀或扯大旗作虎皮,现在变成了可以称之为高尚的东西,我们一直坐到了清晨,喝完了拉扎尔的第三瓶酒,雨打在屋顶上,我终于放松下来,听着这个奇怪而可爱的女人给我讲述整个这幅画,她的叙述又轻又柔,不是从左边顶上那个角落开始,而是从那个镉黄色的笔触开始,那一笔画的是年轻妇女短上衣的边,一道薄薄的光。

5

早晨的太阳产生了一层灰蒙蒙的迷雾,高度正好足以让人看见在通往贝林根的公路上慢慢行驶的安飞士的黑色车顶。看着这次愉快的、梦幻似的分别,我的心思几乎全在那

---

① 澳大利亚著名的产酒地之一的处女山酒庄的创始人。

个开车的尤物身上。她是个特别迷人的女人，她毫无疑问地向我显示，她是有眼光的，但她是个外国人，美国人，为另一个团队，市场，有钱人工作，那些人决定着什么是艺术，什么不是。他们掌管着历史，所以统统操他们的蛋，始终，永远。

就因为这个——而不是她的婚姻——让我一遍遍地翻看她的名片，直到把它折腾成两半。她是，她必定永远是，我的敌人。

她已故公公的画也在我的思绪里，我打算给多齐·博伊兰打电话——的确我的手都已搁在了话筒上——请他允许我私底下去看看画。但这时休朝我扑来，我们扭打着穿过纱门，然后——你不一定想知道——好几天过去了，我都没跟多齐联系过。

而且，我还有画布在等着我呢。我知道我说过，我买不起像模像样的材料，这是真的。我一分钱都没用。我给菲什奥打了电话，他是我在悉尼时的画布供应商，最后他非常勉强地承认，他有一个没打开过的板条箱，刚从荷兰运到，箱子里面——要他承认实在是太难了——装着足足五十码的10号棉帆布。为什么菲什奥表现得像一个吝啬的、不肯吐露真情的私生子，这并不重要，只不过我说服了他把全部五十码帆布都用船运给贝林根乳牛场主合作商店的凯夫①。这将直

---

① 凯夫是凯文的昵称。

接记在让-保罗的账上。人不学会狡诈，到老也算白活。

这批荷兰帆布就在玛琳来之前运到了贝林根。我跟她说话时，脑子里始终想着帆布。我似乎看见它安静地躺在合作商店的装货码头上，跟许多肥料袋混在一起，我的客人一走，我就冲了出去——不是像你会预料的那样去多齐家——而是去合作商店，然后我们把帆布带回了家，我把帆布摊开在画室地板上，但是没有一个切口，哪里都没有切口，所以这一切，这一切可能性，都涌现在我脑子里。

然后——三十分钟之后——可爱的、患腺样增殖体肿胀的小个子凯文又打来了电话，这回是通知我说，我定制的颜料刚到，这一来，就连该死的莱博维茨似乎也无足轻重了。这批颜料来自拉菲尔森颜料厂，悉尼的一家小型的颜料厂，是全世界最好的颜料制造厂之一。在我真正有名的那五年里，我只用他们的颜料，现在他们有一些新的非常正宗的丙烯酸绿：永固绿、土绿、詹金斯绿、钛白绿、普鲁士绿、一种酞菁绿，非常浓，只要眼泪水大小的一滴，就能调和一大摊白色。当然啦，艺术品供应并不是合作商店的主营项目，但是凯夫和我已经做成了很多次生意，而且相互交换过礼物——一幅小风景画，一幅木炭画——所以颜料都记在了让-保罗的账上。

凯文的电话来过后几分钟，博内斯兄弟又回到了霍顿小货车上，那小货车在路上慢慢行驶，像一条潜水艇在银色的雾海中滑行。我那油漆房屋的阶段结束了。我再也不必落魄到用沙子或锯木屑来涂厚的地步，也不用拿着蹩脚的短毛刷来涂干得太快的高光多乐士了。

"太热了，"休说。

"湿黏黏的，兄弟。"

"该死的大热天还在后头呢，你等着吧。"

我们两个都不喜欢这潮湿的季节，但对休来说，他每天的主要活动就是步行去贝林根然后再回来，炎热永远是他最担心的，作为一个可怕的靠嘴巴呼吸的人，他需要大量的水，才不至于在路上渴死。即便现在，他也正在从圆桶形铁皮罐子里喝着水，这只罐子他到哪儿都随身带着。稍后，当他出门散步时，他会一头钻进灌木丛走到这条小溪或那个水坝——那些地方他全都熟门熟路。

回到合作商店，我找出了我那只装着一磅重软管的漂亮的木箱子——那是拉菲尔森的，一切都安全抵达，安然无恙——我高兴得就像圣诞节早晨的孩子一样。我定制的新的绿颜料每一种都是货真价实的，但也掺和着浮石和不锈钢薄片，这个配方的目的是让绿色有一种神秘的镜子似的光，那将会——我还没打开任何东西就知道——缠绕我操蛋的脚趾。

一般人很难理解，这种新的颜色和一卷没有割开的帆布对我来说意味着什么，但我已经做好准备，陷入一个非常严重的困境中，在这方面我是不会受骗的。后来，当然啦，让-保罗申明说，我的材料是非法取得的。但他可曾有过一个资助人的善心，抑或他是要我继续拿休的抚恤金来买该死的刷房子的油漆吗？他一开始就打的什么主意啊？

休和凯夫扳手腕，赢了四块钱，所以他也很高兴。我在账单上加了两袋肥料。在合作商店里，肥料卖十八块钱一袋，我转手给我的隔壁邻居戴森太太，只收她十五块钱，她很开心。后来让-保罗断定这也是偷窃，但是老天作证，我不是个星期天画家。我完全有理由期待还清所有的欠账。这只是现金流转的问题，我要不是受到如此不道德的干涉，我原本可以悄悄把画卖掉——法庭根本不会知道。

回让-保罗家的路蜿蜒着穿过灌木丛，直到往下进入格兰尼费尔一个绿油油的长山谷。在这里你通常可以看见多里戈悬崖，在山谷下面的三千英尺处，就是奈佛奈佛河，今天它被笼罩在一层浓雾中，在三百英尺的高处看去，宛如一条牡蛎灰的带子。我把车子开得很慢很慢，这时我看见两盏车头灯朝我们过来。

"多齐，"休说，"该死的老多齐。"

他的眼力很好，虽然辨认出我们邻居的车头灯并不需要什么天赋，因为，或许为了他那条反复无常的小溪，他把一辆加长版的路虎改装成了有点像怪物的卡车，车头灯紧挨在一起，高高的，远离公路。看见它们那妖魔眼似的黄色灯光，我放慢车速，就在山脊下停住，把车窗摇下，听见了多齐那可怕的老柴油机嘎嘎响着挂到了第一挡。根据那些地区的习俗，他应该停下来跟我说话，但是他却从我身边驶过，因为挨得很近，车速也很慢，所以我清楚地看出他的目光里透露着无法消解的敌意。

我跟多齐·博伊兰认识才六个星期，但我们很快就成了朋友，每个星期都有两三个晚上在一起喝他地窖里的酒，我们不谈艺术，不谈文学，只谈他最喜欢的植物和昆虫。正是他，我的邻居，发现了罕见的毛鼻袋熊蝇和柄眼信号蝇。他精明，非常热情，精力充沛，知识渊博。我这辈子都没想过该怎样应付他这种有钱人的遮遮掩掩，以及——更糟的是——此刻他向我投来的相当仇恨的目光。

不错，我喜欢我的邻居，要是我在哪里得罪了他，那我会向他道歉。我想道，我会过一两个小时后再打电话给他。然后我开始惦记起拉菲尔森给我运来的那些可爱的、沉甸甸的软管，以及我已经准备好的那块平整的、短纤维的画布。我们一回到家，我就进了屋子，休已经往他的圆桶形铁皮罐里装满了水，开始沿公路往回走，一边走一边喝水一边往外洒。

那天晚上我本该给多齐打电话，我真的想打，因为我依然没有见到那幅莱博维茨，也没跟他说说对那幅画的该死的好奇心，但是就在我忙着整理拉菲尔森那些漂亮的颜料目录时，无意中看见了我刚到这里时、他给我的一些报纸。多齐有着丰富而有趣的人生经历，除了在贝林根经营着一家赢利颇丰的布拉明种马场外，好几年前在悉尼，他还建立了一家现在很有名的公司，当时叫做斯堪的纳维亚设计公司。在他提供的旧目录中，有一份用有光纸印的关于公司的报告，权当对公司的简介，在诸多二十世纪五十年代现代家具的黑白复印件中，夹着一幅他的肖像。这幅肖像先是让我发笑，因为他显然是在模仿演员克拉克·盖博①，不过在那整洁的八字须和影星的英俊相貌后面，总有些地方不太对劲，下巴有点歪，有点沉，虽然这在一般意义上算不得是缺陷，它们之所以成为缺陷，就因为他成不了真正的克拉克·盖博，剩下的就只有某种虚荣和无聊了。这幅肖像那么恰当地解释了今天早上在路上我从他的目光里看见的近乎疯狂的愤怒，否则我才不会这么在乎它呢。这老头爱虚荣。这我倒是从没想到过的。但是他断称玛琳勾引了他，我嘲笑了他的胡说八道。所以得罪了他，真他妈的遗憾。

所以我没有给他打电话。稍后会打的。这件事我会释怀。他会释怀，或者我以为他会释怀。我错了，几乎每一件事都错了，在接下来的几个星期，我会胡思乱想，然后才会真正弄清多齐到底为什么恼火，同时，朋友间那种奇怪的沉默又会进一步发展，像肩膀上一块被撕裂的肌肉没有得到照料，变得僵硬，高低不平，最后被锁成一个受伤的死结，再怎么推拿也解不开。

我知道，他跟休说过话，有时候还让他搭他的路虎车，

---

① 克拉克·盖博 (1901—1960)，美国影星，因主演电影《乱世佳人》获1939年奥斯卡最佳男主角奖。

但是，尽管我在路上见过多齐好多次，尽管有一天晚上他悄悄把我的断木机还了回来，我再也没有真正跟他说过话。我会在年内见到那幅莱博维茨，但到那时多齐已经死了。

6

我甚至都没费心使用那些不掺杂质的绿色颜料，却像头拱食的猪一样拱进其他的绿色中——好看的大罐子，操蛋的墨绿色，可恶的黑洞能把你的心从胸腔里吮吸出来。绿色不会是我唯一的颜色，但在很大程度上是我的定理、我的论点、我的家谱，很快我所有的十个电钻都这样那样地工作起来，把我那邪门的墨绿色跟石膏粉、红花油、煤油调和起来，跟镉黄、茜素红调和起来；这些名字很好听，却不得要领——关于上帝或光没有恰当的名字，只有数学，埃[①]的范围，红茜素 = 65 000 埃。

休起床出门了，像个疯婆子似的走遍这里的每一个地方，在柏油马路上一颠一颠的，用生造的话骂着苍蝇，但是他、多齐、玛琳、我的小男孩——每个人对我都如死人。愿

[①] 埃，光谱线波长单位，据瑞典物理学家安德斯·J·埃斯特伦（1814—1874）的姓命名。

他们安息吧，非常他妈的对不起。

我画画。

几年以后，当画商霍华德·莱维在默瑟街上一个阁楼里，用暗淡厌倦的目光看着这幅画时，非常善意地解释了我在贝林根那个炎热的日子里所做的事情："你像肯尼斯·诺兰德①一样，""你的话不是要点，你的话是个支架，是悬挂颜色的东西。"

这不仅仅是愚蠢，他甚至都不是这么想的。他嘴上说的是——多么与众不同啊。但心里想的却是——这个连克莱蒙特·操蛋的格林伯格②都没听说过的龟孙子是谁呀？

莱维死了，所以我可以骂他。其他的人我想对他们再保持一段沉默。这些纽约画商有他们特别的无知，跟让-保罗截然不同，虽然他们在令人惊讶的自负上如出一辙，我得接受已经由狄克伯格和其他人同意了的说法。让-保罗几乎会直率地把这点说出来。而莱维，另一方面，则觉得我与众不同。

但是这在任何地方都是一样的：每一个喜欢我的人都试图让我与时俱进。有时候，似乎世界上任何一个地方，任何一个苍蝇在面包店橱窗里爬的小镇，都同样有某个毕业生打

---

① 肯尼斯·诺兰德（1924— ），美国抽象色彩派画家，与画家 M·路伊斯创造了用稀释油画色作画的渍染技巧。
② 克莱蒙特·格林伯格（1907—1994），二十世纪美国最著名的文艺批评家之一。

着科比西埃领结，此刻，就是现在，读着《国际画室》和《艺术新闻》上的政党的政策，他们全都急不可待地要想让我与时俱进，不仅要我摆脱旧式的笔法，而且摆脱掉任何与世界本身的关联。

这些是严肃的事情，但是曼哈顿的画商们向我提的第一个问题却别有一功："你那些收藏者叫什么名字，电话号码是什么？"

下一个问题就是："你最近的一次拍卖是什么时候？"

然后，当他们真正看到画的时候，他们就会暗暗地问自己，这他妈的是什么呀？

都那么无知，让人不快。他们没有眼光，只有对市场的嗅觉，我在他们看来，就像是个住在密西西比本特迪克棉花镇的精神失常的傻瓜。

但我是布彻·博内斯，一个会偷窃的狡猾的人，我用我的绿色和我的荷兰画布画出这个漂亮的七英尺高的怪物，当我画好并裁切好之后，完成的是一幅二十一英尺长的作品，它的骨头、它的肋骨、椎骨、断指，是用光和数学做的。

"我，发言人，像国王一样在耶路撒冷统治以色列；我明智地用心研究和考察天底下所做的一切。上帝让人们忙碌的是一件令人遗憾的事情。我看见了在这里的太阳底下所做的所有的事情；这些全都是空洞和徒劳的。已经弯了的东西不会再变直；不在眼前的东西不能被计数。所以我用心地理解智慧和知识，疯狂和愚蠢，我逐渐认识到这也是徒劳的。因为以这样的智慧只能徒生烦恼，一个人知道得越多就越受罪。"①

　　一层玛尔斯黑冲进第一个 I②，那个 I 像我穿着足球袜的弟弟那样高高矗立，还有一片异国风味的鹅粪灰，像来自"**天堂**"的军队一样大举入侵，它的表面被擦得像玻璃一样平。忘了它吧。这东西不能提，它也不能行走，不能收入拍卖记录。这些是我母亲的骨头，我父亲的玩意儿，布彻·博内斯的熬浓的骸骨，像一大锅内脏嘟嘟地沸腾，整整十天十夜，我猛力扭，使劲拍，均匀地擦，洪水始终在我脑子里汹涌，直到画布让我对上帝产生神圣的恐惧，让该死的毛发在我该死的脖子上直立，如果说它吓到了我，它的制造者、诋毁者、宗教集会参与者，那它也将吓坏让-保罗，这是一个表面上比较慷慨的人，但根本上比霍华德·莱维和五十七街街头帮派更卑劣。

　　他来监狱接我时，没有告诉我这件事，但是我已经知道他和画商以及律师担心我会在风格上落伍。

　　哦，天哪，多大的灾难啊。我该怎么办呢？

　　他们不知道我天生就是落伍的人，当我在巴克斯马什下

---

① 以上这段话改编自《圣经·传道书》。
② 第一个 I 即上段译文中的第一个"我"的原文。

了火车后依然是落伍的。我的裤子太短，袜子是白色的，就算进了棺材，一块一块骨头之间的韧带全部僵硬，肉体与泥土混在一起，我在风格上还会犯同样的过错。

不过，现在的问题不是风格不风格。问题是我的画在拍卖时的价格以及让-保罗的收藏品的价值在下降。市场是一头非常容易受惊的牲畜。它应该是这样的。说到底，当你对一幅画的价值毫无概念的时候，你怎么能知道该出什么价呢？如果你花五百万美金拍下一幅杰夫·孔斯[1]的作品，等你把它拿回家时，你会说什么呢？你会怎么想呢？

但是这件事我能有什么办法呢，就算我想做点什么。无非就是我已经做了的：巴结凯夫，赊购画画的材料。我是不是应该先给让-保罗打电话呢？问问他的意见？画廊、批评家以及买画的人们都想些什么，这实在是不相干的。我当然知道格林伯格是谁。在我看来，他充其量是个机械师，一个修收音机的人。他的话只有一句是值得听的：绘画的问题在于那些买画的人。

一度我在奈佛奈佛河岸边画画，画出的画不像任何一幅我以前见过的或画过的。日复一日，夜复一夜，我吓唬着自己，不知道自己想些什么。

在这一切中都有休，买东西，做饭，拉屎，砍大鳍蓟，

---

① 杰夫·孔斯（1955— ），美国杰出的概念派艺术家。所谓概念派艺术，即其目的不在于创造美的对象，而在于传达概念的一种抽象艺术形式。

晚上没有女人，没有薰衣草撒在她那不可名状的乳房上。

我们的妈妈常说，每个人都要承受他自己的负担，所以在这一切中都有休，他那深陷的小象眼，每天晚上和早上，经过炎热发霉的夏末，直到前围场里的草开始长出像哈里斯粗花呢似的褐色斑点，休依然会拿着圆桶形铁皮罐去贝林根。

人们对他很好，从来没人说他们对他不好。城里流传的说法是，这些澳大利亚的小镇子是偏执的，但我的经历却不是这样，我满心指望着一个像贝林根这样大小的地方会有它自己的绅士型鳏夫，男人似的女医生，穿着铁鞋掌的靴子，哔叽裤子，粗糙得足以打磨你的墙。那里也有慢博内斯的立足之地，有每一个人的立足之地，虽然有点挤挤搡搡，令人烦躁。

在我调颜料的时候，休坐在布里齐宾馆里，独自一人喝着啤酒，从早上十点一直喝到下午三点。这都是我安排的。他的鸡肉生菜三明治被送到他坐的角落，每天都是那个位子，在收音机旁边。

我没感觉到自己生活在一个完美的时代。我所看到的都是令人恼火的事情：让-保罗打来的电话，我的律师的电话，还有就是多齐很久很久没有音讯，这的确开始让我坐立不安。我想看看那幅莱博维茨。这是我的权利，但我不会给他打电话。

凡事总有转折点。

我觉得这些烦恼实在可怕。休失踪了，休打架了，休痛苦了，因此你可以想象，在夏末一个早晨，我正画着画儿，只听得头顶上的树梢里凤头鹦鹉在一个劲地聒噪，还有喜鹊、笑翠鸟、戴森太太家公牛等的叫声，在所有这些东西中还有许多较小的鸟，金黄鹂、蜜雀、草鹨、屠夫鸟，还有河边的木麻黄丛里悦耳的风声——我能听到一种巨大的吼叫声，不是小公牛，而是像一头将要被阉的小公牛，虽然我继续画着画，但我知道这是我弟弟回来了——巨大的斜肩膀，肉嘟嘟的胳膊，在狭窄的沥青路上笨拙地走来，衬衫下摆耷拉在外面，空铁皮罐子拿在手里，胡子拉碴的脸皱得像个纸袋，那只古怪的高鼻梁鹰钩鼻，流着鼻涕，所以，就算我住在天堂里，我操蛋的也搞不清我是在哪里。

7

把个光头剃得锃亮的布彻·博内斯说看着我的作品什么的，但是他到哪儿都不承认休·博内斯是他的助手。他在每幅画上都签迈克尔·博恩这个名字，如果是克罗斯特·博内斯[①]倒更真实。如他自己常说的那样，每一个画家都是个海

---

① 原文为 CROSSED BONES，意为"交叉的股骨图形"，用于海盗旗帜等。

盗。但是原谅我，我以为这年头所有的画家都是该死的国王，我肯定像平时一样又错了。

克罗斯特·博内斯用撒谎的方式弄到了画布，我把它背在背上，好心地放到小货车里，而他还抱怨我说我是**胆小鬼**。在家里我是他的苦力，把画布搬到楼上，送到画室，摊开铺在地板上。没有人看见我这么做。完全是悄悄的，只有他和我。

他老说——瞧那个，休！那个怎么样，休！我们将在这里作一幅巨大的画，休！那是一幅美丽的画！你愿意替我裁画布吗，兄弟！就在这里，就在这里，你是个少有的天才，休！

但是在他的**大事记**里只有一个天才。每个人都惊讶于这么个迈克尔·博恩会从巴克斯马什冒出来，他们都认为巴克斯马什肯定是个污水坑，把它误叫成巴库斯马什或巴克斯斯旺普①，以此证实他们并不知道他们在说什么，虽然那里出产南半球最好的羊排。切肉刀，锯子，木砧板。我希望这些是我的。

当他请我替他裁荷兰画布时我他妈的累死了，因为一路步行进城爬到了格斯里斯大坝上，在那里沾了一堆的虱子，钻在我的睾丸下面。我又累又痒，可他一定要**作画**。天哪，不管他说我什么我从没抱怨过他。比如，晚上我躺在床上把

—————————————

① 斯旺普原文为 swamp，也是沼泽的意思。

枕头盖在头上免得听他责骂**富人多齐**。哦,我看起来是个多么大的负担啊,上帝救救我,不要让我听那么多窃窃私语,受那么多痛苦吧。

你能替我裁画布吗,休?

我可曾听他对那个富人说过他的弟弟能够跟着一条线穿过画布,像一只黑蚂蚁穿过夏日的草丛,肚子贴地,像个**人体显微镜**?不,从来没有。天哪,我抱怨过吗?我可曾指出过现在多奇怪啊,要控制**危险的刀片**,因为我所谓的家里从来没有,一次也没有给过我一个**刀鞘**,他们从来不让我把刀片划过神圣的活的皮肤。端住脸盆杰森,但永远不要握刀。但现在我是那个握着**杀人凶器**的人,我可以躺在他画室的地板上,循着他的荷兰画布的一根纬线向前——他并不认为这是一种天赋,也不觉得我付出了很大的力气。他非常开心地看着我把一根九英尺长的线与它旁边的线分开,一点儿差错都没有。我完美的裁剪是一种**上帝恩典的秘密印记**,这是他告诉我的,不要因为他不信上帝,毫无怜悯地写下他的圣言、长柄、三英寸硬刷毛而担心。他每支画笔付了十美元,在一次勃然大怒中他永久性地写下了上帝的话。照人家所说就是,**你有什么问题吗**?

我是慢博内斯。不管以前我说过什么,我知道它的意思。他们不会给我刀或钢或刀鞘。而我必须赶着那矮种马拉的该死的大车去接受订货。今天有可爱的羊排,庞琼太太。要不要再来一磅猫肉?我永远无法接受我被禁止用刀,虽然我杀起牲畜来可以更仁慈，上帝保佑它们，它们的大眼睛里反射出我的脸。仁慈的上帝就是这样看到我们的表情。

　　很久以来我一直责备我的母亲不替我说话。她只是个小东西，一只小种鸡，有一双深陷的大黑眼睛，总是担心最后的日子，最终的时刻，我们的大限将要来临。她有恐刀症，亲爱的妈妈，可怜的妈妈，要是你看见蓝博内斯或祖父博内斯从后门进来的样子，谁还会责备她呢？大个子的人总是大发雷霆。每天晚上我母亲都要把刀收起来，藏在丘伯①保险箱里。她的左乳房被手术切除了。上帝保佑她。所以就有了这样的习惯。藏刀。但是我做牧师的未来一夜间就被锁了起来。

　　但是后来几年里，当一切都失去、消失后，我们的店铺和家变成了一家录像带商店，所有的希望都被抛弃了，然后我被任命为替我哥哥裁画布的掌刀人。如果你愿意，就把这解释为残酷。我以这样那样的方式成了他的**男用人**。比如在画室里有一个塑料的冰淇淋杯，里面放着小钳子，像牙医用来弄疼你牙龈的器械一样。当迈克尔·博恩坚持自己意见的时候，比如说，克莱蒙特·格林伯格是个无线电技师等等——根本不用提到那些小钳子。你会被建议去问他，哦，那个放满小钳子的该死的大碗是什么呀？答案是——这样白痴休就可以跪在我面前除掉潮湿的画上所有小小的污迹和斑

---

　　① 十九世纪伦敦一锁匠，丘伯牌保险锁的发明人。

点、死者身上的重要部分、活人的绒毛、手纸和鼻涕，这些都会影响**二维空间的纯洁性**。

我听说世界上除我之外没有一个人在分开那些九英尺长的线时不犯一点错。但是我同样并不在乎，一切都是虚荣，很多时候我觉得我只是个唰唰、汩汩、砰砰的大钟，每天在通往贝林根的公路上来来回回地行走，不管春天还是夏天，苍蝇、飞蛾、蜻蜓，全都扑腾着飞过小小的钟，一片钟的迷雾，每一刻都更接近湮没。艺术的障碍。谁会用那些小钳子来除掉我们呢？

我绝对不愿意死在新南威尔士北部，到处是蚂蟥、壁虱和吞噬着河岸的该死的洪水，一切都是潮湿、发霉的。我出生在韦里比的雨影①下面，所以请在干燥的地方给我找一块墓地，坚硬的黄土，你可以在上面看见撬棒的印子，就像年代久远的岩石上木蠹蛾幼虫的痕迹一样。我决不愿意死在这里，但我真正的家变成了一家录像带商店，母亲、父亲都去世了，所以我成了可怜的休、该死的休、人体钟。

布彻·博内斯在贝林根不受欢迎。在马什也一样。谁会喜欢一个为了不让父亲替自己理发就把脑袋刨得精光的人呢？没有人比喜欢**德国鳏夫**那样更喜欢他，后来他去了城里，只是在蓝博内斯中风后回家小住了几天，他母亲求他接过屠刀和刀鞘，他不愿，虽然他回到了墨尔本偷偷地在威

---

① 指山脉等背风坡上雨量比迎风坡要小的区域。

廉·安格利斯肉厂干活。他说我只有一种生活，这是一个谎话。现在他得了失忆症，显然忘记了他曾给家里造成的伤害，在贝林根这里他总是说哦，我是个**乡下孩子**或者我来自马什，但是人家看见他在那里飞快地眨着黑眼睛，欺骗撒谎以让-保罗·米兰的名义赊东西，而他之所以还能活命，只是因为那些人也偷让-保罗的东西。

记不得到底是哪一天了。他在忙着作画，我到镇上去，公路耸起在贝林根河上面，最后的潮水已经退去，留下像死人一样平的草以及没被冲走的呕吐物似的令人恶心的东西。在桥塔旁边还堆着**乱七八糟的**旧枝条，一大摊足以遮阴的树皮、马缨丹、各种各样的植物和矿物，包括一根栅栏上的柱子，上面还有一根电线，像根鱼肚肠似的，从顶上的裂口处挂下来。我注视着它，在远处看着它，蓝色和灰色，比早餐香肠大不了多少，这时一辆又大又脏的木柴搬运车快速驶进角落，换低速挡，抛下树皮，扬起灰尘，把苍蝇和蓟马搅得都精神头十足，陷入一片混乱之中。世界末日到了，苍蝇想道。我的心怦怦地跳，搅动着从这间屋子到那间屋子里的血。肉和音乐，每秒钟两拍，我开始往山下跋涉，走下路肩，下了河堤，往河边走去。我看见的是我的小狗干燥的尾巴，它那没有点灯的棚屋，上帝拯救它。天哪，这让人震惊，但它在那里，它的嘴唇往后嘬，有个邪恶的东西吃了它。它的臀部一半被拉了出来。上帝保佑它，我用我削好的棍子把它轻软的小尸体撩起来，我不知道接下来该怎么办。我走上公路，我的新衬衣被栅栏撕破了。我在想我得找个麦子袋把它装起来带回家，那将是个泥泞的安息地，跟河里的岩石一起蜷缩在**古洪泛区**里。我要到合作商店去，他们会让我住宿，但酒店更近，我就去了那里。我照例傍着无线电坐在角落里。我没有把它放在吧台上，一切都要讲卫生。

一切都跟往日不一样，唯一的例外是默尔给我端上大杯啤酒，我喝了起来，即便在那一刻也想着要有礼貌。通常这酒我得喝上几个小时，但现在我只想着立刻结束。那是一天中湿烟灰缸发臭的时间，也就是说，在合作商店的凯文放屁并点上烟斗之前。起先我没有伴，只有一个可卡因成瘾、裤子里连屁股都没有的人，但后来格思里进来了。格思里是兄弟俩，大的叫伊万，但他的弟弟通常情况下脾气是很好的。我听说格思里兄弟俩三个星期来一直在完成一个筑栅栏的合同，刚刚发现他们的支票被拒付了，他们的情绪不太好。加里·格思里宣称他将把他的道奇 24 开到栅栏前，把最近三个星期干的活都毁掉。他非常气愤。由于酒店里除了那个瘾君子外没别的人，而他又一声不吭，我就不得不听他们兄弟俩的谈话。同样他们也注意到了我的小狗。伊万没有跟我说话，但他对默尔说应该把我报告给卫生检查员。我大声询问默尔她有没有一个便携箱，因为任何可以装进十二只酒瓶的东西同样可以装进我的狗。她说她刚把所有的纸板箱都烧了。那个瘾君子带着啤酒出门上了人行道。

伊万随后说我是个傻子才跟条死狗一起喝酒。他是个大家伙，脚像栅栏桩，他这一辈子就干着往地里打桩子的活。我没回答他，指望着他的弟弟，但是他的弟弟垂头丧气，他的脑子里塞满了复仇的念头，诸如把三英里长的栅栏推倒用推土机把它推进小溪里。在酒店柜台的啤酒花酸味的影子里，他的计划像**帕特森的诅咒**①一样繁盛。伊万对小狗臀部受伤的原因做了一番议论，我把另一半脸凑上去，但是当他试图强行把小狗尸体没收时，我像一只**蓝色的鱼狗**穿过芥子酱色的洪水表面一样迅捷地蹿了上去。我抓住他的小手指，那手指就像蜻蜓被叼进鱼狗嘴里一样一咬就碎。

伊万家可以说是那个地区的**老家族**。他的照片挂在墙上，贝林根十八橄榄球队的一个机动队员，但现在只好堕落到踢脚板的水平，狂叫着，把他**断裂的掌骨**举在胸前。

一眨眼的工夫他就萎靡不振了。

加里朝我走来。我小心翼翼地把狗放在吧台上，伊万的保护者完全明白他的危险处境。

听着傻子，他说，你告诉你那操蛋盗贼哥哥他在这个地区不再受欢迎。

于是我错误地相信，由于伊万·格思里的断裂的掌骨，我哥哥和我将遭到驱逐。我不能忍受。以前我责怪布彻·博

---

① "帕特森的诅咒"是一种粗生的草，可侵入其他草地生长，生长速度极快，花为紫色。

内斯的一切现在都落到了我自己头上。我非常伤心地往家走，一个苍蝇，一个黄蜂，一个**艺术的敌人**。

8

我不能责怪休——那是荒唐的——我也不能将自己与凡·高相提并论。即便如此，我依然有资格指出，正是文森特的圣徒似的弟弟西奥让瓦兹河畔奥维尔村①的六十天作画有了个了结。你可以发现三千种美术书中混杂着拙劣的复制品以及同样多的无聊的评论，说什么来自那六十天中的六十幅画是"最后的花"，而文森特麦田里的乌鸦则是他打算自杀的"明显征兆"。但是去他妈的吧，乌鸦只不过是只鸟而已，而文森特是活的，在他面前有乌鸦和麦子，他每天都要作一幅画。他像一把马桶刷一样狂热——为什么不呢？——像画家一样无聊。加歇医生也许不会真正邀请他的病人来跟他一起生活，但是画家们会做这些事情，所以能忍且忍吧。

当太阳下山时，当光线消失时，加歇的屋子肯定满足了

---

① 法国巴黎东北部近郊一小村庄，因风光绮丽而吸引众多印象派画家前往写生。凡·高生命中的最后六十天即在那里度过。他的弟弟西奥把他托付给同样是画家的医生加歇照料。他在那里作了七十幅画。

文森特的需要。非常对不起，以每一个人的名义。与此同时，他在与上帝通电话，六十天以后他下山坐巴黎的火车去看西奥，不是打算他妈的自杀，而是谈论卖掉一部分那些画。为什么不呢？他知道自己作品的价值，这是毫无疑问的。

从奥维尔村到巴黎是个很短的旅程。我自己就曾走过，而且就在最近，很难想象还有比那更不浪漫的旅程，即便是在悉尼的西郊。就我而言，由于我同伴的关系，旅程被搞得更无生趣，其中一个有肮脏的嘴唇溃疡，还强烈希望跟我共喝一瓶潘诺茴香酒。在加歇医生如今出名的花园小径往南走了九十分钟后，我就到了巴黎。像文森特一样。西奥是他的经纪人，他的著名的资助者，他的弟弟，他很快将死在这个人的怀里，但西奥·凡他妈的·高同样会做经纪人总会做的事情，比如他告诉他市场多么糟糕，风尚还没有朝他的方向转变，答应买画的收藏家现在死的死，走的走，或因为离婚而破产了，等等。西奥，上帝保佑他，消沉了。他认为现在是文森特面对"现实"的时候了，文森特照做了，他回到了奥维尔村，两天后朝胸口开枪自杀了。

当我听见休在路上怒吼咆哮时，我只有四十七天，他们无法让我停下，不管是用绳子还是枪子。我有八块巨大的画布藏在一个该死的食槽里，第九块赤裸裸地平躺在地板上。

休的脸被揍成了肉酱，已经肿了起来，他那宽阔的像帆布似的脸颊上涂了一层血和鼻涕，其中一些溢在了他当成新生儿那么轻柔地抱着的脱水的尸体上。花了一个小时才让他把事情说完整，可即便如此我还是一头雾水，以为那血是他跟伊万·格思里打架的结果。要到下一个星期我才听说有人看见他在河上方的公路上用脑袋撞桉树撞得脸上全都是擦伤和淤青，所有破碎的组织很快都会肿起来，让他脸上留下黄一块，红一块，紫一块，像个装肥鹅肝的陶瓷盖碗，这都是他自找的，因为他像我一样，找错了地方。

这已经不是他第一次折断人家的小手指，上一次给我造成的痛苦和损失更大，我都无法说出来。休和我都以为我们又一次陷入了同样的窘境，但是，各位很快就会看到，在我们相当正确地以为我们将面临危险时，结果却与表面看来的截然不同。不管怎么说，这第二次我没有责怪我弟弟。我心里很不爽，但没有显示出来。我鼓励他继续实行他迫在眉睫的计划，就是寻找一块干燥的高地埋葬他的狗，我帮着把它那轻得异常的尸体放在我最好的帆布背包里。他就这样出发了，狗装在包里，铲子和撬棍拿在手里。我回到我的画布前。因为我知道时钟在向前走，很快那些官僚小矮人们就会蜂拥而来，包围我们，像一窝白蚁威胁着粘附在活生生的画幅完美圣洁的表面上。

由于材料短缺，加上在合作商店遇到凯文的抵制，那天我没打算工作，但时间是宝贵的，随着每一个呼吸的逝去，我决定碰一下我原先最害怕的东西，我母亲挂在她的宝贝床上的带镜框的刺绣：**"如果你曾看见一个人死去，记住，你**

肯定也会走同样的路。早上要想到你也许活不到晚上，等晚上到来时不敢向自己保证能活到天亮。"①

我不想碰它，就像不敢把手搁在烙铁上，听见皮肤发出吱吱的声响，闻到皮肉的焦味一样。我花了整整一个小时整理画室，刮漆布，置放纸和一段未上底色的棉帆布。如果你曾看见一个人死去，我把搅拌棒从钻机上拆下来，开始清洗起来。其实这不是非做不可的，但我慢慢地刮着粘在 X 形刀片架上的颜料，那些颜料形成了自己的小星球。**"你也许活不到晚上"**，而所有着了色的过去像甘草什锦糖，沉积岩，绿色，黑色，绚丽的黄色，闪亮的云母那样堆积着，在马什人们称其为傻瓜的金子。我不想开始。我用棉纱线擦拭刀片，把它们擦得锃亮，然后我眯起眼睛，把旋转的立轴插进马斯黑，炭黑，石墨，二百四十伏电压，每分钟一百转速，酞菁绿加茜素红的中心，我开始干了起来。我算是被套住了。我把水滴从最后的混合物中摇掉，出现在眼前的是一种多么冰冷的、吸光的黑色啊，一种非常不吉利的东西，装在一个罐子里。在它那极度肮脏的中心，是茜素红。我已经可以估计到我将如何给这些还未诞生的形状加上边——茜素红将会形成一道几乎黑得不能再黑的边，但在**"保证"**②的后

---

① 引自灵修著作《效法基督》，相传为德意志天主教修士托马斯（1380—1471）所著。

② "保证"，即前文所说主人公母亲刺绣中"……不敢向自己保证活到天亮"里的"保证"二字。

面，也会有一条边，像风暴性大火中一片叶子燃烧的边。然后我把群青色和浓烈可爱的烧棕土掺和在一起，这就诞生了一种新的黑色，像冬天里给一匹价值二万美元的马盖的毯子一样温暖，然后我给我的棉帆布涂上了非常稀的二氧杂环己烷紫色，那么潮湿，使它成了一种珍珠灰色，一层神秘的皮，你在，怎么说呢，"早"①的污迹后面都能看见，在那一面，以及在其他令我母亲的恐惧扭曲的地方，今天你可以观察到修饰痕、擦痕、污迹、心思的变化，因为我有时候像西西弗斯②那样推着那些反抗的字母——现在它们肯定是为我所用了——不是罗马的凿子或诗人的语言——直到**"不敢保证"**像 1953 年牛奶厂大火一样丑陋而又高贵，十个人在被扭曲的罐头和烟雾中丧命。在最后一天，一个露水晶亮的清晨，我做了一系列的涂层，9/10 的凝胶体，比河面上的雾还要轻薄，我把这些敷设在黑色面层上。至于作品本身，你可以看见，数年之后，终于进入了一家严肃的博物馆，我对待你不会像对待在一架飞机上的愚蠢的当日买卖投机者那样，这种人就是想知道"我可以知道你的名字吗？"

但我只想说，这幅画我把它擦净，擦毛，刮擦，用沙子摩擦，直到它成为一幅里外都有争议的作品。天哪，看到那

---

① "早"原文为"morn"，即那幅刺绣中"早上要想到你也许活不到晚上"里的"早上"（monrning）的一半。

② 古希腊暴君，死后坠入地狱，被罚推石上山，但石在近山顶时又滚下，于是重新再推，如此循环不已。

一系列神秘的黑色，你会从心里感觉对上帝的恐惧，它会使你窒息，操你，把你的光脚丫子放到火上。

这件活儿持续了三天。最后干完了。不祥的是，没有参观者。到那时休已经处置了他的狗，他的小眼睛深陷着，别人难以看见，他非常安静地在屋子周围转悠，大部分时间是在砍大蓟蓟。我远离贝林根，断定彻底避开犯罪现场比较明智，于是额外多开了三十分钟的车子，到了科夫斯港。困难已经出现了——材料供应有限，没有酞菁绿，调换了调色板（真不该换）。掌骨事件后的第四天发生了第一次攻击，一个来自贝林根市政会穿着白色长筒袜的白痴，一个手里拿着写字夹板的建筑巡视员。他拿着检查员用的测链测量从河岸到化粪池的距离。一个小镇子就是这样排除你的。他们宣布你的房子违反了条例。我为什么要介意呢？那又不是我的房子。

钱很紧缺。我每天煮被晒干的蔬菜，尽管我已吃厌了，而休——上帝保佑他——一次也没抱怨过。但这回始终没人告诉我们，我们现在为什么遭人嫉恨。我们在打一场错误的战争，为了错误的理由，直到手指断裂后的第十一天警察才喀嚓喀嚓地踩过拦畜沟栅，不是当地的警察，而是来自科夫斯港的两个便衣和一个司机。见到汽车，休立马逃走，一头冲过洪泛区，直到天黑我才找到他，当时他听到警察的汽车终于开走后，才从一个毛鼻袋熊洞里钻了出来，眼神迷乱，浑身泥巴。

9

艺术警察也是警察，如此而已，他们会像耶和华见证人①一样出乎意料地来找你，理由也同样的愚蠢。不过，在贝林根那个阴湿的日子，我对警察种类一无所知，我错误地以为我的访客是有代表性的。

有一个五十岁左右的老头，高大而健壮，像个旧派的警察，但是步子怪模怪样，几乎是懒洋洋的，一只硕大的方脑袋总是转来转去，像是在使劲辨认该死的埃菲尔铁塔。他穿着一件破旧的杂色图案针织套衫，抽着一支恶臭的烟斗，不断地吹出一滴滴的焦油，滴在我的牧草地上。这个叫尤班克的侦探身上处处透着一个再过两星期就要退休的打包工的懒散的好脾气，同时又与他那个一脸聪明相的搭档有着一种奇特虚幻的联系。

那个较年轻的人叫安伯斯里特，也就是二十五岁出头的样子，但已经在脸上刻下了深深的 V 形皱纹，像图表上的箭头指向他淡灰色的眼睛。他的同伴称他为巴里；他嘴唇很

---

① 十九世纪后期美国宗教领袖查尔斯·T·拉塞尔 (1852—1916) 创立的一个基督教教派，认为"世界末日"在即，主张个人与上帝感应交流。

薄，往下耷拉，也许是因为他的腰弯得很厉害，丝毫不见肌肉，让我联想起艺术警察肯定是个非常操蛋的不寻常的等级，就像让-保罗的漂亮妻子可以使人联想到她非常平庸的丈夫的一些内在的品质一样，安伯斯特里特奇异的鸟一样的相貌让他同伴的烟斗和杂色图案针织套衫平添一分价值，再怎么抬高也不过分，就连索斯比拍卖行也不行。

这两个警察二话没说就抓住了我，他们为什么不能这样做呢？他们没有说他们从悉尼来。我以为他们是从贝林根来的，是来找休的。谁知他们想要检查我的作品，我带他们到棚子那里去看。对，我用你们所谓的欺诈手段得到了那些颜料和画布，他们又能怎么样呢？绞死我？对，我还把大约一公吨的肥料卖给了戴森太太，我猜想让-保罗不高兴了。富人就是那样，想到自己可能被利用了，就像受到了痛苦的攻击似的受不了。天哪，什么样的动物会对他们做那样的事啊？

我陪尤班克和安伯斯特里特走到棚子那里，好像他们是马奎里街①的收藏家来画室参观一样，我得说，尤班克算得上他妈的非常客气，尽管他说我有案底或者，照他的说法，"在警局有名"。另外，他对菜园以及多齐放牧在我公路旁围场里的布拉明牛疑问多多。与此同时，安伯斯特里特非常安静，但即便这样也并没任何威胁。正如尤班克向我指出的，

① 悉尼的一条著名的文化街。

他的同伴似乎非常害怕把牛粪沾到他新的马丁博士靴上。

棚子就是棚子，后面的三分之一是个装卸货物的坡道，堆满戴森太太的干草包，前面的三分之二是泥土地面。这里停着我的拖拉机，藏着链锯，柴枝切割机和我没放在露天里的其他园艺工具。我还把我的九幅画卷在这里的长纸板管子上。它们整齐地挨着墙，就像草耙、铲子、长柄大镰刀什么的一样。当然啦，这样并不理想，但是我显然不能让他们在画室里、在我的耳朵旁聒噪。

"OK，迈克尔，"尤班克侦探说，"现在是'展示和讲述'的时候了。"

我开了个玩笑——现在把它忘掉——说是要看看搜查令。

"在车上，"安伯斯特里特说。"稍后我们会让你看的。"

我吃了一惊，但我掩饰住了。最糟糕的事情会是什么呢？我会因为以让-保罗的名义赊账买材料作画而被指控吗？操他的。富人就是没耐心。但我依然是一个顺从的小公民，我把第一幅画《我，发言人，像国王一样统治以色列》摊放在改良过的牧草地上，就像放在有弹性的三英寸厚的垫子上一样。

所以请把这个记下：新南威尔士贝林根外八英里，我穿着短裤，光着脚，安伯斯特里特像个鹤或鹭，上身短，两腿细长，裤带束得很紧，整个骨骼的力量都集中在眼睛里，俯身看着我的画。所有的过程显示，这幅作品有一种确定的操他妈的性质。我已经——我希望我跟你说过——开始把长方形的画布胶贴在更宽阔的田地上。即便是在温暖而雾蒙蒙的阳光下，它看上去还是非常的好。

在第一遍审视过程中，警察什么都没说，即使当我们在一个画布卷的当中发现了一窝活生生的小耗子时他们都没吭声。说实话，我几乎感到了高兴。我不能进监狱，这幅画看上去这么好，丝毫没有因耗子的臭味或者在底边流淌的摇曳的淡棕色水痕，像日本刀上的波纹一样，而有所贬值。

安伯特里斯特想再看一遍《我，发言人》。而我是个画家。我为什么不愿展示呢？我看着这个奇怪的交叉双臂、拱着肩膀的小批评家。尤班克开始吹起爱尔兰民歌《丹尼少年》的口哨。

"这个能值多少钱？"安伯斯特里特问我。"放在市场上拍卖的话。"

我认定他是在考虑我该怎样赔偿拉菲尔森一磅重的颜料管，于是我告诉他说，眼下它一文都不值。我已经过时了。卖不出一幅画来拯救我该死的生活。

"是啊，这我理解，迈克尔。五年前，这幅画你或许可以卖三万五千美元。"

"不。"

"撒谎是没意思的，迈克尔。我知道你的画一向都卖什么价。现在的问题是，你处于自由下落中。是不是呀？"

我耸耸肩。

"我可以给你五千块钱，"他突然说。

"哦天哪，"尤班克说，过去察看水泥畜栏，拿起一个冲洗用的长水管猛击它们。"天哪，"他叫道，"圣父圣母啊。"

"不含税，"安伯斯特里特说，我看见他的眼睛一个劲地发亮。"全部现金。"

与此同时，尤班克笑得前仰后合的，把一撮撮黑漆漆的劣质烟丝往他油腻的烟斗里塞。比较之下，他年轻同事的脸皱得像绵纸一样，保护着他明亮的眼珠子。

我不想说我没有受到强烈的诱惑。

尤班克又溜达了回来，抽着烟斗。他抽烟斗的样子与众不同，每抽一口，那又粗又黑的眉毛就往上扬一下，弄得他看上去像是感到极大的震惊似的。

"我不能一下子付给你。我要过一年才能付完。"

如果他一次性付完的话，我也许会说行，可他这样付救不了我，所以我拒绝了他。即便现在我都不知道后来发生的事情跟我拒绝他是否有关，不过我认为是无关的。这事情更像是我们得到了一次愉快的休息，现在我们必须继续干活了。

安伯斯特里特皱眉，点头。"我明白，"他说。然后转向同伴："你带着卷尺了吗，雷蒙德？"

尤班克从口袋里抽出一块脏兮兮的手帕以及一把时髦的

小卷尺，那样子我从没见过，好像他是个外科医生，拿着在东京设计的派特殊用处的器械，所以没有英文名称。一看见它，我的眼睛都直了。

"量一量附加部分。"安伯斯特里特说，这是一句难听的话，因为他所指的那个长方形里正好有一个单词"上帝"，尽管它的鹅粪灰和酞菁绿在与抗拒的字母"O"①的争斗中被涂污并挪了位。

我看着尤班克测量着，就像你看着你的汽车被撞一样。

"三十英寸乘以二十一点五英寸，"他说道。

安伯斯特里特给了我一个天使般的微笑。

"哦，迈克尔！"他对我说，把皮带又束紧了一格。我突然明白他原来是个胆小鬼。

"什么？"

"三十乘以二十点五，"他说。"哦，迈克尔！"

"什么？"

"不熟悉？"

"对。"

"跟博伊兰先生的莱博维茨的尺寸一样。"

我想道，这是什么意思？奥秘教义？数字占卦术？

"迈克尔，我觉得你是个聪明人。我们知道确切的尺寸。分类目录里面登着呢。"

---

① 文中"上帝"的原文为 GOD。

"就算是一样的尺寸，那又怎么样呢？"

"那可重要着呢，"安伯斯特里特说，"因为，你知道，博伊兰先生的家进了贼，一幅雅克·莱博维茨的作品被盗了。"

"胡说。什么时候？"

听我这么一说，尤班克狠狠地抽了口烟，眉毛都消失在了头发里。

"哦。"安伯斯特里特怀疑地笑道。"你不知道！"

"别这么含讥带讽的。我怎么会知道？"

"就像你知道约翰·列侬①之死一样，"尤班克说。

"你可以试着看看任何一张报纸，"安伯斯特里特回答说。"你可以打开收音机。"

"约翰·列侬没死，你这笨蛋。"

"别转换话题，迈克尔。我们是来这里调查一桩盗窃案的。"

直到那时候，当我们站在那里俯视着我的画时，我才意识到出大事了。

"有人偷走了他的莱博维茨？"

"三个星期之前，迈克尔。你是唯一知道那幅画在那里的人。"

---

① 约翰·列侬（1940—1980），英国摇滚音乐家、歌手，披头士乐队创始人之一。1980 年 12 月 8 日在纽约被伪装成歌迷的杀手枪杀。

"他从没给我看过。不信问他去，"我说，但是当多齐在大雾中从我跟前过去时，我看见了他仇恨的脸色。

"可你知道他有这幅画。你知道那天他要出门去悉尼过夜。"

"他经常去悉尼。你真的以为我这么愚蠢，把一幅价值两百万美元的画粘贴在我的画布上，然后用颜料把它涂抹掉？这是你的看法吗？显然你不是他妈的画家。"

"我们不是说你把画藏在了那下面。我们是说我们要把这幅画拿去做 X 光和红外线检测。"

"你们这些该死的家伙。你们就是要把我操蛋的画布擦破。"

"冷静，伙计，"尤班克说。"你会得到一张正规的收据。内容你可以自己写。"

"我什么时候可以拿回来？"

年纪大的那个警察的眉毛警惕地扬了起来。

"那得看情况，"安伯斯特里特说。

"看什么情况？"

"如果我们审讯的时候用得着的话。"

我实在不知道接下来会发生什么。我身体的某个部分觉得这些个操蛋的家伙在抢劫我。另一个部分则觉得我处在一个严重的困境中。我不知道哪个好一点哪个坏一点，最后，在我花了三个小时钉了个板条箱（这段时间里他们给我的撬棍和其他工具拍照）之后，在我亲自帮他们把箱子抬上他们的车子后，他们给我看了报纸上关于莱博维茨被盗的巨幅报道。我就着他们的车头灯的灯光读了头版上的标题，关于约翰·列侬依然毫无线索，但是明白到自己至少没有遭到抢劫，不由得一阵轻松。

10

那个无足轻重的迈克尔·博恩对于跟他切身利益无关的事情当然是一无所知，关于毛鼻袋熊，他有个不正确的说法：**愚蠢**，这可以作为一本书的书名，但这是错的，因为毛鼻袋熊是个聪明的家伙，上帝保佑它，它可以在自己的洞穴里做扭曲横滚，抓耳朵，瘫下来，像擀面杖下的生面团，我之所以知道，是因为**我曾亲眼看见过**。当然啦，我从没跟我哥哥说过，他一点都不知道，为了准备警察上门，我都做了哪些安排，虽然我在拍伊万·格思里的掌骨的那一刻我盼望着蓝光闪烁法律的怒火——唰—唰—唰，这样我就不必依赖布彻·博内斯来救我了。他好多次威胁我说要把我置于**管理医疗保健制度**之下，在那里他们会把我的牙垢除掉。

警察们**慢得像一个潮湿的星期**，这就提供了一个很好的机会，把毛鼻袋熊的一个长长的支洞拓宽。我第一次进入那个迷宫是在我埋了小狗之后的那天，我带着鹰嘴锄和电筒以及一个四加仑糖蜜罐的盖子当作盾牌。但我从没在毛鼻袋熊身上遇到过麻烦，很快就学会了在朝它们走去时发出友好的咕噜咕噜的声响。最小的那个我取名为**家伙**，祝福它。有时候它会嗅我的头发，但不是警察最终登门的那天，那时我躺在入口处，靴子放在嘴边，鼻子朝下伸向黑暗中，没有难闻的气味，只有泥土和树根的味道，当我不得不放屁时，我很抱歉。我打了个盹后出来，发现天空一片黑暗，混杂着群青色和成轮廓状的香樟以及从棚子里泻出的一大片黄色的光，我看见布彻·博内斯手拿锯子脚踩搁凳在忙着锯一些松木板。天哪，我想道，他们在给我做棺材。

布彻特别爱责怪人，最好就是让他的眼睛左右转动。这就是他的**特长**：总是能够确切地知道是谁犯了什么错。当警察终于离开，我重新露面时，我惊讶地发现，那手指并没有指着我。

"母狗，操蛋的母狗！"他叫道，我为自己不是女人而由衷地开心。很快我就明白他骂的是玛琳，《神奇的布丁》的崇拜者。他曾经那么**为她激情燃烧**，但现在他向我解释说她**是这一切的幕后操纵者**，她突然成了**主犯**。我凭经验得知，没有什么比受到布彻·博内斯的责骂更能证明自己的无辜了，这一次，像每一次一样，他很快就会——不加任何道歉——改变口气，像在跳背对背换位舞步一样。不管怎么说，我都不是**有罪方**，我几乎感到欣慰的是，我不用在单身牢房里唱歌，但我担心他们会拿一个无辜的女人来给我顶罪。我该怎么说呢？我哥哥干净的小姑娘似的耳朵里塞满了蜡，他因为我把新衬衣弄脏就朝我大吼大叫，然后他打电话给多齐·博伊兰吹嘘说他破了那个**案子**。

多齐答道，要是你再给我打电话我就过来让你的屁股吃枪子儿。

这以后布彻坐在桌旁沉默了很久。然后他开始注视着橡木，而我害怕他会发疯，所以问他要不要喝杯茶。没有回答，但我还是把茶沏好了。按他喜欢的那样，放了四勺糖。没有谢意——谁在乎呢？——但他用沾着木板液汁的双手捧着有缺口的旧杯子，**有一天早晨**我可怜的母亲曾捧着这只杯**子思量着你也许活不到晚上了**，可怜的妈妈，上帝保佑她。我的后脑勺像炸开一样，我问他，我们现在该做什么，布彻？要是他朝我咆哮，狂吼，责骂，那我会感到**安全**，但是他却朝我露出所谓的**淡然一笑**，显然他已经完全泄气，他把我一个人撇下，然后衣服也没脱就上了床。我该怎么办？我被禁止碰电灯开关和其他一切电器设备，所以我的卧室整夜都灯火通明，好像我是只在层架式鸡笼里饲养的母鸡，而我梦中觉得那是马什的夏天，我和小马不知怎地在莱德尔德街上迷了路，然后被天主教徒们抓住——一个多可怕的噩梦啊。第二天早晨醒来时我听见了一声狂叫，我穿着睡衣冲了出去，想看看又有什么新的不幸落到了布彻·博内斯的身上。我发现他还是穿着昨晚的衣服，手里拿着钻子，钻柄上滴着他那邪恶的该死的茜素红。

怎么回事，布奇[1]？

你看不出吗？那些杂种把电给拉了。

我的第一个想法是，这是国家电力委员会做出的惩罚，因为我们整夜都开着灯，但是电被拉了三个星期之后——这期间我们从河边拎水，挖洞，往洞里拉屎——我们听说是贝林根的市民们吩咐断电的，好像我们是绑架人质的人，一定要从我们的洞里被赶出去。更有甚者，上面还发布了一道驱逐令和拆除通知，因为让-保罗的房子造得离河太近。市政委员会当然是很多年前同意造这座房子的，所以它现在肯定是比以前离河岸更近了。不管怎么说，这些全都是谎话，等我们最终被赶走后，这房子肯定又会回到它原先被批准的位置上。

至于让-保罗本人，照布彻所说，他该受到赖德市政会的指责，因为他把房子的背面造得离公共人行道太近，而在我们逃回悉尼的整整八个小时的车程中，他对**中产阶级名画收藏者**极尽嘲讽之能事，但我享受这段车程。他带我们到了多里戈，上帝保佑他，然后进了阿米代尔的高地乡村，那里的夏天很干燥，围场一片金黄，货车的车窗全部摇下，车位上的安全带摇曳——啪，啪，啪——拍打着门框。这辆旧货车没有空调，只有一根**导管**由一根一英尺长的操纵杆打开，把里面堆积已久的粉尘排放出来。天知道是什么味儿——蜂

---

① 布彻的昵称。

蜜、桉树花和胶皮软管。我们是博内斯，人高马大，挤得紧紧的，屁股挨着屁股，在坑坑洼洼的路上我们的头撞着车厢顶。我哥哥是个紧张而胆小的司机，但他拒绝把车速放低到每小时九十英里以内，低于这个车速弯曲的推进器杆就剧烈地颤动。他开车的样子就像之前他父亲开车时一样，两个胳膊肘撑得很开，胸脯前倾，愤怒的眼睛直盯着前方。于是我们就这么一个小时又一个小时地狂冲，穿越一片金色和蓝色，好像我们是阿瑟该死的·斯特里顿爵士①和弗雷德里克·麦卡宾②，这两个画家布彻虽然嘲笑他们，但也照样喜爱他们。

我放了个屁然后大声叫喊，着火啦！要是你熟悉斯特里顿的画，你就会听懂这个笑话。

进入了悉尼的郊区，我们身无分文，最后的一点肥料钱都用在了汽油上。在埃平公路上，我们避开了太平洋高速公路，那条早已熟悉的弯曲的公路以前是黑人们走的，然后朝南驶向莱恩科夫和东赖德。我们两个都看着油表，非常安静、沉思，这时我们又一次进入了以前熟悉的**离婚**和**资助**区，这两者都在同一条街上。上帝保佑我们。在格拉德斯维勒桥前我们折向了维多利亚路然后径直进入了莫纳什路，当

---

① 阿瑟·斯特里顿 (1867—1943)，澳大利亚著名的印象派画家。曾经在描绘一处隧道建造的情景时，意外地把一场令人震惊的工业爆炸捕捉到画布上。
② 弗雷德里克·麦卡宾 (1855—1917)，澳大利亚印象派画家。

我们进入奥查德科特时我们已经触犯了一条法院指令，该指令不允许我们两个进入婚姻住宅五英里之内。我的蛋在颤抖。现在我们会出什么事呢？我哥哥习惯地向右拐去，驶过了那个令婚姻癫狂之地，直接就向让-保罗的草坪驶去。然后布彻·博内斯打开了手套盒，挪开一把锤子，天哪，他变成了什么呀？

11

我已经习惯了穷途末路的处境，就像习惯了自己的睡衣一样，因此我一下子就冲进了让-保罗完美的草坪，带着百分之一百的理解，比如，我知道我可以依赖邻居们去叫我的资助人，然后才让引擎熄火。

我已经在奥查德科特度过了一生，在那里我不仅是名人，而且是个著名的害相思病的傻瓜。我就是在这里迎娶了新娘。我建造了一座该死的塔楼，她可以在那里沉思——相信它吧！——还有一座令人惊讶的树屋，孩子也许会梦见它，但在现实生活中永远见不到它——三个楼梯平台，两架楼梯，全都嵌在一棵可爱的老蓝花楹的树枝里，那棵树两个月前倒塌了，绚丽的紫色花瓣现在已经腐烂，像悲伤一样覆盖青灰色的屋顶。那年头我跟现在可不一样，那么天真，所以律师和警察日后会判定我自己的画是夫妻共有财产，不是我的私有财产。现在那些画就在那里，一辈子的作品，法庭"认为"——用他们的话来说就是——原告可以随意处置。

小货车里面什么都装不下，只有颜料和画布，那堆东西的最上面是那幅茜素红杰作，而这决不是偶然的。我用拔钉锤把汽车座位部分防护板拆掉，随着不锈钢螺丝发出像被害人一样的尖叫声，我似乎已经听到了让-保罗家的台球房里尖利的电话铃声。

我凑着休的耳朵说服他下车，他朝我晃了几晃，然后才明白我的意思——不管愿不愿听话，反正让他把这幅画摊开在我们资助人的草坪上是他感兴趣的事情。

让-保罗是个无情的小操蛋，但是他对于画的痴迷却是你见所未见的，虽然他的目光没有受到过一丝一毫的训练，他却非常容易冲动，这让他买了一大堆整脚货，而且有时候还为拍卖的最高记录打赌。我承认我很冒失，损害了他没什么东西的屋子，在这块期望中的乐土上引起争吵，偷肥料，被指责在其他方面欺骗他，但这一切都可以被忘记，假如他俯视他的草坪，从而理解我的一部分所作所为的话。然后他会把自己从一堆狗屎转变成一个银光闪烁的东西。

傍晚的云投下一片桃红；这没关系。这幅画能够吮吸由粉色、炫耀的草坪、神秘的泳池以及它们承载的一切所造成的损害。它就像一辆操蛋的牲口车，怎么也坏不了。我不耐烦地等着我的资助人出现，信心满满，在可怜、受惊的休的旁边摇晃着，他淌着鼻涕，嘴巴像吃了屎似的扭曲，既像充满希望又像饱受惊吓似的咧开着，我们一起期盼着那个完美的、用吹干机向后梳理的"发式"，如果你阿谀奉承到家的话，它会让你突然觉得——天哪，我年轻时一直认为这是很恶心的——让-保罗真像 JFK①。

战斗计划起先实行得非常好——车子停在草坪上，电话打进台球房，画摊开在周围，最后，我的资助人的脑袋出现在了书房窗子前。

只不过那不是我的资助人的脑袋。天哪，我都认不出她了。那是原告，他的邻居，那个我在夜里抱在怀里后操前操侧面操的女人，那个前所未有的漂亮女人。她站在那里，我儿子的母亲，那张端庄的小嘴巴，爱嗅来嗅去的尖鼻子，尊贵的棕褐色皮肤，而我甚至都没看到她身上真正尊贵的部分，那双靴子。她只在玻璃后面稍稍现了现身子就不见了。休抽搭着，爬进小货车，关上了车门。

炸弹此刻正在滴答滴答，千万别介意。我等着让-保罗。他也出现了，我感到他在吞诱饵，不到两分钟我就得了一分——站在门口的资助人——短小的泳裤，光滑、褐色的腿，针织棉背心，手里拿着墨镜。他往下走到草坪上，没有浪费时间招呼我，而是径直走到画跟前，绕着它兜了一圈，

---

① 美国第三十五任总统约翰·菲茨杰拉德·肯尼迪（John Fitzgerald Kennedy）的英文首字母缩写。

俯视着，一副神气活现的鉴赏家的样子。但我跟让-保罗打交道的时间太长了，所以我可以告诉你们他一边轻轻掸着雷朋太阳镜的镜架一边其实在想着什么：这他妈的是什么呀？我得花多少钱把它弄到手呀？

"我可以付你一千块，"他说。"现金。这就给。"

我知道我把他拿下了，毫无疑问，无忧无虑，毫无操蛋的问题，所以我开始把画卷起来。操他妈的，我想道。操蛋的一千块。

"行了，伙计，"他说。"你知道现在拍卖市场是怎么回事。"

他居然跟一个屠夫讨价还价，真是个傻瓜。更有甚者，他还称我为"伙计"，这是他需要这幅画的第一个征兆，即便警车的到来也帮不了他，警车前来保卫奥查德科特时，蓝色的警灯像抽风似的一闪一闪。

休藏在小货车的地板上，警察把车停下，然后，我注意到，把门锁上。然后我的儿子，我那身高体壮的八岁的儿子，从让-保罗的屋子里冲了出来。他发出一声乌鸦或驴子似的可怕的叫声，爬到了我的身上，这个坏脾气、长疥疮、好斗的、瘦削的漂亮的东西。他的双臂搂着我的脖子，我看着他，他在大喊大叫，让-保罗——在这一切中间，这个卑鄙小人——向我报出了两千块的价，警察脸色坚毅地朝我走来，然后休，哦，上帝保佑他，跳下了车子，弯腰朝场地跑去，像只晚间的袋熊那样笨拙而又快速。警察看起来既不年轻也不凶相，当休从侧面朝他袭去时，他惊叫了一声，两人摔倒在地，滚啊滚，滚到了马路上。

"我可以给你五千，"让-保罗说，"加上律师。"

我儿子身上一股氯和调味西红柿酱的味儿。他是个身材魁梧、胸脯厚实的家伙，他用结实的胳膊拥抱着我的脑袋。我吻了他的臂膀，把香甜柔软、毛茸茸的头发从我脸上捋开。

"别走，爸，"他说。

"我要一万，"我对让-保罗说。"现金。你把警察搞定。要么就这样，要么就免谈。"

让-保罗跑进屋子。我看着我儿子认真的褐色眼睛，擦掉他带雀斑的布彻家人的脸颊上的眼泪。"这不是我的错，"我说，"这你知道的。"上帝啊，为什么我们的孩子要承受这样的重负呢？

然后让-保罗拿着那只熟悉的信封又出来了。他已经不是第一次让人分享他的秘密——他用带子扎着藏在厨房抽斗里的一叠叠百元大钞。

"数一数，"他说。

"操你妈的。"

他端着一杯威士忌，我记得自己当时想道，他居然非常天真地认为他用一杯酒就能收买警察，我相当确信这是一种不谙世故的表现，虽然我目睹了接下来发生的事情，但当时我并不理解。让-保罗命令休站起来，然后，当警察开始爬起来时，把一杯酒全都倒在了他的身上。

"你醉了，"他说，"你好大的胆！"

当时正好有别的人出现，所以警察说了些什么我不知道，但我记得看见那可怜的家伙在花园水管龙头上洗脸。同时，我给我儿子示范正确地处理没有展开的画布的方法。此外我还能做什么呢？去远足？我们抵制了法院指令，一起跪在草坪上，把我毕生最好的作品卷在一根硬纸板管子上。

让-保罗就是这样，在我流血，受伤时，用一万块钱获得了《如果你曾看见一个人死去》。我该为这桩盗窃罪心存感激吗？

12

尽管你永远别想从布彻嘴里听到这个，我们的资助人一次一次地成为我们的救星。现在他把巴瑟斯特街上一栋叫做"发展可能性"的四层楼建筑整个儿借给了我们，那栋楼位置很好，紧挨着乔治街娱乐区，交通便利。当然啦，我哥哥是个天才，所以没必要感谢让-保罗。这是从前保留的一种**表现模式**。比如说，我们的母亲卖掉了她在帕文的二十英亩地，这样布彻才得以继续他在富士葵理工学院的学业，但是尽管媒体为我哥哥作过成千上万种简介，他却从未在其中提及家里的善意。他把他离开马什描绘成跳出臭水坑，是圣火从他毛茸茸的臀部烧过。

在让-保罗位于巴瑟斯特街的屋子里，他很快就用钻子和锤子在前门的外面装上了一把保险锁，里面装上了一根镀锌门闩，这一切**无理性的行为**纯粹为了防止屋子的合法主人入内，生怕他会偷窃藏在里面的**未来的杰作**。这座楼原先是**阿瑟·默雷舞蹈学校**，已经装上了良好的灯光设备和镜子，每层有**一千五百平方英尺**，因此是个作画的好地方。但现在我哥哥一点都不想作画。我肯定犯傻，还以为他要作画呢。取而代之的是，他决定要把被侦探安伯斯特里特充公的那幅作品重新弄回来，因为在他**混乱的脑子**里这幅巨大的画此刻正挂在新南威尔士警察局的办公室里。真能想象。所有那些长着又大又粗的家伙的**警察缉捕队**成员都要来看一看。

第一天晚上他咬牙切齿，不经意间踹到了我的蛋，天哪，他跳来跳去，怒气冲冲地发号施令。晚上和白天，我哥哥都在为以前那个给了他又被要回去的地方而烦恼。离家带给了他什么快乐呢？

早晨第一件事，什么也阻止不了他，就是跟警察聊聊，让他们尽快把他的画还回来。他是不是忘了他是个盗窃案和强奸案的嫌犯并且违犯了关于不能接近婚姻住宅五英里范围内的法院指令？他难道忘了就在去年 7 月因为破门而入被送进长湾监狱从而吓得要死？他跟我说过警察可以对你随心所欲。他不得不对聚集在阿瑟·默雷舞蹈学校四周街上的警察视而不见，对他们在晚上搜捕所谓的**亚洲帮**的警笛声听而不闻。由于 3 月闷热而潮湿的天气，我们只好开着窗子睡觉，这样就能听见楼下小巷里性**变态者**和**瘾君子**的争吵声以及逃离亚洲帮的人们的脚步声。晚上我很高兴有门锁的保护。同时我从来不喜欢被关在屋子里，所以当他去找警察时我就像一条灵猩追逐电兔①似的**起身就走**。

我这一辈子几乎不是坐在我们店门前的椅子上就是赶着小马车去接订单。而在贝林根则总是在路上，夏天的空中密密地飞舞着大蓟蓟草，蜘蛛像气球驾驶员在它们的网上爬行几英里，在城里也是，我宁愿在安全的时候待在外面，我带着把折叠椅到人行道上目睹所有的人体时钟从我身边经过，砰砰，啪啪——那里有一个，那里还有一个，每一个都是世界的中心。看着他们你都会半疯，就像晚上看着星星想着无限遥远的距离一样。多么紧张啊。我们的母亲遭它的罪，老是张着她那水汪汪的眼睛看着永恒，可怜的妈妈，上帝保佑她。

我在椅子上没坐多久，就有一个年轻的警察告诉我，没有悉尼城的同意我不能那么做。因为**政府所在地**就在圣安德鲁大教堂的后面，我进去做了咨询，可是没人能明白我的意思，于是我就在街上兜来兜去，累了我就打开我的**非法椅子**，但时间不会太长。

---

① 用于供赛狗追赶的野兔模型。

悉尼到处是警察。布彻永远无法断定这代表着什么样的威胁。一会儿他惊叫说他的违章停车罚单让他花销不菲，一会儿又把罚单撕得粉碎，声称如果你不付罚款，罚单就会在电脑系统里丢失。他好多次超时停车和双行停车，甚至就在达令赫斯特的警局外面，那是个他将一次次返回的地方。他先是将我留在小货车里而他进去打听他那幅画的下落。然后回来，不跟我说警察是怎么回答他的，但那天晚上他的**醉酒问题**又一次出现了。

不久有个叫罗伯特·科洛西的人来看我们，那是个一头卷发、吸大麻的瘦子，他是来联系给布彻的画拍摄照片供画廊使用的事情。但是我哥哥很快就有理由后悔他付了一千块钱现金购买了**不可用**的透明正片，他把那些东西扔进了垃圾箱并且立刻驱车前往雷德峰的一个地址，而我就在小货车上等着。当他跑着出来时我明白这肯定是罗伯特·科洛西的家，因为他拿着一架很重的、价值超过两千美元的哈苏照相机，这正好赔偿他的损失。从这以后，这件财产就被搁置在了热水设备的顶上，而不管谁按铃布彻都不会打开门锁。他给了我一个 SOS 的敲门暗号，可他不会给我钥匙，怕我被摄影师给抢了。很快他就把钥匙给了一个十足的陌生人，一个女人，在维多利亚女王大楼的书店里工作。不难猜想，她是个矮个子，大胸脯，但由于她从来没有使用过那把钥匙，所以我没有权利说她。

由于科洛西的正片只是**一堆垃圾**，我哥哥决定我们两个去看看画廊，亲自把画展出来。下一个星期一早晨他把小货车停在巴瑟斯特街上的一个**不得滞留**的地方，于是我们和一个警察发生了**争吵**，结果警察威胁说要立即逮捕我们并罚款一百块，但是布彻说这没关系，因为罚单会被电脑系统丢失。在往小货车上装东西时我的心像一块廉价手表怦怦乱跳，但我们很快就到了帕丁顿的美术馆门外，我们把车停在前门看得见的地方，把第一个板条箱里的画搬了进去，那是一个像沃森汽车一样难看的大房间，水泥地板闪闪发亮，所谓的作品挂在四周的墙上。这些画是红的、蓝的和绿的，画得极其糟糕，颜色像跳蚤在毯子上闪烁、跳跃，因而让人产生一种焦灼的感觉，即便服用了**安定**①也没用。

写字桌后面那个年轻的娘娘腔把我们错当成了联邦快递或 DHL 的快递员，他认为我们该去的地方应该是卸货码头，所以迫不及待地要把我们打发到那里去。

吉姆在哪里？布彻·博内斯说，我们把板条箱放在地板上。

这里没有吉姆，娘娘腔说。你们不能把板条箱拿进这里来。

但是布彻脸上挂着我们父亲的那种嘴咧得挺大却无诚意的笑容。吉姆·埃格奈利，他说。

埃格奈利先生去世了，那人说。

---

① 一种镇静剂。

就算布彻为此感到悲伤，他也没时间显示出来。嗯，他说。我是迈克尔·博恩。

这个名字似乎没有他期望中的影响力。他接着说：我来给吉姆看看我到目前为止的作品。

他没有说，惭愧，我惦记他。但从他的口气里听得出那样的意思。

这样的话，那年轻人说，我很高兴能看看你的正片。也许你可以把它们留在我这里。

你知道我是谁吗？布彻问道，但很显然那个年轻人没有读过创刊五年的《艺术和澳大利亚》。行了，别放在心上，他说道，你过会儿就他妈的认识我了。休，他命令道，拿钻子来。

是先生，不先生，但是当我寻找**致命的**钻子和螺丝刀时，我还是希望我的父亲蓝博内斯能够看见我展示我的机智，回来时还拿来一根三十英尺长的电线，接上二百四十伏的插座。一眨眼的工夫，我就全部安装到位。没人告诉过我不要碰开关。

那年轻人看见钻子时不太高兴，我们很快成了被嘘的对象，但是在关于他的画的事情上什么都阻止不了布彻，很快钻子就尖叫了起来，他把板条箱的螺丝起了出来，我们把他的画摊开来，在我看来这是**一个疯子的作品**，一种可怕的亵渎。

我以为那个娘娘腔会**歇斯底里大发作**，谁知他却双手抱胸，歪着漂亮的脑袋，嘴角还挂着一丝微笑。

哦，迈克尔·博恩，他说。当然啦。

没错，布彻说，但是他没有趾高气扬。相反，他的大下巴颤抖着，他的眼睛变得比平时小。他像变了一个人。就连我都看出来了。我帮他把他的画卷起来，他迫不及待地要离开。那个娘娘腔肯定感到对不起他了，他停下来，把我们匆忙中丢弃的螺丝都捡起来。

他一边把螺丝放进我的掌心一边说，还是得有正片才更好。

你以为布彻会一蹶不振，但他却买了十二瓶四十美元一瓶的酒，并且在第二天早晨就缓过劲来了。他需要的是一件**阿玛尼**套装，那天晚上我带着椅子回家时只见他看上去像个脱衣舞夜总会里的保镖。我没问他我们还剩多少钱，但他当即决定我们一起去看一场首演，他劝我把盘子里的东西吃掉喝掉，因为我们的资金越来越少，从那时起我们就无法吃晚饭了。事实上那里也没有什么东西出售，只有卡夫奶酪和腌黄瓜，我知道要是这么继续下去的话我准得极大地受到约束了。后来他肯定有急事要上网，因为他把我送回巴瑟斯特街，**为了安全起见**把我锁在家里，天哪。我楼上楼下地来回走着，又在我的椅子上坐了很久，就在门里面，对着大街。有一回有个人企图进来，我成功地假扮了一条愤怒的被拴住的狗。

第二天一早布彻回来了，我们又一次往小货车上装画，等他再次剃了头之后，我们就像伊莱克斯的员工出发去送货。这会儿阿玛尼套装的味道像东墨尔本酿酒厂，对于我哥哥在面对画廊前需要能够解宿醉的烈酒，我一点都不惊讶。这对他来说是件棘手的事情，日复一日，毫无缓解，没有工休时间可以喝茶抽烟，没有自由时间在乔治大街上逛逛，把我的椅子放在卡希尔高速公路下的阴凉地里。一些业主对布彻很好，有一次我们来到一家中餐馆，但是许多年轻人不把迈克尔·博恩当回事，到了第三天他从早餐就开始喝酒，结果醉得像个臭鼬，所以他把小货车撞上了停在沃特斯画廊旁边的小巷里的一辆美洲虎上。像以往一样他不肯承认错误，当他倒了两次车又撞了两次时，就加速朝死胡同里驶去，撞上各种各样的箱子，车子，身后留下一整条碰撞的痕迹，轻易就能用来作为对他不利的证据。

那是个星期三的晚上。没有首演，他花八块九毛五买了一瓶麦克威廉斯红酒，然后把我带到达令赫斯特的克利须那①神庙，在那里就连我哥哥看上去都像澳大利亚式橄榄球中的一个巨人。那里没有牛排，没有猪排，甚至连像样的新鲜香肠都没有。吃着他们可怕的外国食物，看着我们的落魄，我觉得我都要疯了。我决心带着我的椅子再去马什，要是找到了路，我也许就做成了这件事。有时候我为自己没这么做而后悔。要不是我害怕的话，我会在那里过上一种好得多的生活。

---

① 印度教中的一个教派。

13

当你觉得你让那个家伙感到幸福的那一刻，他其实是在受罪——那里有吵架、闯祸、犯摩擦瘾、盗窃、纵火，因为误会而把金鱼从碗里捞出来。每一个新的镇子、街道或城市，都是一个问题，所以我非常高兴能在阿瑟·默雷舞蹈学校原来的舞厅地板上发现一把不对称、无光泽、青铜色、磨损的二十块钱的钢椅，不太能够坐人，但用来藏毒品或换灯泡还是绰绰有余的。

"该死的椅子，"休说。"天哪。"他的大屁股占好了位子。

我弟弟在一把椅子上长大，三年级之后就把生命耗在了一把椅子上，在店铺前前后后摇晃。所以当他站在那里，把他的宝贝折叠起来时，我不必问他，他要去哪里。他他妈的那么快乐，我不得不笑。

屋外是一条宽度适宜的人行道，尽管靠近拥挤的乔治街，对于休来说却足够安静，他可以在那里文静地看着人来车往。我很快就把他打点好，炸薯条放在一边，可口可乐放在另一边，在我回进屋子时，他朝我转过身来，鼻子往上皱缩到眯缝着的眼睛那儿，这表明他不是非常快乐就是想要放屁了。漂亮，我想道，搞定。但是，当然啦，其实一点都没搞定，半小时之后，我下去查看他，发现他不在了。

我倒是想说这个蠢货越来越能跑了。虽然他有火腿般粗的胳膊，斜肩膀，壮得吓人——每次我以为他死了，溺死，被撞死，被一些神经病带到一辆有滑门的运货车上。我别无办法，只有等待，整个下午想要写一行说明作品出处的文字都没能写成，就只能楼上楼下地跑，像等待蓝博内斯从吉隆踢完足球回来的我们的母亲愤怒的灵魂附体似的。每次她以为他死了，宣布我们成了孤儿时，每次他都喝得醉醺醺地回来，我们帮着把十六英石①重的他扶进门厅。"过来布彻，过来孩子，做个乖孩子，替我去一下唐人馆。"在唐人馆里他们看不见我母亲的脸，所以他们很容易爱上我爸。

现在我以同样的方式等着我弟弟，当我听到他砰砰的敲门声时，我就成了我母亲眼中那个活生生的火药筒子。

"你这蠢货，你去哪里了？"

哦，他和他的椅子去了沃尔津马蒂尔达。这听起来很好，但其实是胡说八道——他喜欢闲逛，可是不能把钥匙交给他，要是他最终回来时我不在，他就会发狂的。所以我才开始带他和他的椅子去画廊，但是千万别介意，还有比休更糟的问题。比如，我很快就明白没我那两幅最具说服力的作品我就无法向人证明自己；其中一幅被警察偷走了，另一

---

① 一英石相当于十四磅或六千三百五十克。

幅被让-保罗偷走了。容易。你会这么想，借来就是了嘛。但是让-保罗不会合作，因为——哦天哪——他不会再相信我了。

"我会把它拍照拍下来，"他说，"如果这样有帮助的话。"

"我要一张十乘八的。"

"放心吧，朋友。"

你这卑鄙的家伙，我想道，别跟我说让我放心，你这操蛋的贼。

"你会得到你的十乘八的。"

当他说到"会"和"不会"时，他装得好像他跟他的老爹不是凭着十英镑的移民票从安特卫普来的似的，好像从来没有造过剪毛棚，把凤头鹦鹉当晚饭吃似的。所以所有这些"会"和"不会"的劳什子从何而来呢？突然他说话的口气就像威尔森老太太雇佣剪毛手似的——你去年是在这里剪羊毛的吗？不是？那你今年也不能在这里剪。

我问让-保罗："我什么时候会得到我的十乘八？"

"明天，"他说，眼睛眯了起来。

我等了一天，并给他办公室打了电话，当然没人听说过什么十乘八，至于让-保罗，他此刻正在阿德莱德，在一个"手术去除年老体弱者的资产"的会议上发言呢。

我去了三次警察局，拨了四次侦探安伯斯特里特的名片上的电话号码，但他是悉尼的警察，所以一次也没回话。所以，操他的——我把休的椅子扔到小货车的后面，我们径直往警方建造在达令赫斯特的那个龌龊的地堡驶去。现在时值3月末，但是依然很热，所以我已经拿上了薯条和可口可乐，我打算把椅子安置在牛津体操馆旁边的公路对面的阴凉地里。

但是休害怕警察，当他看见那地堡时，他不愿离开车子：他把车门锁上，双手捏着肉鼓鼓的耳垂。

"你这蠢货，"我说，"你会让自己筋疲力尽的。"

他以放屁作为回答。真是个面人。

我走进警局，只想找到安伯斯特里特，可是我马上就明白要是我继续这么走下去没人会阻止我，所以不到十分钟之后，我就从三楼电梯里出来，看见墙上钉着"艺术品"这个词儿。在成千上万个看见那座可怕的建筑的人中，有哪一个会想象到这幅特殊的耶稣上十字架图呢？它的旁边是一扇双开门的门洞，通向一个没有窗子的大空间，那里的后面有一个铁笼子，你会以为那是动物园里关猴子的笼子。这里藏着板条箱、画布、大约三十二个罗丹雕像的铜模子，这些东西总是成为诉讼的对象，而且会像春天里的兔子一样繁殖。这个笼子的门此刻半掩着，但我不由自主的下一步被挡住了。

"你是谁？"这是个穿制服的小个子女人，长着一只最高贵的又长又直的鼻子。

我问她安伯斯特里特在不在。

"安伯斯特里特侦探不在这里，"她说。她梳着一根吓人的灰白色大辫子，长着两只明亮、敏锐的蓝眼睛。

"那么尤班克侦探呢。"

"他去世了。"

天哪，我上次见到他时那家伙还拿着我的画呢。

"哦不，"我叫道。"不！"

她的眼睛潮湿了，把手搁在我的袖子上。"当时他在科夫斯港，"她说。

"出什么事了？"

"我想是心脏病突发。"

可是我的画呢？也许还在科夫斯港地区医院里。要是板条箱摔了，它也许会裂开，现在它会——比在医院里更糟——在科夫斯港机场的某个海岸包机办公室里，全都被嘎吱嘎吱地踩过，折叠起来，像放在办公室抽斗后面的一份外卖餐馆的菜单。

"安伯斯特里特侦探参加葬礼去了，"她说，她的鼻孔掀动着表示同情。"在拉彼鲁兹。"

要不是她的鼻孔表现出的亲昵，我真想问问死者是信仰什么宗教的。这当然是有用处的，因为拉彼鲁兹的那个墓地该死的走不到头，当休和我开车穿过长老会教友墓区，沿着犹太人墓区的边上行驶时，我们被一个工厂的墙堵住了，那堵墙是北边的界线，我们只好沿着一条狭窄的公路往南，穿过一簇唐人陵墓。我们的下方是天主教徒的墓地，在那下面，沿着小溪是唐人商品菜园的边界，我发现了一群举行葬礼的人里面留下的一些人。我们的机会微乎其微，但我还是在边上把车子开出草地，停下。休拿出他的椅子。我朝那群人走去。

通往山下的主要是一条狭窄的柏油路，我走了大约一半的时候，听到身后一声大吼，回头一看，只见休激动地指着——我不知道是哪个宗教的墓区——但大致的方向是机场和植物学湾的集装箱码头。

他发现了巴里·安伯斯特里特？

我自然犹豫起来。但这时休和他的椅子下了山，跳过一个个坟墓，摔倒，滚动，再爬起来，穿过长老会教友墓区和循道宗信徒墓区，直冲班纳隆发电站下的阴凉地。几乎在最底下，有个孤独的、穿着套装的人影。他瘦不拉唧的，像煞我们要找的人。我穿着皮便鞋，跑起来很不方便，但休穿着沙地鞋，跑得非常有力，他的头向前冲着，左臂上下摆动，好像是在牛津健身房里苦练的人。

在我的身后，一些汽车正在离开天主教徒的墓地，我以为我在做什么呀？我为什么就不能等到明天再来找安伯斯特里特呢？因为我他妈的不能忍受我的画失踪。因为这是我最后的希望。因为要是这幅画在科夫斯港，我就将乘坐下一班飞机。因为我是个孩子，一个被迫的、焦虑苦恼的傻瓜，现在我正跟我精神相当错乱的弟弟一样在跑，像该死的双螺旋相互串联，相互映照，而现在，我丢失了我的脂粉气男人的鞋子，我身处墓地的非常低矮的部位，跟再洗礼派教徒们和耶和华见证人们在一起，我简直就像一条狗在追逐一根棍子，因为我再也看不到那个穿套装的家伙，什么都看不到，只有最后的被链条拴住的栅栏，我正看着休在翻越，当椅腿被搁住时，他拼命地扭动椅子。是那海滩吸引着我，让我的眼睛发痛，喉咙酸疼，那样的海滩，与别的海滩的比较——记忆中休在威尔海滩珍珠色的海浪泡沫中抓着我瘦小的身体。现在他咯噔咯噔地踩着拉彼操蛋的鲁兹那被污染的沙子，并在那里脱掉了凯玛特衬衣，露出那一身奶油玫瑰色的烂肉，坐下来看着远处码头上生锈的集装箱，就像在圆形露天剧场一样，一排排死者紧贴着我们，我把手指穿过铁丝网，哭泣起来。

14

那个秃子①正在为拉彼鲁兹的沙子发火，像以往一样，这是他个人的事情，无非就是山生成，断裂——该死的岩石，该死的潮水，鱼死了，贝壳空了，珊瑚像骨头一样喀嚓断了——所以此刻散落在霍顿小货车座位上的沙砾肯定经历了穿越永恒的旅程，**唯一的目的**就是激怒他长着小脓包的屁

---

① 即布彻，指其剃着光头。

股。我们的父亲蓝博内斯同样的脾气，当沃克斯豪尔克里斯达汽车的毯子上发现了被踩进来的沙子，父亲就会威胁着要用磨剃刀的皮带、电线和生皮带抽我们兄弟俩，而我们就只好战战兢兢，上帝救我们，他那张嘴巴刻毒得就像他的皮肤上划出的一道口子。作为孩子，我怎么也不明白那些干净的好沙子为什么会在我父亲充血的眼睛里产生那么大的恐怖，但我从没见过一只沙漏，也不知道我会死的。一个也得不到宽恕，当我父亲的大限来临时，那永恒的带着沙子的风就在他的肠子里吹，生生地把他撕裂，上帝原谅他犯下的罪。他一辈子从来不知什么是安宁，甚至死了都不知道，从来不明白变成一颗沙砾，随着体面的芸芸众生一起，窸窸窣窣地从主的指缝里往下落是怎么回事。

在巴瑟斯特街我哥哥声称我把沙子踩到了原先的阿瑟·默雷舞蹈学校，然后他表现出像我们母亲一样的不稳定的迹象，可怜的妈妈，总是哭泣，而一旦有人来看她，总是收拾得整整齐齐。**这是我，上帝。**大赦哦哇波哒①。布彻的眼睛亮得冒火，所以我就照他的要求挥动着扫把，当他把吸大麻者的照相机扔到下面的小巷里时，我知道不能向他发问，因为我明白他由于被拒绝而心烦意乱，再也忍受不住了。他很快就喝完了他的八块九毛五的麦克威廉斯酒，宣布我们要到外面去吃东西。他带了足够的现金，所以可以为我叫一份真

---

① 引自英国摇滚乐队 Terrorvision 的一首歌，歌名就叫《大赦》。

正的加菜底的烤杂排、腰子、熏咸肉、排骨、牛排、香肠，但他要把他的资金存上**一生一世**，而我知道他打算让我们两个都熬过首演之夜的痛苦，天哪，我怀着一颗沉重的心注视着他那双充满怒火的小眼睛，看他擦着他的套装，闻着湿忽布[①]的香味，像个小酒吧，天哪，它让我想起了贝林根。

来吧，小东西，他说，带着你那该死的椅子。

我想要拒绝，但是没有胆量，天哪，谁知道我还会给他造成什么伤害。我们开车前往坐落在帕丁顿的澳大利亚美术馆，两人之间一句话都没有。我哥哥一声不吭，甚至当我放屁时——用我父亲的话说就是**放出来总比憋着好**——他都没有反应，我父亲还说过，**放屁的马永远不累**。我们到达目的地时，他的情绪非常高亢，鼻子上沾着牙膏、发油，还有一根红色的毛细管。他又成了原先那个著名的迈克尔·博恩，**跻身著名画家**之列，一边腆着脸吹嘘自己的画，一边连喝三杯塔斯马尼亚黑比诺葡萄酒。这幅画他妈的了不起！那幅操蛋的漂亮！只有我看得出他内心的怒火，布彻的尖牙利齿之间翻腾的大海。接受他的虚假证据的人是个**俊小伙子**，有一头金色的长卷发，他对布彻的嘲讽浑然不晓，还挺受用，我可受不了，天哪，我为他们两个担心，也为我自己担心，因为要是我失去了我哥哥我也就失去了我自己。鉴于我从前的**误解**，没有人再会要我。我想把我哥哥引开，但他喝酒喝得

---

① 一种植物，又称啤酒花。

发黑的眼窝里一个劲地冒汗，挺吓人的，所以我把我的椅子从黑比诺区域搬开，我坐在凹室里，就连侍者也不会注意到我。我饿坏了，但更害怕，于是我坐在我的椅子上前后摇晃，一座人体钟，所有的血液在我体内循环奔涌喷射，我做着深呼吸，让它**氧化**，变成明亮、明亮的猩红色，要是你割断我的喉咙我会撞到墙上，天哪。我会造成什么样的混乱啊。我正这么想着的时候，听见了一个女人讲话的声音。她说：不要对头脑冷漠的男人们唱《天佑女王》。

这是出自伟大的画家诺尔曼·林赛的一部杰作中的话。

你不认识我吗？

讲话的人漂亮而精瘦，人称假小子的那种，长着一对小奶子，身穿一件绸衣服，你可以把这衣服跟手帕一起塞在口袋里。

你哥哥好吗？

天哪，原来是玛琳·莱博维茨，虽然她跟当初租来的车陷入泥沼时已经判若两人。此刻她的头发做成了好像因睡觉而弄得乱糟糟的发型，很有**艺术范儿**，不过她还是非常友好，她蹲在我的身边，让我跟她一起吃她盘子里的点心。我猜想我肯定像个**笨蛋**，明明知道布彻责骂她偷画并毁了我们的生活，我居然还那么开心。我告诉她，我们跟警察有点麻烦，不得不离开那个地区，什么都没带，只带了一些画以及能够装上小货车的一些材料。她把手搁在我粗壮的胳膊上，说她的生活也被同样的事情毁掉了。她的丈夫承担不了责任，从发生偷窃那时起他们就**疏远**了。

她的头发很特别，玉米黄，从来不染，所以她不必每月花一大笔钱以维持一个谎言。她的眼睛蓝盈盈，水汪汪。我觉得她肯定是荷兰人甚至是德国人，像那个鳏夫一样。她很快为自己找到了一把椅子，我们一起吃了起来，扎着马尾辫、身穿黑套装的侍者们弯腰侍候我们，我们则谈论着《神奇的布丁》，我告诉她，布彻如何为他原先的儿子在角斗树上造了一间树屋，几乎与六十三页上描写的**布丁院子**一模一样，她很熟悉。

这一来我就跟她推心置腹地聊了起来，告诉她我们不仅丢失了那个孩子，还丢失了布丁院子，还有其他所有降落在博内斯兄弟身上的不幸。我非常坦率地告诉她，我们处在一个怎样的低潮期，警察没有归还那幅杰作，各个画廊不愿给我哥哥时间。

他是个伟大的画家，她说。鉴于从 1976 年以来没人表示过这样的看法，我对她的话感到惊讶。她接着说，他不应该受这样的罪。

就在这时我看见了针对她而做虚假见证的布彻·博内斯。他正在忙着巴结一个新人，他在使劲地向他炫耀着，点着他那硕大的脑袋，侧斜四十五度，让他的受害者以为他是活着的人当中最有趣的。谁能想到墙上红色的圆荆棘好像滚烫的墙头钉在往我哥哥的破指甲里钻。我站起来把椅子搬出他的视线，但是当然啦，我的搬动吸引了他的目光，他转过身来，脸色因醉酒而泛红，伸出胳膊大声吼叫。

天哪，他叫道。失踪的莱博维茨太太。

我差点把屎拉在身上。

15

玛琳和我在贝林根谈话的那个晚上，我几乎就是个正人君子。但是在斯图尔特·马斯特斯令人厌恶的演出中我喝醉了，烂醉如泥，眼睛看出去的一切好像都是假的，华而不实的，像茅厕门上的闪光装饰片一样龌龊，但那时，她在那里——眯缝的眼睛，肿胀的嘴唇，还有她的锁骨形成的色如蜂蜜的两个一模一样的肩窝。她微笑着，眯缝着眼睛向我伸出手来，我想，你偷走了那操蛋的莱博维茨。

还有休——妈的——该死的他朝我眨眼睛。

哦，我想道，操你。你以为这一切都是胡扯？

不过他正在把椅子折叠起来准备出行，结果把杯子滑落，砰地撞在美术馆墙上摔得粉碎。

玛琳·莱博维茨站起来避开那些飞溅的碎玻璃。

"我们走吧！"我弟弟把碎玻璃往一张桌子底下踢。"布坎南，"他说。"波-波-路拉。"我长话短说，以免占你的时间，别遗憾，没有什么值得翻译的，除了他所谓的"布坎南"其实是指"巴尔干"，牛津街上的一家餐馆，他是想让我在那里招待莱博维茨太太，而他，这个了不起的肥胖的食肉动物，他的脸上堆满克罗地亚烤肉。你猜怎么着？五分钟之后我们三个就上了小货车，沿着牛津街呼啸而去，休的椅子撞着后面的货箱，那个偷画贼——我当时就是这么看她的——坐在我的旁边，像一个希望，轻盈光洁。我的乘客们都在说话，休说的是要用一把木槌狠砸未出生的牛犊的肉，针对他的这种野蛮行为，我清晰地听见玛琳·莱博维茨告诉他说，她跟警察之间有麻烦。这个有趣的消息径直穿过了黑比诺，但这时我不得不穿过奥蒙德街旁的一个红灯，等我们接近泰勒广场时我开始纳闷——跟我一样的醉鬼们会理解我——这是不是我想象出来的。

我本想问问她关于警察的事情，但我此时要停车了，当我摇下车窗玻璃，让那些瘾君子方便靠近时，她却主动告诉了我。那些艺术警察，她说，闯窃了她的公寓房间。"但这些你都知道，"她说。

"我不这么认为。不。"

她皱起眉头。"他们搬出了国际刑警组织来吓唬他。"

"吓唬谁？"

"奥利维尔，我丈夫。他逃走了。你不看报纸吗？"

这会儿我弟弟正喀嚓喀嚓地从人群里挤过，椅子危险地晃来晃去，因此我根本没时间回答她的话。

"你应该记得的，"她在我身后匆匆赶着，坚持道。

我依然关注着我弟弟，而她还在坚持着说，"我们谈起

[104]

过我丈夫。"

"随便聊聊而已。"

"不。"她拽着我的袖子。"是特地说起的。他父亲的作品让他讨厌。这你记得吗?"

我不知道该说什么,也不知道该往哪里看,我当然也没有问她,怎么会有人对一幅伟大的作品感到讨厌。

"警察们在迫害世界上唯一一个不会那么做的人。"

她为什么要告诉我这么多呢?

"他完全没有能力接触一幅莱博维茨。"

我耸耸肩膀。

她双臂交叉,看着马路上的车来车往,我们保持着沉默,直到我们的餐桌摆好,休被允许打开他的椅子。看着他,玛琳·莱博维茨的眼睛格外温柔,当她微笑时——只是上嘴唇的肌肉微微僵硬一下——我一时误以为她要哭了。

"你以为是我干的是吗?"她问道,掰开一个面包卷,非常粗鲁地塞进嘴里。"你跟我说过,'失踪的莱博维茨。'这实在是无礼的,迈克尔。"

"你的名字叫玛琳·莱博维茨。你一直没有音讯。"

"不错,"她说。

一件桃红色的衣服像块绸被单似的披在她可爱的棕色身体上,我受不了她水汪汪的眼睛的凝视。"如果我无礼的话,我给你说声对不起,"我说。"这整件事情真的让我无法干活。我失去了我的画室。"

[105]

"好吧，"她冷静地说，"如果你要知道真相，是奥诺雷·勒诺埃尔偷了博伊兰先生的画。"

但这时侍者来了，休有特别的要求，我看见玛琳在悄悄地擦鼻子。

"听着，"侍者倒酒时她说道。

她又跟我说起奥诺雷·勒诺埃尔被发现跟罗杰·马丁在床上。多米尼克把他赶出了雷恩路157号，他非常乐意地接受下来，完全不是因为他在讷伊有比这好得多的地方。但是当她要求他退出委员会时，他不答应。直到那一刻，多米尼克一直以为委员会是她的。毕竟是她召集起来的。然而当她要求委员会开除他时，她被告知勒诺埃尔先生是伟大的莱博维茨专家，做这么一件愚蠢的事情会让每一个人都受到伤害。最后她跟她的盟友们一起对委员会做了手脚，但是花了好几年的时间筹划这件事，而在这几年里奥诺雷占尽了她的便宜。

1966年，像以往一样缺乏现金的多米尼克把一幅晚期的杰作抛了出来。那幅画的名字叫《安培》。她把它拿到纽约去拍卖，但是索斯比拍卖行知道一点她的名声，要求委员会签字同意，于是那幅画被装箱运回了巴黎。这肯定是奥诺雷所期待的——谁知道呢，也许他跟索斯比吹过风——他现在说服了委员会里足够多的成员们相信，这幅画是多米尼克用不正当手段得到的。这恰巧完全不是真实的，但他是专家，由他来做你的对手显然够倒霉的，因为他现在让委员会怀疑起它自己的判断力。这不是在一夜之间发生的，而是经过了几个星期或几个月。争执处于高潮时多米尼克走进圆顶屋咖啡馆，把一桶水浇到奥诺雷的头上，但这更让她理亏，委员会拒绝在《安培》上签字。这种事情一旦发生，不管合法还是不合法，索斯比都不会把它作为拍品。

"宣布了这幅画为赝品后，"玛琳跟我说，"委员会就把《安培》毁了。"

"什么？"

"他们把它给烧了。"

"你在骗我。"

"这是在法国。你一定要相信我。这是法律。所以你千万不要让一幅画接近这些委员会。他们是在警察的监督下这么做的。后来，当然啦，真相完全暴露了。他们烧毁了一幅杰作。这是个天大的丑闻。"

"他们烧毁了一幅莱博维茨！"

"我真想哭，"她说。

"那他为什么偷多齐的画呢？"

她又咬了口面包，使劲点着头。"它会在法国出现的。你看着吧。"

"怎么？为什么？"

"他有钱，他没别的事情可做。他像个精神失常的被罢黜的国王，以为自己能重新夺回王位。他被'莱博维茨案件'迷住了。他在一架飞机上就坐在博伊兰的旁边，两人都坐在头等舱里，他们得聊天。博伊兰有一幅莱博维茨。奥诺雷是一条找到一根血管的蚂蟥。你知道的另一件事情就是他旅行去了澳大利亚。他拿走了画的样张，他不是个因为手工技巧而出名的人。他回到了巴黎，写了份关于这幅画的情况汇报。这是份荒唐的文件。他认为这是一幅中期的画，被包装成一幅前期的画以提高其身价。他怎么知道呢？他有什么权利？因为他感觉他拥有莱博维茨。因为他是个专家。他声称他有 X 光片证明他的判断，但谁也没见过那些片子。相信我，迈克尔，在这件事情上我无利可图。我从来不能忍受对一件艺术品的损害。请别把我想得那么坏。我实在不能忍受。"

在这一刻，令我惊讶的是，休把他油腻的手搁在了玛琳光裸的胳膊上，我注意到她左眼的下睫毛里转瞬即逝地出现了大颗的泪滴，于是我也抓住了她的手。接下来我们该拿我的情感怎么办呢？是要烧掉还是钉在墙上呢？

16

玛琳将会成为我哥哥的女朋友，当我明白这一点时我的香肠的肠衣都被撕破了，但这并不新鲜，我应该比他本人都更早明白这一点。有时候，因为他的残酷我真想捶他，揍他，打他，他从来不知道我比他更爱着那个所谓的靠捞赡养费为生的娘们①。在这方面我俩像是双胞胎，我们两人身上最好的部分是一模一样的。在布坎南，我把手搁在玛琳纤细的胳膊上，我看到了全部伤心的泪水从她可爱的、你从没见过的蓝眼睛里渗出来——群青色的发丝，蛋白石一样的蓝，天哪，竟被安置在一个人的眼睛里。

布彻总是说世上没有上帝，没有奇迹，他曾参加了审判，发现了玛琳的偷窃罪，但那时我看到了他脸上那种丑陋的得意的表情，要让我猜想他会怎么做，我真感到恶心，他那粗大的家伙决不会因为不加审讯就判她有罪而吓得疲软。这个画家总是只想着自己，别人说他像个僧人、牧师或国王，不管是哪一种人，他总是在追求一个女人，一个可以让他睡，让他把他蟑螂似的爱尔兰人的脸埋在她的胸脯之间的女人。当一个女人的皮肤上飘溢起薰衣草的芳香时，谁又不会昏然睡去呢？

当初住在悉尼的时候我哥哥会开车带我去萨里希尔斯的A TOUCH OF CLASS②，虽然并不是在他用避孕套以及教我该把嘴巴往哪里放，吓得我灵魂出窍之前。我比他更知道，而且始终如此。姑娘们很好，**不用电池，你是我心爱的玩具宝贝**，她们中至少有三个人省吃俭用地供她们的孩子读完悉尼文法学校，但布彻总是在外面等我直到完事。他说他不在

---

① 指为了不使赡养费中断而不愿再结婚的女子。
② 悉尼的一处妓院，于1972年开张，并于2007年歇业。

乎时间，只是在想心思，但是有很多想法并没在他脑子里出现，当我碰玛琳的胳膊时我的情感占据了一片紧挨着他的地区，拒绝进入，在没有一片桨叶的狗屁小溪的北面。

在巴克斯马什时我们认识很多姑娘，她们的名字我们念成玛、瓦、或者拉。这是个玩笑。嘟—哇！那是另一个玩笑。

玛-琳而不是玛-兰——其中包括玛琳·沃里纳，玛琳·博特赖特，玛琳·奥布赖恩，玛琳·里佩蒂，所以当我听说玛琳·莱博维茨其实是玛琳·库克时并不惊讶，她出生在贝纳拉，维多利亚东北部一个很好的镇子，比巴克斯马什大不了多少。

这让我哥哥非常惊讶，因为他一直认定她是个**纽约人**。但她是玛琳·库克，她的母亲开过咖啡馆。她做姑娘时就常常写信索要关于**糖的故事**或**澳大利亚本国汽车史的资料**。当我听说这个时我伤心地知道她会非常适合我哥哥，因为他常给我们的四十六号信箱惹麻烦，让信箱里塞满**小册子**和**免费样本**，而一些更重要的生意方面的信息反而无法及时收到。

所有这些写作导致了他们远离他们自己的亲人，就她而言，这让她成了一个**虚构的美国人**，一个莱博维茨作品的专家，而她唯一受的教育就是因不服从管理而被赶出贝纳拉高中——这是她自己承认的，所以谁会怀疑她呢？我从来没有忘记我也是在四年级时就被赶了学校。我在床上整整躲了一个星期，在被单上画画。他们从来不知道我看见了什么样的画面，这些画面多么逼近因暴力而死亡，上帝救我。血从他们的眼睛和鼻子里喷出来。

你也来啦，休，她说，在泰勒广场吃着面包夹肉块。在巴克斯马什谁会想象到这个呢？

我不同意她的看法，但我并不在意，因为能跟她在一起很开心。她让布彻安静了下来，让那个疯子的怒火得到平息，这怒火是由那个漂亮的小伙子画家的作品和风格落伍这个普遍的问题引起的。她去拿李子薄煎饼和**三把叉子**，当我完全筋疲力尽后我们开车回了巴瑟斯特街，而在这之前布彻买了两瓶达令堡死树枝设拉子葡萄酒①，每瓶五十三美元，这个单价表明他打算让她喜欢他胜于喜欢我。这就是生活。谁知道关于他的整个生活开始发生变化的那个晚上他还记得些什么呢？他所提到的只是我们把我的椅子落在了餐馆里，我们必须回去向侍者说明那是我们的合法财产。晚上的那个时候在达令赫斯特有很多咄咄逼人的醉鬼和罪犯，这可不是我的错。

最后我们到了巴瑟斯特街，上了楼，甚至都没在一楼停一下，而是直接就上了二楼。舞蹈学校里的灯光好得超出我们的希望，布彻此前把灯连接成一组，照着最长的一堵墙，

---

① 达令堡是澳大利亚著名的葡萄酒庄，死树枝设拉子是其主要品牌之一。据说是因为一棵老葡萄树的一边树枝已经枯萎，只靠另一边出产的数量很少的高品质葡萄来酿造这种葡萄酒。因此而得名。

此刻，尽管在夺回我的椅子时受了伤，他还是帮着我把画放好。一幅为了卖钱，两幅用来展出。他是个该死的园丁鸟，向雌鸟展示蜗牛壳和死蜘蛛，张开翅膀让自己显得更大一点，来回奔跑，我的天哪，呱呱—呱呱—呱呱叫个不停。

在这之前莱博维茨太太一直是**脆弱的**，但此刻她的眼睛里看不出有任何的感觉，她展现出的是一种职业特点，以一种跟后来的侦探安伯斯特里特**一模一样**的姿势站立着，用右手扶着左肘，左手则托着下巴，遮盖着她漂亮的嘴巴。这显然不是我哥哥想要的结果吧？

她一句话也没说，等到看够了之后，宁愿点点头，根据她的吩咐，我们两个大男人把一幅画卷了起来，然后又去看下一幅。天哪，我不敢确定到底发生了什么。没人去碰死树枝设拉子，尽管它被和蜗牛壳、蜘蛛一起拿来敬人。

然后她说，我可以让你在东京开个画展。

我的天哪。

这不是我所期望的。他呢？我猜不出来。如果我是他的话，我就会在房间里大喊大叫，四处乱跑，就像布彻在阿瑟·默雷跳舞。但他那双博恩的眼睛依然阴沉沉的，眯成一条缝，当我父亲发现一头昂贵的牲畜可能藏着一种**应该向卫生当局报告的疾病**时，往往也是这种样子。

哪里呢？

男人的嘴只是一条缝，跟因为惊讶而张开的女人的嘴形成反差。窗子面朝街道开着，我们可以听见叫声，也许是西部高地白狯过来咬那些所谓**柔软的脸**。女人抓着她的赤裸棕色的上臂，问他是否知道东京。他对待她的态度就像她试图掏他钱包似的。

我怎样才能在东京开画展呢？他的脸像个鸡蛋或河底的卵石，没地方能把它砸开。

三越百货，她说，微笑着，并大大地皱起眉头，她的额头皱得像低潮时的水纹——脚下是令人隐隐作痛的沙蚕。

三越百货？

百货商店。

一家百货商店，他说，好像买一双袜子是件令人作呕的事情，抑或他没有在一个该死的店铺后面生活了十五年似的，那店铺是他的继承物，也是他的责任。

玛琳不可能知道，我们正陷于被迫聆听一番布道的危险之中，这番布道的基础是那个德国鲣夫灌输给他的那些思想。但尽管如此，她还是**先发制人**，首先是拔掉五十块钱一瓶的设拉子的塞子，把酒倒进一个咖啡杯里，然后向我哥哥解释——他像匹被调教索拴着的马一样走来走去——在日本，所有重要的展览都是在百货商店里举办的。我不明白她为什么要容忍我哥哥，但是，这当然就是那些所谓的天才的**自由**，他们被允许表现得像**十足的傻瓜**。玛琳·莱博维茨坚持着，最后从钱包里掏出一个笔记本，里面夹着大大小小的纸，其中有一张镶着银边的卡片。这卡片上有三样重要的东西。第一样是三越百货商店的名字，第二样是愤怒的杜科滴嘴①杰克逊·波洛克②，但直到看见了一个**王妃**，我哥哥才最终"哇"了一声。

我的天哪，布彻说。

对我来说这是个百思不得其解的谜：一个如此反对伊丽莎白女王的男人居然这么迷恋日本王妃，但他很快就傻乎乎地**死劲抽动起来，像只装满蚱蜢的袜子**。可我是谁呀，我凭什么能够理解他秘密的、变幻不定的思想呀？我只知道布彻看见了卡片背面的银色的日本字母，于是就彻底倾向于三越百货，再也无法改变想法，即便在他发现杰克逊·波洛克的画展是由一个**电视人物**主持的时候。

从那天晚上起，他迷上了各种各样的生鱼，而由于食用了**刚从船上下来的金枪鱼**，他被一种寄生虫感染，造成了肚胀、痉挛、腹泻以及大便异常。而对于将要开始的令人激动的几个月来说，这根本算不了什么。

17

休无时不在，还有他的椅子和他的鸡肉生菜三明治，你

---

① 杜科为美国杜邦公司旗下一种喷漆的品牌，此处似为调侃杰克逊·波洛克的"滴画法"。

② 杰克逊·波洛克（1912—1956），美国画家，抽象派主要代表，以用"滴画法"在画布上滴溅颜料作画著名。

撒尿或停车都得考虑到他，当年他二十岁生日时，他庆祝生日的方式就是试图在浴缸里淹死他父亲，从那时起——操他妈的千真万确——就变成了现在这样。蓝博内斯是个十恶不赦的家伙，像只老巨蜥一样强壮和油滑，他拍着慢博内斯的背，无疑再加上可怕的声嘶力竭的大叫，让他的肺里灌了一半的肥皂水，幸亏这时母亲用劈柴火的斧子把门给劈开。要是你相信休说的家史，你永远不会听到这起事故，因为他爱他的老爸爱到可笑的程度，在我赶到要带他去墨尔本那天，我们四个上演了一出喧闹、暴力的传奇剧。我们可怜的母亲。她原先可是个漂亮的姑娘。

从此休和我就再也分不开了，我不愿自我压抑地回想当年那些生活安排，我简直快要发疯地发现自己沦落到在威廉斯镇上一家工厂里替威廉·安格利斯斩肉，我弟弟常常吃苦受罪，晚上被抛弃在汽车里，打烊的小酒店里，由盗车贼们、瘾君子们、莫纳什大学的大学生们照料。在我遇到原告——她现在宁愿人们这样称呼她——时，他不愿自己被扔给别人，所以没有别的选择，他只能继续受我所谓的照料。

1973 年，新南威尔士美术馆终于屈尊给我办了个回顾画展，我的作品的拍卖价开始飙升，于是我在东赖德买了房子。那街道漂亮得我没法说，当时那里还有轻工业，那是在让-保罗之前，在台球房之前，在宝马车之前。地势向着北边倾斜，花园充满野趣，草丛里夹杂着神秘的黄水仙和樱桃番茄，还有扭曲、苍老的苹果树，"立孛斯东·皮平"苹果，"莱克斯顿运气"苹果，自从受到产品经理人们和连锁店买主们——全都是比苹果蠹蛾更大的害虫——的忽视后，就变了种。

原告个子高大，像只猫一样优雅，而我像一个二十八岁的人该有的那样虚荣、愚蠢，在照相机噼噼啪啪的闪光灯中慢慢地向前走，胳膊上吊着个该死的母老虎。谁能不羡慕我呢？她艳丽得像个女影星，蜜黄的肤色，她的发家史始终是个谜，尽管人们常说她是个女王。从我们见面的第一个晚上起，我那原本充满酸酒花味的屋子里就开始飘溢起这样的香水味——莳萝、豆蔻、罗勒、韭葱，在我破损的煎锅里软化。那是在夏天，花园里弥漫着发酵的水果和新割的青草的醉人香味，在我画室寒碜的一角，她支起了一张桌子，她在那里画出一些很小的、想象出来的自然界的东西，完全是原创的，跟任何人都不一样，她把这些画慢慢地雕刻进木板，然后印刷出来。我喜欢它们的大小，它们看似质朴的样子，看着人家因偏爱牛皮烘烘的悉尼艺术而忽视它们，我会发怒。对，我爱上了她，为她而与人争斗，也许让人难堪。当然啦，我强行让我的画廊展出她的作品，让我的朋友们买她的作品。谁看不见发线在根基上的断裂呢？我，阁下，不是为了拯救我该死的生命。

我们当然打架。但是如果你生长在一座你母亲每晚要藏二十七把刀的屋子里，那么这些冲突造成的淤青就更像是爱的咬痕了。当她希望把我的弟弟打发到一个花园棚屋去时，我们疯狂地打了起来，但她还是叫他休弟弟，休兄弟，博内斯弟弟。她吻他大而肥胖的脸颊。她让他脸红。她只为他一个人做面包夹肉、牛肉、羔羊肉、猪肉、蒜泥辣椒，但同样——她发现他穿着深暗色的不正经的短裤闲逛，她突然感到非常害怕，叮嘱我晚上把他锁在他的房间里。我问她，她是不是疯了，其实一刻也没真的以为她疯了。她说她非常害怕会发生绑架的事情，而我想，哦，仅此而已，而且——请别笑——在我们的卧室门的里面安装了一把脏兮兮的大挂锁。

现在，我听说所有的人都把这桩婚姻看作是一场灾难，可当时我一天要干她三次，而这把挂锁像是一个小脓包，她那天后般完美的臀部上一个人体的缺憾。我没有预见到苹果蠹蛾，那些蛆很快就出现了。

比利·博内斯出生时，她一直把那个可爱的小家伙放在我们的卧室里，我非常感动，直到我发现原来她是害怕休会在晚上把门砸开然后吃了婴儿。她在挂锁后面警惕着，也许我们应该还在一起，我和原告，而比利·博内斯则在我们中间用他那肮脏的脚指甲挠我们的胫部，要是她受得了他肮脏的尿布中散发出的气味的话。大便的味儿让她透不过气来。所以比利很快就被送到了育儿室，由一个费雪牌防盗报警器看护。那个报警器是谁买的呢？我。

而那个可疑的食人生番，始终小心地与孩子保持着距离，就像屋子里的一只猫注视着一只小狗的到来——他密切关注着，待在他的角落里，保持着距离。然而，做母亲的依然守护着，只要我一不小心的打呼声传进她的耳朵，她就会醒来。你猜怎么着。可怜的老休立即被当场抓住。这个狡猾的老袋熊顺着走廊爬到门口，拿掉了门铃里的两节 AA 电池，但是，看起来一切都逃不过一个母亲的耳朵。我被带到作案现场，也就是我满怀父爱地从育儿室天花板上吊下来的那些活动雕塑的下面。在半明半暗的光线中，老鹰、凤头鹦鹉、桃红鹦鹉等鸟儿的木头翅膀在宜人的悉尼空气里梦幻般地上下翻飞，在这些东西投下的一大簇影子下，只见那个食肉者巨大弯曲的身影俯伏在我们儿子的身上。

"休！"

他把孩子抱在怀里，拼命扭动着，在应急手电筒的光照下，可以清楚地看见，吸引他注意的远不止那只防盗警报器。那块脏兮兮的尿布变了样，小比尔①·博内斯变成了一个干净的、扎得紧紧的包裹，像一磅排骨和香肠。给，太太，今天还要点别的什么吗？

值得称赞的是，原告笑了起来。

就这样，博内斯兄弟，立刻，毫无耽搁地，在几乎七年的时间里，成了可爱的博内斯叔叔，角斗士，小孩看护者。后来在贝林根的时候，我看见他把他的小狗紧紧地裹在大衣里面，差点让我的心都碎了，因为那个愚蠢的老家伙抱着那

---

① 比利的昵称。

条狗，也不管它是死是活，就像他曾经抱我的儿子一样。

我儿子喜欢我弟弟，为什么不呢？他小时候就老爱在草丛里追他，吃洋茴香味的苹果，把木头小船放在绿色的小池塘里航行。他们喜欢摔跤，两人都喜欢。甚至当比尔只有六个月的时候，最能让他开心的事情就莫过于几乎猛烈地把他前后滚来滚去。从他能走路那一刻起，他就像一头猛冲猛撞的公牛似的，迈着我们大人的步子奔跑，每天他一看见我都会要我跟他摔跤。现在几乎难以相信，但慢博内斯很开心。他像条大狗，总是跟小狗一起玩，允许各种各样的咬，叫，抓。所以当最后出事的时候，我无法解释到底是怎么回事。也许只是比尔不愿松手，或者他无意中抓到了私部，因为当时休对比尔的做法就是我常常对他的做法，当我无法用别的办法打他的时候，就采用这个手段。

我听到狂叫声时，正在画室里，那是休的低沉的吼叫，比利痛苦的像金属片一样刺耳颤抖的叫声。到现在我都能看见他们。我希望我看不见。我弟弟把我儿子抱给我，好像他希望把他推开，或者穿过一张时间的蜘蛛网把他扔回去。起先我不知道我看见的是什么：那孩子的小手指晃荡着，靠一层皮维系着，像一只小鸡脖子。

关于更多这方面的情况，我可以让你们看原告的书面证词，但我始终抱定宗旨，既不放弃我弟弟也不放弃我儿子，虽然在这件事上我对我的权利有一种华而不实的想法。因为表面上看来，我没得选择，作出判决的是一个打着皮尔卡丹领带的法官，他判我们博内斯兄弟监禁，于是我终于在一缕更为清晰的光线中看见了那个挂锁。

所以现在你也许会明白，当艳丽的玛琳·莱博维茨说她可以在东京为我举办画展时，我的第一想法不是她的道德品质——你根本不能指望商人有什么品质——而是休。我总是要想到休以及该拿他怎么办。

18

每次布彻认为我该立刻上床的时候我都一点也不当回事，但是在玛琳这件事情上不必说话，他们的生意洽谈如此紧迫，在我为他们两个都感到尴尬之前，我先说了再见。上帝拯救他们。当我站起来要走时，她吻了我的脸颊，用外国话说了几句什么，肯定是祝我晚安之类。不管我感受如何，我都没有理由让自己感到兴奋。

我听任他们去**谈判**，自己则坐在一楼和二楼之间的楼梯上，但这时布彻冲了出去，像条挣脱了链条的狗。我以为我在做什么呀？我可以一拳打在他的鼻子上，但是我们的父亲曾经正确地教导我们在楼梯上打架是愚蠢的，所以我下了楼，直到听见他关上楼上的门，插上插销，堵上，填上，关我什么事？

从我被**无缘无故**地逐出第二十八州立学校起，我就占据了一张从阿比公司买来的灰色的钢管椅，夏日的星期天晚上我会坐在那里看着从巴拉腊特和彭特兰丘陵向我们驶来的车流，那些用钢铁制造的车子，但却像肉体凡胎，像正在发情期的狗，每一条都嗅着前面那条的尾巴，像男人和女人，男朋友和女朋友串起的一条不断的链条，女人把头搁在男人的肩上，有时候一只纤细的胳膊从后座椅顶上伸出来。他们一个接一个地在跟他们一样的芸芸众生里穿行，他们的红色尾灯串起一条鲜艳的项链，穿越黄昏和沮丧。后来我走到露天睡觉处，我们把那里叫做阳台一角，那是蓝博内斯用石棉板拦起来的，现在一般都是违法的。自从我哥哥逃走后那里就没什么东西了——只有铁床、褐色的旧黏胶带，这是已故的马克·罗斯科那些失踪的杰作的唯一证据。

在巴瑟斯特街上，我拖着我的**做工粗糙**的椅子来到楼梯底下，始终感觉到布彻强加给我的严重**指责**，这让我的心怦怦地跳动，我前臂的所有肌肉像**过电**似的，这一来我不得不溜达一下。我不喜欢黑暗，但我没得选择。我从男孩女孩中间强行穿过，那些醉鬼咆哮着要口淫我。被放逐的天使，暗瓶中的小魔鬼和捣蛋鬼。是我制造的吗？它们在那里是我的错吗？

说说另一件事——我不知道布彻拿他的太太怎么了，但她最终厌倦了他，谁能责怪她呢？如果你是个博内斯，她可不像你会碰到的任何一个人。她一向对我很好，或者说直到我给她理由让她不要对我好之前。她生出了一个贵族气的小男孩，一个**近乎完美的样板**，而这正是布彻本人巴不得要做的。我被提升为**男总管**、家务总管、勤杂工、护士、门童、男管家、侍者、家务主管，我**哥哥**总以为让我做一个用人是对我的侮辱，但他没想过我是谁，上帝保佑，我现在很忙，从早到晚，总是忙于有用的活儿，直到突然感到了**强烈的憎恶**。够了。

在任何情况下。

从没像我做休叔叔的时候那么忙过。

够了，虽然我希望他们割掉我的喉咙，把我埋掉就是了。

我不是一个胆大的人，所以我从巴瑟斯特街上那些通奸者身边逃开，我推开那些喝得醉醺醺的人群，朝码头跑去，很快人行道就比较清净了，这更令我喜欢，虽然像人家教的那样，始终留神着那些**同性恋者**。要是我稍微有点脑子，我就会回到我们的安全之地"发展地基"，但我真是一个**十足该死的傻瓜**，一头撞进卡希尔高速公路的犯罪阴影里，然后撞进环形码头的西红柿沙司和臭水里，那里的舱面水手正打算把跳板从沃尔威治渡轮上抽回。我如此匆忙地跳上船，以至跳板弹向了空中，像马戏团小丑用的手杖似的啪地摔在了码头上。那水手又瘦又难看，鼻子上有文身，但他像个**大人物**似的摇着头。感谢上帝布彻不在这里，要不他准会得罪那人。

我不能回家。我在离家六百英里之外。即便在我们绕过道斯角转角之前，我都能闻到从停泊在山羊岛后面的集装箱船里吹过来的舱底的臭油味，海鸥像一群白蚁密集在桥塔周围，还有，我头顶上交通堵塞，喇叭齐鸣，一片混乱。这样——渡船——安宁清净，东北风把衬衣从我皮肤上彻底掀起，好像我是根人体晾衣绳，心灵上没有别的负担。一时间我感到了快乐，然后，突然间，这已经够了。

够了。

我把椅子折叠起来，走到下层甲板，我脚下那内燃机一刻也没停转过，把我送回比尔·博内斯和我知道的地方，送进我们**以前常去的地方**。

最好别去想它。

匆忙跳上船后，我就像洗碟水被冲进急速旋转的排水沟那样不由自主了。渡船停靠的第一站是东波尔梅茵的达林街码头，那个**著名的罪犯**总是用帆布窗帘遮着他的滨水豪宅。**在法院指令**下达前我经常带着布彻的小家伙来这里，把他举起来偷窥墙那边的动静，尽管我们从没见到过任何活人，当然也没见到过罪犯本人。我们可以从这里走到达林街上的市场，或返回码头，捕捉一条银太阳鱼或搭上一条晚班渡船前往**长鼻角**，到那里去参观斯托里和基尔斯船厂，要是那里的公司经理不在办公室里，我们的同伴就会同意我们登上外国船只或低矮褐色的工作船，我们一度还曾偷渡到鹦鹉岛上，比利·博内斯和我，我们弄不好就会因**擅自闯入**而锒铛入狱。我们在这里非法探访了岛上的发电站，那发电站像一个电子管收音机的内部，紫色的光、火星，还有**头等机密**的隧洞，人工开凿的，从岛子的一端通往另一端。比利有着博内斯家人的体质，从来不知道疲倦。如果我是个用人我很高兴。每天都是新的。我们可以坐渡船去格林威治，在泳池里游泳——**贴大饼**①，**自由泳**，以及蔚为奇观的传统狗刨式。记住那些没什么好处。最好别记住。我真是犯傻才去了环形码头。

渡船进入达林街码头时我不相信**不友好的甲板水手**会放我走。在他把一根绳子抛到系船柱上去之前我就跳了起来，甚至都没朝**罪犯的房子**看一眼，而是夹着椅子冲向达林街山冈。无疑我看上去像个疯子快速爬上山去，进入波尔梅茵，天哪，我的血肯定是朱红色的。街上空荡荡的，只有醉鬼们从小酒店里涌出来，像内脏从巨大的伤口里漏出来一样。每一条街道上都有着一个记忆：比尔弄伤了小手（不是他自己的错），我带他去急诊室治疗，比尔·博内斯和我在急诊室旁的公园里搭了最大的乐高②屋子。

威利·华莱士旅馆外的人行道上，人们在喝**大杯啤酒**，我撞到了他们，跟他们说了对不起，但随后我快速离开，紧紧地抱着椅子，像抱着**对付你的敌人的盾牌**一样。我确切地知道我在哪里，比一波，希一波——煤气味、猫尿味和来自莫特湾的油味挥之不去——当醉鬼们面对我时，我已经靠近了

---

① 指游泳跳水时肚子先落水。
② 一种儿童积木玩具的商标。

1972 年工资抢劫案的现场。我不止一次带小比利去那里，那是一个**历史遗址**，背着行李袋的流浪汉在那里绕着**哒—哒—哒**的枪子儿跳舞。

我哥哥说我引火烧身，可我怎么可能从背后袭击我自己呢？遭到袭击的时候，我只好举起我的盾牌予以还击。**无法忍受他们对我做的事情。无法等到耶稣为我证明的时候。**凶手们一瘸一拐、狂吼乱叫地在街上奔跑，像杂种狗毛鼻袋熊负鼠击败偷布丁的贼。后来就我所听说的，他们从来没有提出过投诉或诉讼，所以若不是那同一个不友好的甲板水手的行为就不会有什么麻烦——这没有得到证实，但此外那些警察又为何在码头上等我呢。警官们希望知道我的衬衫上和椅子上为什么会有那么多的血。

结果好一切都好，到了午夜我回到家里上了床。是玛琳·莱博维茨用温德克斯清洁剂清洗了我的椅子。照布彻的说法我是他要背负的十字架，上帝保佑我，我一定是个低能特才者，一个该死的大灾星。

19

我连邦迪都没有，但有的是克里奥威士忌来为我弟弟流血的下巴消毒，而沾了威士忌的卫生纸留下了细小的花，就像留在有刺铁丝上的羊毛。看着玛琳轻柔地把这些花儿收集起来，把它们掸开，我无法在意她是否偷了一幅画或抢了维多利亚州立银行。我们当然已经做"爱"了，但发生在这里的事情是严肃的——休最终不再是幸福的障碍、对立者，他从她那里汲取了所有曾经是、现在依然是令人钦佩的东西，也就是说，她对每一个陌生人或被遗弃的人或为社会所不容的人都怀有的炽烈的同情心。

至于这颗出人意料的温柔的心还能安抚受伤的奥利维尔·莱博维茨，我倒没想过。事实呢？我根本就没想到过他。我像个十来岁的孩子，不受任何约束，从来不考虑我那颗无知的心会把我带向哪里，不明白这喷涌而出的血会影响到我画的东西和我住的地方甚至我死的地方。同样，我一刻也没考虑过进入莱博维茨委员会有毒的轨道的后果。我恋爱了。

让-保罗很快就会断定我与玛琳之间的事情"其实事关"我在东京的画展。我所谓的"同伴"——他们心理上都他妈的那么敏感，让你死的心都有——都是同样的想法，但如果他们哪怕只瞥到一眼这个可爱得如同伦勃朗画中的女人伸手去抚摩福斯塔夫①的乌黑的擦伤，他们就会理解她后来做的每一件事情，或至少是其中的一些。

很快我们三个都在同一块地板上睡着了，我把玛琳抱在

---

① 莎士比亚名剧《温莎的风流娘儿们》等中的喜剧人物，外形肥胖，此处即指休。

胸前，休在我们三英尺开外，像被半堵着的下水管似的打鼾。整个晚上她都贴着我的肩膀睡得很舒服，安详，宁静，信任，即便在睡梦中也展现着甜美的柔情，这种柔情跟她公开的声誉是绝对不相称的。西风一直吹到临晨，把窗框吹得嘎嘎响，把云儿吹得飞驰过可爱地颤抖的月亮。第二天早晨空气宁静，我看见了第一抹水蓝色，然后是群青色——她那清澄圆睁的眼睛，肮脏的悉尼的天空，所有的毒都被吹走了。

我们没有淋浴设备，但我的恋人用凉水把自己浇得湿透，然后一切都完美了。她二十八岁。好多年以前，我也曾经有过那个年龄，做过悉尼的宠儿。

苏塞克斯街上有家名声不好的地下室咖啡馆，有一次在那里，眼看着休的幽闭恐怖症要发作，我只好把叫好的东西又回掉了。此刻，我那受了伤的弟弟很快高兴地把他的大屁股按在一张仿豹皮凳子上。"潘诺，"他叫道，用他受伤的手指敲着柜台。"两份潘诺巧克力。"

当休把他的早餐打翻在衬衣上时，我买了三大碗咖啡。玛琳一心只想着生意。

"把这个家伙的电话号码给我。"

"谁？"

"就是拿走你的画的人。"

"为什么？"

"我要替你把画拿回来，宝贝。"

真是个美国人。

"天哪，"当她用店主的电话时，休轻声说。"留住她。上帝保佑。"这家伙吻了我的脸颊。

玛琳回来了，她的上嘴唇淘气地绷紧着。

"午餐，"她说。"凯利特街上的尽兴寿司店。"

最后她喝起咖啡，前面提到的嘴唇上沾着带糖的泡沫。但这时我看见了她眯缝的眼睛里神秘的得意之情，我感到一阵剧烈的恐慌，操蛋的你是谁，神奇女人？你那神经病丈夫在哪里？

"哦，布彻·博内斯。"她把手指尖划过我的上嘴唇。

"你没工作吗？"

"我得从我的公寓里捡回一些三越百货的旧目录，"她说。"你会喜欢它们的，如果想来的话。然后，要是我们有时间，我们可以去警察局，我们要跟那个可恶的小骗子谈谈。我们今天要把你的两幅画都拿回来。"

"我们？"

"是啊。"

她的公寓原来是在靠近伊丽莎白河湾路尽头的战前建筑里：没有电梯，只有破损的水泥楼梯，到了楼梯顶上，你最终会得到回报，那里可以俯瞰底下的河湾景色。如果你是个悉尼画家，你或许已经熟悉了这块房地产——戈特姆大楼，凡士林高地——德国小蠊，外层结壳的厨房，装饰性陶瓷，炫耀的艺术，但这次探访对我来说与以往截然不同，休往上冲去，他的椅子撞着剥落的绿栏杆，而我终于预见到，那个戴绿帽子的丈夫到目前为止一直是他光着胸脯的母亲怀里的婴儿。前门是厚重的灰色金属，显示着最近遭到盗贼光顾的痕迹。里面没有人的影子，或任何能让人联想起雅克·莱博维茨的儿子的东西，没有任何东西能让我判定是他的，除了一本赠阅的《汽车拉力赛》和厨房洗涤槽旁边一个吃了一半扔给蚂蚁的桃子。玛琳·莱博维茨把桃子扔掉，我很快就听到它像个东倒西歪的负鼠似的发出砰的一声，撞在了菜棕上，顺着下面的橡胶树掉了下去。

"那是个桃子，"休说。

"一个桃子，"她说，扬起一条眉毛，像是要说——我一点都不知道。休蹒跚着朝厨房窗子走去，他的椅子随时会碰到什么东西，所以我们有点争执，他吵得很起劲，我猜想他也许是妒忌，等我把他安全地安置在房间中央时，我们的女主人从一个旋转文件柜里拿回一堆用有光纸印的目录，那柜子像是被人用撬棍撬过一样。

"OK，我们可以走了。"

"这里挺好的么，"休说，那双受伤的手死死地按在有力的膝盖上。"非常干净。"

干净，而且奇怪——几乎没有能让你称之为艺术的标志。那里有一只克拉丽斯·克利夫①花瓶，被打破后又被粗

---

① 克拉丽斯·克利夫（1899—1972），二十世纪最有影响的英国陶瓷艺术家。

粗地修复，除此之外，只有一个书架顶上放着一排灰色的河底小岩石。

"我们几乎所有的东西都还在仓库里。"

我们的？

"我们来得相当匆忙。奥利维尔被派出去从当地偷猎者手里拯救一个客户。"

他眼下在哪里？我无法问。

我弟弟兴奋地转过身来。"谁住在这里？"

"什么？"

"谁住在这里？"

"疯子，"她说。"快。我们得走了。"

20

我记忆中在马什时生活节奏很慢，虽然没有令人愉快的境遇，整个冬天都有来自彭特兰丘陵的凄风冷雨，我的脖子也四次被雹块砸出乌青，更别提冷光中那沃克斯豪尔克里斯达汽车风挡上的霜冻，像碾碎的钻石。后者是布彻的观察，他永远不被原谅的是他那**诗意的表达方式**，这种方式当即被视为来自那个德国鳏夫。碾碎的操蛋钻石，我们的父亲说，这是他的习惯，我指的是每当小酒店在六点钟打烊时他就会冷言冷语的习惯。那年蓝博内斯过生日，布彻发明了一种除霜器，用橡皮杯子吸风挡里面的霜。上帝保佑我们，那玩意儿把沃克斯豪尔蓄电池里的电都放跑了，然后照他们的说法就是，蜜月结束了。碾碎的操蛋钻石，我父亲说。去他妈的碾碎的钻石。

我承认，生活并不总是完美的，而是以它的方式松弛，在一件事物与另一件事物之间有着合适的空隙，就像横穿人行道的一队蚂蚁之间有着合适的空隙一样。在达利和考尔迈代之间的公路上，每隔一段距离，就有一只腐烂的负鼠或一只患黏液神经机能病的兔子。丽蝇是灌木丛的沙漏。操他妈的灌木丛沙漏。经过了这么多年之后，我们的父亲喃喃私语的声音从来没有沉寂过。

所以关键在这里：各个东西之间喘息的空间，不管那东西本身坏到什么程度。

但是悉尼，天哪，它就像在盖伊·福克斯日①里放的中国爆竹，乓—乓—乓—乓，没有稍缓的时候，而所有这些爆炸引起了我手脚上的肌肉一阵阵的颤栗，我真诚地宁愿喜欢在巴克斯马什的那些星期天下午，听妈妈在她的房间里哭叫，**当夜晚来临时不敢保证你能活到天亮**。那些日子时间过

---

① 盖伊·福克斯日，盖伊·福克斯（1570—1606），英国天主教徒，因参与1605年试图炸死英王詹姆斯一世的英国火药阴谋案，于11月5日被捕并被处死。此后每年的这一天英国人民即以放爆竹的形式表示纪念。

得很慢，没什么事可干，只好偷冷藏室里的冰，感觉着它在我的口袋里悄悄融化。在星期天的黄昏看着蚂蚁从人行道上爬过，爬进排水沟，谁知道它们是怎么想阳光、阴影和通往巴拉腊特的路上的车前灯的呀?

但是在悉尼，天主拯救我们，我刚揍了乡巴佬，紧接着就打扰了**布彻**跟玛琳·莱博维茨的**好事**，等**睡魔**来了后就又是一天了，我们让血液里充满了**咖啡因**，我成了轮子上的沙鼠。

什么都没说，但我确信玛琳的公寓被人闯入了，你都可以嗅到**强行进入**的气味，但布彻像个**傻瓜**四处乱转，欣赏着石头和破花瓶，虽然任何一个具有**中等智力**的人都清楚，某些罪犯用撬棍撬棒大锤造成的破坏并不止这些。甚至连前门看上去都像**受害者**。我非常担心，不知道怎么样才能保护好我们的新朋友，她长着可爱的眼睛，笑意常常隐藏在眼角里。

为了帮玛琳找到牧牛犬（这是我们在马什时喜欢的说法），我使劲打开文件柜。文件柜也被劫掠过了，锁的制栓被拿掉了，整个场面看起来像是一场**交通事故**，一个邮箱被一辆倒退的垃圾车给撞了。

非常整洁，我说。这是**普通礼节**。我就是这样被养大的：当我父亲把羊腿使劲扔出去，砸碎了灰泥板，嵌在那里，大腿在前，腿骨正好朝着我，这时候，我们不提这件事。吃你的饭。

同样，我的童年基本上是非常安静的，没有什么令人担心的事情需要报告。我可以坐在我们父亲粉刷精美的招牌**本地宰杀之猪肉**前，看着被绑在科特豪斯饭店游廊柱子上的圣诞树。这些被称为辐射松，在那年头，没有比那更合适的树种了。这些辐射松在酷热中枯萎，就像被处决的囚犯一样，不算令人愉快，但也不算忙乱，没有什么可想的，只想着脖子里的脉动以及我后脑勺上被拍打的声音，虽然晚上更多于早上。

布彻对于日本的牧牛犬并没表现出好奇，直到他把我们全都塞进沾满沙子的小货车里。马达在转动，我的耳朵随着霍顿小货车的水泵清晰尖利的呼啸而悸动。我们在去办下一件事的路上，上帝保佑，跟警察的看法**截然不同**，这似乎让玛琳和布彻非常开心，可以的话你就请解释一下。变向指示灯一个劲地跳动，像一只麻雀或一条鱼的心脏在跳动一样——它们怎么受得了呢？但随后他问那可爱的女人他能不能看一看目录，结果突然有一股浓烈的外国油墨味儿可憎地飘溢了出来，那味儿就像**芥子气**，如果不是芥子气，那就是别的外国气味，一点都不像那些外国印刷商称其所代表的那种艺术气味。

玛琳问我，你觉得怎么样，休？

我说很好，说句公道话，害得我头疼的也许并不是那些化学品，我在那屋子里闻到了我父亲的点二二口径的手枪点火后的味儿——无烟火药——那兔子依然在地上扭动，直到我拉直它的脖子。正如我说过的，那里弥漫着一股**强行进入**的气味，但我不知道这是不是合法。我知道牧牛犬对于在日本举办画展来说，是一件可以**引起大变动的小东西**，当我看见布彻拍打着书页时，他本人就像条狗，在公路中央，冒着被卡车撞的危险，舔着他的家伙。

没等你说出**杰克·罗滨森**我们已经进入了警察局的**接待区**，布彻肯定以为他是在梅丁雷公园球场参加总决赛，因为他冲向了侧翼，想象着自己可以射门得分，但他出线了，我们被要求在前台填写我们的名字。我不喜欢把注意力集中在这些环境里。地板的气味具有很强的杀毒作用。

安伯斯特里特再也不会和我们在一起了。

这是我们最终得到的消息，布彻原先所有的谦恭有礼结果只是浮在一杯浓茶里的变质的牛奶，但是正当他要发怒时，玛琳把收据从他手里夺过来，**谢天谢地**，把它递给坐在桌子前**讲话客气的小队长**。她说我们只想收回属于我们的财产，这些财产原本因为一件案子而被扣押，现在案子已经了结了。

讲话客气的小队长提出要陪玛琳去。

谢谢你，她说，但我认识路。

在电梯里，她脸色发红，鉴于她有着**斯堪的纳维亚人**的外貌，脸色发红令她非常诱人，虽然这是个谜，但没关系。

到了三楼，我们看见墙上写着"艺术品"这个词儿，正如布彻已经描述过的那样，里面有个女警察，也是个小队长，有只巨大的**鼻子**，像个食蚁动物。保佑我，救我。**巨大**

的鼻孔。她的身后是一大堆乱糟糟的东西，看上去更像是艾迪工具和五金公司仓库放润滑油的分隔间或杰克·霍根连夜快递服务处，我们的父亲曾经委托他们往美国送肉，虽然那正如俗话所说，是个**幻灭的梦想**。各种各样的画都装在板条箱和盒子里，一些零星的东西则用纸和气泡垫包装材料以及就算死人翻身也永不磨损、不可毁灭的聚苯乙烯包着。也跟华尔泽车行的零部件商店很相像。斯图尔特·华尔泽有鼓风机皮带，卷弹簧，也有浸在福尔马林里的蛇，有磁性的字母，他的作坊车床上加工的书立。布彻对斯图尔特·华尔泽或杰克·霍根没兴趣。马什对他而言是死的，他把他的收据交给小队长，小队长把鼻子探进放画的小屋里面去查看，翻翻这个，碰碰那个，遗憾地剥着标签。我的前臂已经像过电似的，但是当我看见布彻**不经允许**就进了小屋时，我就像俗话说的那样神志不清起来。

脑子是个奇怪的东西，它运转的方式，总是在寻求最礼貌的解释，所以当我看见布彻拖出一个黑色柔软的东西时，我的脑子就想那是一个外国地毯，他总是带着它从一个女人到另一个女人那里。他看上去像条硕大的老狗拖着块臭烘烘的毯子，但是当他和玛琳开始把那卷东西摊开在水泥地上时，我听见他悲伤的叫声，然后我看见那原来是一幅画，被糟蹋得难以置信。**天主拯救我们**。这是我可怜的哥哥的画。这是我母亲的话，像她的眼珠一样黑，可眼下它遭到的却是像用边角料裁成的地毯衬底那样的待遇，原谅他们，被铺毯子的人们塞进垃圾筒里，而那个大鼻子女人说，**你们朝我大喊大叫的，没什么好处**。

她像个邮局职员，一个**小希特勒**，核查着用钉书钉残酷地钉在黑画布一角的标签旁的收据号码。我母亲的话在主街的晚上响起。那个大鼻子把标签和一个**登记簿**做着核对，但她不知道她与之打交道的人是谁。她不是个食蚁动物，而是个蚂蚁，王宫墙上的一个丽蝇。当我哥哥把我当初为他那么细心地裁剪开的画布展平时，他又**愤怒又温柔**，就像当年我们把我们的母亲放平，把钱币放在她的眼睛上一样，**可怜的妈妈**，亲爱的妈妈，她无法想象自己走上怎样的生命之路。蓝博内斯曾经是个**英俊的男人**，巴克斯马什十八橄榄球队的大前锋，她怎么能看到前面，最多像达利路旁一只美丽的蜂鸟或鹩鸰扇尾鹟。我哥哥现在正把他的画布摊开在一张毯子上，那毯子是正宗的**烟碱棕色**，就跟郊外我们下榻的二十八元一晚上带彩电的汽车旅馆里的一样。那个三十英寸乘二十英寸的 GOD（**上帝**）曾经平整地粘贴在画布的中央，现在被撕开一大块，悬垂在那里。我哥哥用大声抱怨来承受这种渎神行为，他自己的脸皱得像张没有铺好的床。**那张该死的收据上说充公是为了拍 X 光片。**

这事随便不得的。

他妈的你知道你都干了些什么吗？

她说要是他不自重的话就要为污言秽语而被罚款六百块钱。听她这么一威胁，我哥哥干脆掏出一叠滑溜溜的二十元纸币，像雨似的撒下来，弄得我们不知所措。然后，上帝保佑，他给我们都上了一课。"即决犯罪①条令"允许一个人在有正当理由的情况下可以想说什么就他妈的说什么。他这辈子都没见过比无知的克罗地亚人的行为更**正当的理由**——那是什么呢？我不知道——把他的画撕坏的无知的克罗地亚人。这是 X 光的结果吗？他下作地笑笑。他要让安伯斯特里特进监狱。

她说安伯斯特里特出国去了。

他说他根本不在乎。他打算给他好好照一照 X 光，让他睾丸里的精子都失去扭动的小尾巴。

要是我能找到这栋建筑的出口，我会溜出去，但是我却捡起他乱扔的钱，然后我帮玛琳带着画朝电梯走去，而把那张收据留给了那个小队长。我哥哥精神失常了。最后他过来把画从我们手里夺走，往肩上一甩，这显然不是将要跟让-保罗进行**商业午餐**时应有的正常情绪。

21

即便才四岁，我儿子对于他在画室的职责就已经非常认

---

① 即可由简易法庭审判的轻微罪行。

真，你可以给他一把镘子，让他去镘灰尘和头发，到最后他会把画弄得像融冰那样光滑平整。在"太空侵略者"和"战争地带"的游戏中长大的孩子们很快就会厌倦这种东西——没有敌人让他们摧毁，没有金币可供收集——但我的比尔骨子里是个博内斯，他在他老爹和叔叔身旁忙碌，那张庄重而带着雀斑的脸上，下嘴唇往外噘出，舌头往上半翘到鼻子，在东赖德的时候，有好多天我们三个都默默地做着甜蜜而单调的家务，只有花园里黑鸟或大嗓门僧鸟的歌声才标识着时间的流逝，那只僧鸟的肉垂从它那丑陋急切的脸上耷拉下来，像令人难堪的性器官。当然啦，我的学徒也是个男孩，有他自己的活儿要干，他爬在角豆树上，摔了下来，大声哭叫，一根树枝穿过他的裤子，把他给钩住了，悬荡在离地二十英尺的空中，但是比尔喜爱休，和我，我们三个可以肩并肩地干活，最多只靠卷在新鲜的生菜叶子里的白糖支撑体力，从来不叫晚餐，直到我们自己叫唤自己，我们的胃咕咕地叫着，像一条最终驶向锚地抛锚过夜的炉渣船里的肋骨一样。

那天我们带着破损的画走进巴瑟斯特街，比尔在那里，又不在那里——这是被截肢者的那种正常的幻觉般的疼痛。根据该死的法律和全悉尼城的命令，我的肉身上的肉被砍掉了，公路、河流、铁路线在我那失踪的儿子周围缩小，像铁锉在磁极周围锉出一条条轮廓线。但他是驻在的，像个影子，像面镜子，最他妈特别的是因为玛琳·莱博维茨在我情感的声纳里塑造了一样的形状，很像比尔，善良，大方，特别需要爱，感谢耶稣。

我走进巴瑟斯特街时活像个愤怒的傻子，把自己的尸体扛在自己的肩上——《我，发言人》，这会儿萎缩得像一辆布加迪被扔在西街的一个停车库里，上面覆盖着灰尘、羽毛和鸽粪，它的蓄电池电力不足，一只不灵活的、令人厌恶的弹簧锁，一点亮光都没有。

玛琳去叫让-保罗，休帮着我打扫二楼地板，虽然我的记忆中无疑充满了目击证人错误的证词，那些虚构的证词常常把许多无辜的人送上绞架。谁知道真正发生了什么呢？谁在乎呢？博内斯家的男孩们是战争最后一天中的海军陆战队士兵，把直升机扔下船去，把气垫拖上平台，让它们从楼梯上翻滚下去。我当然摧毁了我的私人卧室，但性并不是焦点。我们找到了一把用草扎成的扫帚，像一把上好的多乐士刷子一样又短又粗，我急切地扫着，把朝着街道和巷子的窗子都打开，这段时间里那幅倒霉的画像该死的门钉一样折叠着、皱巴巴地躺在平台上。

休一向是以安静和羞怯著称的，但这老小子正常的用药状态则像水壶一样不停地喧闹——哗—啵，唏—啵——而当我们——呋嗒——在地板上把画摊开时，他发出了一种颤音。我弟弟变成了一辆汽车，上帝保佑我们，一辆时速八十英里的沃克斯豪尔克里斯达。这些东西让你紧张，但我们忍受着，继续着，我也许看上去一脸的郁闷，而他则显得迟钝，不过我们像一个铺地毯的团队那样干着活，又拖又铺，对付着那些不易弯曲的画布，我们用订书机把画布订在阿瑟·默雷那抗拒的硬木地板上，每一次成功都会用一个小小的欢呼来庆祝。休很快就脱得只剩下发臭的袜子和卡其短裤衩，他所有的玫瑰色的静脉都不完美，像在 S 形弯道上换挡时使离合器两次分离的汗水晶莹的鲁本[1]。《我，发言人》几乎像房间一样长，但宽度不那么容易安放，在长度的两边订钉就像在室内球场打网球一样——该死的底线太紧，不过绝对没关系。

"比尔，"他说。

跟我说这事没用，虽然毫无疑问的是——忘记那个衬衫口袋里插着三支笔的白痴庭警吧——比尔有使用铁丝订书机的技术。相反，我们两个危险人物必须单干，向前两步，向后一步，因为那幅画——被相当明智地弄湿——这里借出一毫米，那里让出一毫米。

我把一只宝高牌水壶改装成一个蒸锅，上面安了个可爱的喷嘴。我买了个廉价的注射器，在里面灌满 GAC100 万用亚克力辅剂，仔细精确地修整破裂的厚涂颜料，就像在操纵一台该死的分子千斤顶一样。第一天我们没有离开，直到西边的日光照到圣安德鲁大教堂的边上，像纯麦威士忌一样洒满楼上的房间，拉佛多哥，拉格瓦林，上帝保佑艾莱岛酿酒

---

① 似指巴西籍 F1 赛车手鲁本·巴里切罗。

厂。我直到八点以后才喝酒。

第二天早晨，我带着宿醉醒来，面对着依然搁浅在楼上的巨大的死鲸，在几何图形的中心，这个巨大的创伤依然面对着我。这块拼贴而成的长方形画布不是三十乘二十又二分之一的，但现在再争已经为时过晚了。这块单个、要命的补丁、鹅粪色的"GOD"（上帝）被从一个角往后撕开，露出了他们从 X 光和红外线得到的同样的答案，可以清楚地看到下面的一幅画，但肯定不是那幅失踪的《多朗波瓦先生和太太》。天知道他们在 X 光片上花费了多少时间，但是这最终的攻击肯定花费了所有警察五秒钟，这点时间足够损坏、撕毁下面那张画，留下五根纬线。我不想用必要的外科手术来除去那些纬线，以此来让你感到厌烦。对一个保管者或一个外科医生来说，这会非常滑稽。对我来说，忘掉它吧。这件事没有酬报，没有风险，没有发现，什么都没有，除了我越来越确信我正在摧毁我的创造，吮吸着我作为一个技巧上炉火纯青的画家所创造的神圣、极致的光，在上帝的指引下，盲目地飞翔，我的脑袋夹在天使们的双腿之间。

我打算开一个大型画展。我无法开画展。我打算谈一场恋爱。我无法想这件事。我非常匆忙。我不能匆忙。在这个危急时刻我就是让一个画家成为一个令人憎恨的畜生的一切。也就是说，我偷窃，抢夺，我吮吸着爱，就像酞菁绿吮吸阳光。我接受了来自玛琳的最不可估量的善意，她时隐时现，像一系列令人惊喜的礼物，透过每一天，像一个六翼天使，她脸色红润，在祈福中眯缝起眼睛，递给我，比方说，一大团蜡和一个熨铁，是要我在那块受伤的拼贴画布再次撸平捋直后能够把它粘好。关于这件礼物的一切都让人感动，但最让人痛苦得不可思议的是那个熨铁，一个日光牌蒸汽熨斗，淡蓝色塑料的，至少已用过十年，这个工具让我想起星期六下午从无线电里收听各种比赛的转播，我们的母亲在发霉的凉台里熨东西。在半明半暗的地洞里的生活，离艺术那么遥远。

我与那些画商、画廊老板和鉴定师认识了半辈子，他们从来没人想过给我蜡和熨斗。作为一个从贝纳拉高中出来的避难者，她的消息非常灵通。在那疯狂的第一个星期，有时候，由于我的卧室让《发言人》占据了，休在地板上打鼾，玛琳和我，我们就一起看日本目录。她说话，我撸着她晒黑的胳膊上散发着淡淡光泽的头发，为幸福感到害怕。

关于她的丈夫，我还真仔细打听过，但她把她的私生活包得他妈的死死的，像 A 火车上一个死死拽着自己的旅行包的游客一样，我所知道的奥利维尔·莱博维茨目前的生活，并不比你们从脊状隆起线上方的片状电闪中推测出来的要多。我真想让自己入睡来吸进她。

大部分的早晨她都很轻松安逸，但是有两次，她那柔韧、敏感的额头上的一根血管隆起，而在这两次中她都突然离开，撇下我跟她放在洗涤槽里的肮脏的茶杯做伴。她是去看她丈夫了。这简直要让我发疯，然而，我永远不会忘记那个星期我们一起为《发言人》忙活时的温馨，我们肯定把整个国家都给治愈、擦洗、轻轻地拍打、清扫过了，就像朝着情人的耳朵背后吹气一样。

修复工作的节奏受到了雨天的影响，因为天气突然变冷、变湿，颜料干燥的速度更慢，但是当东北风又起时，《发言人》又一次变得他妈的非常完整了。到了第四个晚上，我已经把腐烂的线脚除掉，把原画和拼贴画之间的破空隙磨平。下一个早晨，拼贴部分被订到了它自己的远角落里，用这样的方法，加上这里用蒸汽喷一下，那里使劲拽一下，我们终于把画抻平了，它的经纱、纬纱重新变直。到了第七天，我把被熨过、上过蜡、抻平的"GOD"（上帝）从硬木地板的折磨中解救了出来。轻轻地，轻轻地，不能心急。

"伙计，"我对休说。"我打算带玛琳去吃晚饭。"我给了他两个鸡肉三明治，一大瓶可口可乐。收下这些属于拍马屁性质的贡品，他夸赞了我，那双红彤彤的老眼睛像鳄鱼眼睛一样狡黠。

我扬起一条眉毛。

他一边考虑我的请求，一边轻轻摇晃了一下。他什么都没说，但我注意到那块会搬弄是非的肌肉，他那溜滑的往外突出的下嘴唇，然后我知道，要是我在外面待得晚了，准他妈会出大麻烦。

我跟他说，我们就在"中国人餐馆"的一个角落里，马什也只有那么一家中餐馆。

休仔细看着他的手表，但是没有再看我。我们两个都令人可怜。但十分钟之后，我所有无声的怒火都熄灭了，我坐在"布基庭基"一个艳丽的女人身边，根本不是中国餐馆，好像这有什么关系似的。

她很累，眼睛都凹陷了。

"别问，"她说。"喂我吃。"

这也正是我所做的，我们并肩而坐，像孩子一样，我喂她吃了椰浆牛肉、辣味咖喱鱼，然后用拇指尖擦她的嘴唇。她说了许多日本的怪事。这都是我们所谈论的，但似乎总也说不到点子上。

"我们要待在浅草①，"她说。"那是个低俗的地区，但那里有一个非常有趣的客栈。"

"我破产了，"我说。"我连坐巴士去伍伦贡的车钱都付不起。"

"他们会付的，"她哈哈大笑道。"你真是个白痴。"

"你也是？"

"一个白痴？不，我是整体的一部分，宝贝。"她用手拢着我的下巴，抚摩着我的耳朵。"我是辅助器。"

"什么叫辅助器呀？"

"日本话。买饮料的意思。"

---

① 日本东京一旅游胜地。

我无法告诉她，这对我来说只能是幻想。我从没离开过澳大利亚，我无法离开。我不能再次抛下休。我甚至不能在"布基庭基"待久，九点钟不到，我就陪着可怜的玛琳回去，踏上巴瑟斯特街令人沮丧的梯子。休无时不在。

一打开门，我就把他吓了一跳，他的手里握着支该死的画笔。

我朝他冲去，他往后退了一步——这白痴——挠着他那发痒的大屁股，胡子拉碴的脸上一张大嘴巴怪模怪样地咧着。

"你都干了些什么？"

回答是：这个蠢猪在我的画上作画。我真想杀了这个讨厌的家伙。我朝他吼叫。

"嘘，"玛琳说，但是我为自己已经失去的一切和将要失去的一切，我的儿子，我的生活，我的画而怒火中烧，根本听不进她的话。他退了出去，像是害怕其实并不怕，点点头，挥动着胳膊，好像我是一缕烟雾。

我的工作就是要比你或约翰·该死的伯格[1]，或罗伯特·操蛋的休斯[2]看得更清楚，但面对着我弟弟红红的刺客似的眼睛，我只看见他是个白痴，所以慢慢地我才注意到，

---

① 约翰·伯格（1926— ），英国艺术史家、作家、画家。艺术论著有《观看之道》、《看》等。
② 罗伯特·休斯，澳大利亚著名的艺术评论家，著有《新的冲击：写给大众的西方现代艺术的百年历史》一书。

他画的只是画布上明天将被永远覆盖的那块地方。在那个被怀疑为藏着莱博维茨的画的完好的长方形里，他写了一段毫无章法的文字，像写在茅厕墙上一样。

野蛮的安伯斯特里特弄坏了这个

1981 年 2 月 7 日。下次你的耳朵

将被撕下吃掉

休·博内斯保证 1981 年 3 月 25 日

　　玛琳后来说，我吼得像头野兽。我那十六英石重的弟弟当然一副战战兢兢的样子，不过同时他也咧嘴傻笑，像戴库宁①笔下一个牙齿尖利的小东西，他摇晃着，只是轻微地，从腰部那里。

　　"铅。"

　　"你这笨蛋。"

　　"铅。"

　　"铅颜料？"

　　他的傻笑毫无意义。

　　"你为什么要那么做，你这白痴？"

　　他轻轻地拍着脑袋，咧嘴笑着。"上这里来跳舞。"

　　"嘘，"玛琳轻声说，抚摩着我的胳膊。

---

① 戴库宁（1904—1997），出生于荷兰的美国画家，抽象表现派代表人物。

"展示，"休说。

我把画笔从他手里夺过来，从打开的窗子扔了出去。

"住手，"玛琳说。"可以用 X 光片把它读出来。"

她是个反应奇快的人，最先领悟到休是用铅颜料写了一封密信，只有用 X 光片把那幅画拍下来，才能看出是些什么字。

我还记得那些眼睛，因为惊讶而瞪得滚圆。她永远不会忘记这个。她永远不会犯下低估我弟弟是一幅艺术品的见证人这个错误。

最后我也明白了，然后我拥抱了这个臭烘烘的可笑的身躯庞大的家伙，抱着他毛发粗糙的脖子，而他则紧紧抱着我，让我几乎喘不过气来，并且在我耳边咯咯地笑。

谁能解释这个慢博内斯的糨糊脑子里那黑暗的谜团呢?

22

我这一辈子都是慢博内斯，除非**家庭外部**的人在场解释我的笑话。哦，当**事情弄明白**了之后，我哥哥终于说话了，他说他理解我的画，你这聪明的家伙。

我无法回答他的恭维。

第二天早晨修复工作完成了，但我们并没有得到**一天的**

休息，我们又吵了一架，因为让-保罗去新西兰开会了，这个安排显然就是要给我哥哥找麻烦，我哥哥想要夺回他的画去日本。众所周知布彻不敢离开澳大利亚，或去任何一个没人认识他的地方。所以谁能解释他现在为什么这么冲动呢，除非他有一种**焦虑的个性**，而这显然不是事实。

玛琳从没见过我们的施主，所以她完全是从我哥哥那里了解他的，比如，让-保罗不是法国人，而是比利时人，不是让-保罗·米兰，而是亨克·皮卡弗，布彻很开心地告诉我们**皮卡弗先生**在新西兰或这个**喜欢手淫的瓦龙人**[1]穿着厚底厚跟鞋。然而我的施主救了我们很多次，当布彻因为从他妻子那里偷窃他自己的画而锒铛入狱时，扮演**行善之人**[2]的正是让-保罗，虽然他非常怕我，认为我是**暴力型**的人。当我哥哥身陷囹圄时，是让-保罗在他的埃吉克利夫疗养院里给了我一个房间。**在他离开的那天早晨他说照料好他，如果他有更多的花费，不管是什么，等我回来我会再付给你的。**这可不是我哥哥会钉在他的墙上的一段经文。

在疗养院里我跟守夜人杰克逊交上了朋友，他是个有趣的人，一个**鸽子迷**，他把他新颖别致的比赛用的秒表拿给我看。做一个慢博内斯总比做一只鸟要好。

布彻有没有向玛琳念及过让-保罗的好呢？当然没有。

---

① 主要居住在比利时东南和南部以及邻近的某些法国地区的一个民族。
② 源自《圣经·新约·路加福音》。

他说他施主的卡地亚表价值四万美元。这证实了他用锯子、锤子和铁丝订书机袭击"发展地基"的可能性,他没有停下来想过,他在毁坏一个舞池的地板,其质量是我们的父母脚底下从来不曾感受过的。他们只有在死的时候才比跳狐步舞时更安静些。要是你看到我父亲多么轻柔地用他那肿胀的猪肝色的手搂着我母亲的细腰,你准会叫出来。

雨停了,天气再次变得闷热而潮湿,布彻老是心事重重的,他一天也等不下去了,就开始画起画来。我觉得他还是动起来比较好,但是一切都变得热烘烘的,他很快就焦躁起来,不仅是因为**讨厌的家蝇**在嗅他的内裤,还有那从窗子飞进来的煤灰。哦,休,你介意我把窗子关起来吗?这是个玩笑。他砰地把窗子关上,到了晚上当我再次打开窗子时,他干脆一劳永逸地把窗子给钉死了。来,吃个鸡肉三明治。哦非常感谢。

很快他就有两幅巨大的画在积极创作中,一幅在楼上一幅在楼下,弄得我几乎没有地方睡觉。当你看着他干活时,你会欣赏他好的一面,也就是那个德国鳏夫最先理解的他的**天赋**。当然啦,那个外国人后来被抛到了一边,被发配到西富士葵理工学院教广告图表学。

在悉尼,布彻用他剩余的资金买了新颜料,他肯定是买的特价。这些颜料管非常旧,他只得用钳子才能把帽盖打开。我捂着鼻子。细菌肯定一直在享用颜料里的调和料,天哪,我们以前就曾遇到过这样的麻烦。红色现在全都让人联

[149]

想到污水坑，蓝色闻起来像烂桃子。很快"发展地基"就**臭气熏天**，又热又烂，消除**人体臭味**的药物被用来帮忙了。

所以我只好走路——不知往哪里去——目前还不知道——但我一边擦着我的椅子，一边回想起玛琳·莱博维茨那漂亮的白色公寓。强行闯入的气味很快就会消失，我看没有人再会玩一次那样的花样，只要博内斯兄弟在守卫。我当然还没受到邀请。

反正都一样。

反正我已经看到过许多**情人**，而玛琳对巴瑟斯特街上难闻的味道表现得很婉转，不是一次，而是三次，所以我觉得我要教自己怎样到伊丽莎白湾去。

我从来不善于看地图，否则的话我早就离开悉尼好多次了，如果我的需求不是很特别的话，我会踏上去墨尔本的路，在离刚德盖九英里的地方，狗在饭盒里拉屎。这可不是那首著名的澳大利亚歌曲里唱的，那歌里唱的是狗坐在饭盒里。多傻啊。你不可能写一首关于就座的歌。我知道。布彻有一次开车带着我确实从一个狗塑像前经过，不过那是建立在人们所谓的**误报**的基础上的，因此那狗是坐在盒子上面，是一个**平庸的或者比平庸还不如**的作品，这是我哥哥快速驶过时的观察。

要是普通人有一张地图，那他们就可以直奔目的地。而我就不一样了，我得绕很大的圈子，在街区兜一圈，看看能不能从我到达的地方找到回家的路，我在半路上或还有四分之一路程的时候或离家只有一个街区的时候就这么做了。所以，普通人依靠地图花二十分钟能走到的地方，休至少要三个小时，但是一旦走过就再也不会忘记，牢牢地烙在我的脑子里，就像红彤彤的融铁在刻得很深的凹槽里冷却一样。我的脑子那时就像俗话所说的那样不转弯。要想找到伊丽莎白湾，我必须先经历尝试和错误。我匆匆忙忙地从来路上往回走，耗费了很多时间，没有必要否认一路上遇到的烦恼、惊吓、恐慌，血在耳朵里汹涌，四肢像在过电。看上去的样子不像感觉到的那么糟。**街上的人**会以为我在跑着赶火车或是去看牙医呢。我无意中撞到一些傻子，但很少。赶到威廉街的顶端我跟在一对**怪人后面**，他们的裤子里面没有屁股，肘子上皮肤是红的。这正是贝林根瘾君子的标志，所以我知道他们肯定是去国王十字街。照理我应该转身回巴瑟斯特街，但这对怪人是福星，走得很快，我一直跟着他们走过国王十字街警署，然后我看见了伊丽莎白湾的路牌。

走上前去，像我爸爸会说的那样，走到皮洛克队长跟前。我写下我所在的地方，然后接着往前走。不要说斗争将一无所获①。

在伊丽莎白湾路的尾端，经过**坏脾气希腊人**店和**至关重要外卖酒店**，有一个大草坪，上面种着**来自我们原先的敌对**

---

① 引自英国诗人阿瑟·休·克拉夫（1819—1861）的诗作《不要说斗争将一无所获》。

国的树，我一进去就把椅子放下，就像在家里一样，玛琳的公寓距此只有三分钟的路程，我知道怎样回到巴瑟斯特街，我的胳膊像柔软的铁油灰。

坐在这里挺舒适的，这里车辆稀少，只有出租车偶尔经过，巨大的莫顿湾无花果树上有时候会栖息满肮脏的老狐蝠，就像一队又一队的狐蝠会从贝林格河上顶着暮色和黑夜一小时又一小时地往西而去，似乎要去参加一场我们不知其规则的战争。在这个特别的早晨没有狐蝠。我脱下衬衫，感受阳光。非常安静，一点值得注意的动静都没有，除了富人家的自动门开开关关的声音外，用他们的话来说，这些开开关关没有**正当理由**。**我们都受着关注**——我哥哥的疯狂信念——如果没人看着他，他就没法活，他那闪亮的脑袋需要人家的赞赏。我闭上了眼睛，但很快就听到了熟悉的**霍顿水泵**的声音，原来是一辆警车开了过来，跟我说我不能坐在这里。我肯定他们没有权利赶我走，但他们也许看错了我的内裤，而我从没忘记布彻曾锒铛入狱。我穿上衬衫，把椅子折叠起来，就在这时，玛琳坐着一辆黄色出租车来了。

休，她叫道，哦，亲爱的休。警察在她面前毫无威势。对。她扶我踏上那些台阶，我断定现在我离不开她的公寓了，因为那里非常安静干净，当你打开窗子时，你可以听见游艇上的索具撞击桅杆的声音，看见拉什卡特斯湾的河水在白色穹隆上跳动，宛如一个露天游泳池。可怜的妈妈永远无法想象这个，当她梦见全能的上帝时永远想不到会有这么多的游艇和这么多驾驶游艇的时间，这种声音她永远无法听到，我知道，微风，日光，在永恒的下午轻轻拍打着不锈钢。

你喜欢住在这里吗，休？

我说我喜欢。

她说她要去把布彻也接来。我希望她只爱我一个，在离刚德盖九英里的地方把我的脸贴在她干燥轻柔的掌心里。

我向她打听以前住在这里的疯子的情况。她说只有一个，但他死了。她把一件东西扔到窗外。我听见东西从树上滑下砰地摔碎，但我的椅子还在，微风和一道日光像一张20安培的网在我头上轻轻移动。自从可怜的比利的手指毁坏了我们的生活之后，这是我第一次真正喜欢上悉尼，原谅我。

23

奥利维尔·莱博维茨生存在我们的圈子外面，在生活的边缘被拖来拽去，然而在那远侧的位置上他始终可以施加他的影响，用遥控让他妻子的额头起皱纹，让我自己的额头扭曲，当我，比方说，打开玛琳的衣柜——我被告知是我自己的衣柜——找到他的套衫和衬衫——各种不一样的白色，像仙女的灰尘。我本该把它们扔出去，但还是采取了更谨慎的方法。

卧室是个小房间，只放得下一些必需品。已有三十年历史的钢窗开向一个六楼的白色河底石砌成的花园和裂竹雨篷。卧室很小，但有一堵墙映照出天空，虽然白天那些石头亮得让人睁不开眼，但在月光下我们面对面躺在一个鲍鱼壳里，凌乱的影子像安格尔①的作品，一系列白色浸泡在珠红色和绿色中。

休一开始并没有睡在屋顶上。所以楼下那个算得上出名的演员还没有抱怨他头上那些嘎吱嘎吱响的卵石，我们不仅避免了休的打扰，而且也避免了邻居的电话投诉。在老天保佑的该死的三个星期里我们可以让所有的百叶窗都开着，我们则躺在月光下，最后，不慌不忙地做爱。她的眼睛。它们就是被称作婴儿蓝的那种，完全就是黑色素出现之前的一个婴儿的眼睛的颜色，这比她那年轻紧绷的皮肤更让人愉悦，可以清晰地看见她赤裸的灵魂——一种深邃的透明性，没有一点儿斑驳、瑕疵或污垢。天气依然温暖，我们躺在床单上，游艇的索具在我们的熟睡和半睡中发出悦耳的音响。房间里除我们外别的什么都没有，没有过去，没有衣柜，没有任何人，只有嵌在嘎吱作响的窗框中的一块块油灰里的、业

---

① J·A·D·安格尔（1780—1867），法国古典主义画派画家，画法重视线条造型。

余的玻璃安装工的指印。

我们是孤单的，直到我们不再孤单。

一个星期天的晚上我突然醒来，有个东西在那里俯视着我。我没喝醉，但我睡得很死，现在，天哪，在床脚，有一个什么东西，一个穿着浅蓝色晨衣的家伙。那是个人，一个高个子、英俊的人，像个电影明星，有一双眼皮很厚的眼睛，嘴唇那么像紫罗兰，其实肯定是亮红色的。我本来以为的晨衣，原来是一件套衫或衬衫，罩着个干洗店的塑料袋，就是这个塑料薄膜吸收了月光，像鱼缸里一个漂浮的致死物。

"奥利维尔？"

别人谁会有钥匙呢？他打了个喷嚏，一个突如其来的声响，好像撕窗帘一样，一道扭曲的光射进来，紧接着前门砰的一声，我听见他那奇怪的不慌不忙的皮鞋底声从楼上下来。

十年前我他妈的肯定会大吵一场，即便现在我也想把他妻子叫醒，但如果你不是越老越圆滑，那你就算是白活了，喝了一杯拉格瓦林后，我的神经安定下来，火气也消退了。我醒来时，那件事情清晰地印在脑子里，但休在烤箱上烘袜子时把袜子给烧了，我发现奥利维尔·莱博维茨是个太大的家伙，这个厨房装不下。我拿起自己的保温瓶和我的三明治，说那天晚上等我回来我会把她的锁给换了。

玛琳正在清洗被烧坏的烤箱，但她停了下来，用那双透

[155]

明的眼睛观察着我，用手背擦着鼻子，同时点点头。

"OK，"她说。

我们都以为我们知道对方的意思。

不错，那天晚上在床上，她跟我讲起她是怎样在纽约认识奥利维尔·莱博维茨的，她把那可爱的小脑袋枕在我的胸脯上，抚摩着我的头。我清楚地知道，是那把锁制造出了这个故事。

当年她在第三大街遇到奥利维尔·莱博维茨时，才刚离开贝纳拉四年，也就是说，她刚刚二十一岁，她从没尝过法国香槟，当然也丝毫不知道奥利维尔是谁，也从没听说过他父亲或米罗①、毕加索、布拉克②甚至格特鲁德·斯泰因③，据说斯泰因曾提到过刚出生的奥利维尔，"我不喜欢孩子，但我喜欢这一个。"

麦凯恩广告公司所能提供的所有证据——从他办公室的大小到他在年度报告销售清单上的位置——都表明奥利维尔·莱博维茨不是个特别重要的人物。他照看着加蒙特区一群绝对无足轻重的广告商，只有一个真正的全国性的客户，一个根基在得克萨斯的奥斯丁的家族产业，其执行官汤姆先

---

① 胡安·米罗（1893—1983），西班牙画家，作品受超现实主义和达达主义影响，主要作品有《梦之画》，《狂犬吠月》等。

② G·布拉克（1882—1963），法国画家，立体主义画派代表之一。

③ 格特鲁德·斯泰因（1874—1946），美国女作家，后移居巴黎，提倡先锋派艺术，作品有小说《三个女人》等。

生、加文先生和罗伊斯先生，一方面对他们祖父丑陋的粉红色包装的牙医黏合剂表现出奴隶般的尊重，另一方面对奥利维尔，他们的国际犹太人迷恋得令人惊悚。但如同我说过的那样，她当时才二十一岁，来自贝纳拉。她以前从没遇见过犹太人。她只知道他很酷，他在西八十九街的克莱蒙特马房里有一匹马，每天早晨在中央公园的马道上骑行。所以他身上始终都有这种可爱的香味，滑石粉下面的马的气味，在她看来，这是一种贵族气，这个词儿她也可能用在卡里·格兰特[①]身上，这种印象不仅因为奥利维尔体形上的优雅而得到加强，而且还因为他与麦凯恩广告公司当时的勃勃雄心格格不入，或许现在公司依然如此，从而变成了麦凯恩、多夫曼、莉莉。但是玛琳，当然啦，是澳大利亚人，奥利维尔拒绝超出必要范围的努力对她来说绝对不算偷懒，相反，是一种非常非常可以接受的傲慢表现。

她本人绝对不是这样的人，一个助手的助手，一台火红色的 IBM 电动打字机的打字员，它的全部铅字装在一个跳动的球里，在那些纸页上旋转，移动，纸页的标题是**会议报告**。她穿着比尔·布拉斯裤子，帕科·拉邦纳鞋子，鞋跟很挑逗人，但她住在西十五街可怕的街边无电梯大楼的闷热的公寓里，浴室在厨房里，351 号，离第九大街只有四座房子，晚上她留在办公室里，因为那里比较凉快，没有人在楼

---

① 卡里·格兰特，出生于英国的美国男影星。

梯或任何不合适的地方小便。奥利维尔常常工作到很晚，有一次去麦凯恩艺术部偷针笔时，她发现他正在操作一台"懒露茜"，这是一种描图机，由滑轮操纵，在计算机问世之前，就靠这种机器来放大和缩小图像。

直到后来她才知道他是客户账目经理，因此跟艺术部的关系并不比她多。当时她把他的尴尬当做一个谜团记了下来。

"你不知道我是个画家？"他扬起一条眉毛笑道。他的口音非常迷人，不是法国口音，但也不是美国口音。

她朝他走上一步，但只是为了把那个六十支装的黑色针笔盒子藏在背后。我说不出来，她回笑道。

"这里，看。我要让你见识一下。"

他朝旁边挪了一下，好让她踏上低平台，然后他们两个都把脑袋探过罩帘，像是一对配偶在佩恩火车站拍一次成像照片似的做着鬼脸。她想看到什么呢？

"假牙，"她对我说，"假牙黏合剂。"

那里有一张发光的描图纸，而——嗅着滑石粉和人的非常浓烈的气味——卡里·格兰特显然也会有这样的气味——她看见出现在纸上的是最意想不到的东西。事实上，那是一个《机械的卓别林》的形象，来自布拉格莱博维茨博物馆的藏品。所有这些她都是后来才知道的。此刻莱博维茨，像个网球教练那样机灵，小心地贴身靠着她，以便把描图机的槽口调上一格。那是 1974 年 8 月，玛琳·

库克从没真正见过任何一样东西哪怕稍微有点像翻滚的罐子，微微闪光的珠色的锥体，在窗框里微笑的、长着八字胡的非常可爱的孩子。这是天使还是魔鬼，谁能知道或分得清呢？

"没什么，"他说。"我只是裁切一下。"

"这是现代画吗？"

他迅速看了她一眼，显得特别的关注。

她皱起眉头，感觉自己很傻，但当然不仅仅如此，还感到点固执和兴奋。因为这显然，完全，绝对他妈的不是微不足道的。稍后她会发现她是有眼光的，但即便现在她也有个声音在告诉她，这是一件绝妙的事情。当然啦，她不知道该怎么说，她的困惑，她为自己的无知而感到的尴尬，与他的气味以及他的胳膊慢慢转动机器轮子时擦着她的感觉混淆在一起。

"你真的有一匹马吗？"

他转身面对着她，《机械的卓别林》那组暗淡的颜色从他的脸颊上闪过，映现在他的眼睛里。

"真的有。"

"哦。"

"你骑马吗？"

"恐怕骑得不太好。"

在黑天鹅绒窗帘外面，他非常坦率和大胆地评价了她，她想道，我们澳大利亚人真是狗屁。我们什么都不知道。我们真他妈的丑陋。他身上几乎一切都匀称到完美的程度，唯一不匀称的地方，比如厚重的眼睑和稍厚的嘴唇，让他的脸有一种不同寻常的特征，使它让人既感到惊奇又觉得熟悉，愿意一次又一次地回头去看。

"你吃了吗？"

"还没。"

"我们可以去萨迪。你喜欢萨迪吗？"

"萨迪餐厅①？"

"萨迪餐厅，"他说，又兴致勃勃地回头操纵起机器。

她把针笔推开，好像纯粹是为了在文件柜上清理出一块可以坐的地方。几分钟之后，他关上了机器，重新得到了一张很小而且被刮擦得很厉害的透明正片，他把正片对着阳光举起来，告诉她，他怎样探察到它的小小的心脏，这样他可以把它——一个龇牙咧嘴的疯狂的小男孩——的一部分包住一个咖啡杯。

"那又怎么样呢？"她问道。正是那一丁点儿马的气味，让她感到他是如此熟悉。

"我把它拿到三十一街我的小俄罗斯人那里，他会给我复制十二万张，每张两毛三分。"

"为什么？"

那是一种令人喜欢的微笑，嘴角绷紧，往下耷拉，突然

_____

① 位于曼哈顿，因常有文化名人光顾并挂满百老汇名人画像而著称。

而出人意料地变得非常羞怯。"我们不妨说，不是为了我的妻子。"

"哦，"她说，"我还以为你离婚了呢。"

他把一根长手指伸到唇边。"非常正确。这是我的养马钱。这是个秘密。"

好多年以后她才明白他总是在"五分之一餐厅"吃饭，他不愿带任何其他人去萨迪，他认为那是个笑话。他的邀请，如果不是受到怀疑的话，那就是得到了很好的估价，因为他给她留下了非常深刻的印象，但那是懒散的，甜蜜的，甚至是羞怯的，要不是她厨房中央的浴缸被砸坏，弄得她非常尴尬的话，那天晚上她就会高兴地带他回家。她的动作不快。但是她的目光无法从他身上离开，那跳跃的步伐，深奥的眼神，把生活看成一种讽刺、复杂的笑话的意识。

不久他就去摩洛哥度假了，在他这么突然而出人意料地离开期间，她有足够的时间发现雅克·莱博维茨是他父亲以及其他一些资料。麦凯恩广告公司在第三大街和五十三街的转角上，纽约公共图书馆在五十大街和四十二街的转角上，时值臭气熏天的 8 月底，走到那里是很方便的。她不是学生，贝纳拉每一个人都可以这样告诉你。她是个笨蛋，就算不是个笨蛋也是个闯祸胚子，但是那个头皮屑落在夹克衫上的娘娘腔的老图书馆员不知道这个，他把她领到了米尔顿·海塞的专著，吉尔伯特的《斯泰因》，菲利普·汤普金森的

《毕加索的圈子》，以及西默农一部小说中的人物笨蛋莱文的区域。

就在感恩节前，他们开始外出约会了，她记得有两次甚至三次，虽然似乎总是临时想起来的，至少事先没有明显的安排，所以他们的外出包括了大量的散步，从一家他们没有预订过的饭店走到一家厨房刚要熄火的饭店，她的鞋跟摇摇晃晃加上阿贝·毕姆[1]垮塌的人行道，让晚上变得危险或恼人或既危险又恼人。她最终让他去了她家，在她真正的套房外面，有两次他们在出租车的后座上告别，而西十五街上的肮脏生活还在他们四周的汽车里门洞里继续。她没有意识到她正跟一些画坛精英生活在一起，马斯敦·哈特利[2]曾租住过同一个地址的房子，欧内斯特·罗斯[3]在著名画家聚集地西十四街232号拐角上有一个小小的后间。我本人一点都不想知道这种屁事，马斯敦也好，罗斯也罢，都不想知道，当然也不想知道雅克·莱博维茨的儿子把舌头贴在她的喉咙下面，手伸到她的裙子上面。我微笑，点头。操他的。想到这个我就恶心，现在比以前更厉害。

---

[1] 时任纽约市长。
[2] 马斯敦·哈特利 (1877—1943)，美国画家，代表作为描绘墨西哥波波卡特佩特尔火山的风景组画等。
[3] 欧内斯特·罗斯 (1879—1964)，出生于德国的美国画家。

24

　　布彻买了一个塑料的蹚水池，然后装了一条金属横档，等到把这往地板上一拴，我们就可以把画布在里面的颜料中拖来拖去，就像在牲畜药浴用的药液里拖一头挣扎的畜生那样。我们兄弟俩各站一边，抓着画布的耳把，拉拉它穿过厕所，跨过横档，然后把它摊在地板上，这样布彻就能拿着管子工的泥刀对它说三道四。现在他只谈日本，他的呼吸像个死鸬鹚，散发着生鱼的臭味，他突然说起 DOMO ARIGATO[①] 和 MUSHY MUSH[②]，虽然他的秃脑袋上有一对大得不能再大的聋耳朵，他连中级法语都没学好，也没能学会那个德国鳔夫的语言，只学了**船头屋**[③]这个词，这是那个德国鳔夫被迫夹着尾巴来到巴克斯马什前学习的地方。

　　我哥哥敢离开澳大利亚吗？我看不敢。

　　日本话我一个字都不会说，也没人建议我学日语。这意味着一件事或意味着另一件事。玛琳和布彻去哪里我就跟到

---

① 日语"非常感谢"的拉丁拼写法。
② 日语"喂，喂"的拉丁拼写法。
③ 一种屋顶形似船头的建筑。

哪里。不管他们转向哪里,像《圣经》中说的那样,我都会出现在那里,我的耳朵很专心。在凯利特街上的尽兴寿司店里,让-保罗据说来跟布彻谈判,把画借给他开东京画展。布彻买了库克香槟[1],但让-保罗拒绝了**两百块钱一顿饭**的诱饵,所以布彻叫了十五块钱的**高级生鱼片**,他们很快达成协议,让-保罗把画借到东京,目录要用跟近日巴尼特·纽曼[2]画展同样的纸张印制,让-保罗要被允许看校样,目的只为征求意见,他没有权利让人感到讨厌,那幅 *PHFAAART* 的画要归让-保罗·米兰收藏,要为日本客户提供他的地址和电话号码。布彻一次也没说过他会真正离开澳大利亚。

让-保罗开始**疯狂地猜测**这个画展要投资多少钱,那些画能卖多少钱。很显然他是想分**一杯羹**,他提出他可以提供来回的飞机票。谁的飞机票他没说。我像块石头似的保持沉默和发光。我哥哥突然转向我,大声问我是不是喜欢生鱼片,因为全东京人都吃这个。

我问我是不是要去日本。

作为回答,他强迫我吞食海胆,那东西非常黏滑,像鲨鱼的呕吐物一样恶心,我气都透不过来。我看着玛琳,只见她满脸通红,我突然发现我会被遗弃在悉尼,她会像俗话说的那样**绞尽脑汁**。

---

① 产于法国兰斯的香槟品牌。
② 巴尼特·纽曼(1905—1970),美国画家,善用大色块和细线条的对比。

在马什曾经住着马尔登，还有巴里，一个英国人，戴着假发，人们常在皇家饭店看见他。马尔登曾是维多利亚的跳绳冠军，后来当他正要成为巴里的合伙人时，他的摩托车出了事故。从来没人知道他们到底睡在哪里，但他们很快就开了两家店，一家开在吉隆路北，另一家开在皇家饭店南边，他俩每天早晨都要在邮局门口见面聊一会儿。所有的人都知道这是**做做样子**，常有人跟他们说，既然你们想聊天，为什么不打电话呢。不过这是个笑话，因为他们是**同性恋**。然后巴里决定在吉隆开第三家店，而马尔登公开上吊自杀了，就在他们常常见面的邮局阳台上。

问题是人们常常会被自己的计划吸引得失去自制力，所以我问我在飞机上坐在哪里。然后谈话就像被点燃的爆竹一样砰砰啪啪起来，红色的纸屑飞在空中，让一保罗想起曾经莫名其妙地把棚子拆掉，接下来我们谈论起阿米代尔，然后又说起冥河，到处都有褐色的蛇，**乳牛场场主**说布彻说，要是你被蛇咬了，别费心把马累死。只要写下你想怎么处置你的东西就行了，哈哈。

哈哈，操你。

我惊讶地得知那些没有心肝的家伙会抛弃我，所以我再也不会用我的在场来抬高他们的身价，我带着椅子出门去了凯利特街，看着嫖客们在马路对面的妓院出出进进。我那些所谓的朋友没有**议论**我，但他们很快就放松了，于是我偷听到他们作着安排，像**布丁贼**在磨刀石上磨刀那样。

同样供各位参考，日本人杀死了我们的许多孩子。巴迪·吉林受尽日本人的折磨，还有莫斯·怀特——哪里有灯他就会去哪里。莫斯·怀特在槟城被砍了头。要是我可以待在家里做香肠（这是他们都喜欢让我做的事情，直到我父亲买了液压灌肠机为止），我为什么要去巴结日本人呢。我还被要求做煮肚子这种讨厌的活儿。用棍子捅一下死白肚子，休，好孩子，**漂亮的装瓶工**，但没人敢放心让我使用刀。他们把刀鞘给我哥哥。作为回报，他会忘记我们的孩子们，并朝那个日本王妃顶礼膜拜。嗨，上帝救救他，算他幸运，他父亲死了。

现在，晚上我哥哥会睡在玛琳身边，我可以听见他们在床垫上翻江倒海，完事后他们就会说话，说个不停，而我并不抱怨他们在瞎扯，当然不。外面的露台上非常舒适，我静静地躺着，像头老母牛躺在沙砾上，我的屁股翘在半空中，**头朝下，屁股对着微风**，像我父亲常说的那样。有时候，我会在事后把我偶然听到的某些议论记下来，或只是一些单词，比如你鞋里的一块石头，或一把刀抵在你的脊椎之间。棍子和石头，脊椎，猪蹄，为了好玩，飘在空中，抓住手背。

25

如果你从贝纳拉咖啡馆来，你就算他妈的再怎么做梦也想不到，你居然会有可能跟一个写书的人说话，所以，在纽约公共图书馆里，玛琳给我读小米尔顿·海塞的关于莱博维茨的专著时，她自然很难明白它的作者就住在公路南边。她的朋友，那个同性恋的图书管理员给她看了《乡村之声》上的广告——**美国大师开设绘画课。米尔顿·海塞**。上面有个地址，是在艾伦街。

"那就是他？"

"正是。"

F 火车站离阅览室只有几分钟的路。德兰西街在往南第七个站。玛琳在鲍厄里街找到了米尔顿·海塞，看管着一家衬衫厂上面二十扇脏兮兮的窗子。在这里，他正处在成为我们最害怕的那个家伙的过程中——一个尖刻的老画家，他的朋友都很有名，他自己的墙上现在挂着二十英尺长、没人想买的画。

米尔特[①]六十不到，又矮又黑，眼睛几乎是黑的，额头上布满皱纹。

"你有一张对开纸吗？"他问来访者。他那只宽大、白垩似的手里拿着一只装满兵豆的筛网。

"我从澳大利亚来，"她答道。

他把兵豆放在桌子上的一摊水里，拖出一个破画架，把来访者跟一些立方体和球面体一起安置在窗台上。他提供了

———————————

① 米尔特是米尔顿的昵称。

[167]

一支铅笔，然后观看着。谁知道他是怎么想的呀？即便在这个年纪，即便在这种令人沮丧的局面下，为了娘们，米尔特几乎什么都会说。

"好极了，你他妈的什么都不会画。"他惊讶地笑道，声音低沉。

"我知道。"

"哦，你知道。"他扬起粗眉毛，瞪着眼睛。

"对不起。"

"我可给不了你天才，娃娃脸。"

"我想知道雅克·莱博维茨的事情。这是私事，"她说。

这下把他的话打住了。"啊！"他说。

她脸红了。

"别跟我说是那个无用的儿子？"他又一次显得快乐。忘乎所以。"那个花花公子？"

"我会付钱的，"她说，这会儿脸已经通红了。她肯定他妈的妩媚可爱，否则他早把她踢出去了。

"你是学院里干什么的？"

"我是秘书。"

"哦，那你没什么名堂！"

"我不知道。"

"十块钱一小时你付得起吗？"

答案是不，但她却说是。

"为什么不呢，"他笑道。"为什么不呢！上帝保佑你！"他叫道，试图吻她的脸颊。

这当然不是他跟他的画家同行、半职白食客和他在拍卖行里遇见的画商说话的方式——当时他们中的每一个人都被收买了，当时就他一个人没有舔人屁眼，经过这么多年后，他还是想要告诉他们怎样画画——如果你想看的话，你一定要变成木头，如果你要保持新鲜，你就什么东西都不要看见，如此等等，好像他还能提升自己似的，借用把别人推到泥地里的方法，把自己提升到万神殿里。

然而，即便在那些如今对他敬而远之的人看来，他对雅克·莱博维茨的情感都是真材实料的，在米尔特的心目中，几乎世界上所有的画家都是他的竞争对手，而他则始终是雅克·莱博维茨的追随者。在他画室的厕所里，有一封来自大师的信，他不顾体面地把它装在镜框里：你介绍了一位出色的画家。米尔顿·海塞是个年轻的美国人，有着非凡的独创性。[①]

两年之后，跟着玛琳去拜访他时，他怂恿我进了那个厕所，先是轻轻的，要我念那操蛋的墙上操蛋的信，我固执地假装听不懂他的话，最终，他清楚明了地指示我念。当然啦，法文并不是在马什流行的语言，所以米尔特有了一个额外的乐趣，那就是让我把信从钩子上拿下来，递给他，而后他用法语和英语一句一句地朗诵给我听。他崇拜雅克·莱博

---

① 原文为法文。

维茨，好像他还只有二十六岁时，靠着"退伍军人权利法案"①的资助来到巴黎，拜倒在大师的脚下那样。

当一个女人跟你说一个男人是她的"朋友"时，你就应该知道，这种说法到最后会是非常糟糕的。所以当我听说米尔特时，我就不喜欢他。

玛琳终于介绍到我，说，"这位是迈克尔·博恩，他是个伟大的画家。"

米尔特看着我，好像我是她的宠物蟑螂似的。不管他是不是六十二岁，我都想用他的支腕杖揍他。但我却不由自主地呆呆地想象着这个好色的小癞蛤蟆，不是因为他无疑在他的塑料薄膜上侧操了我的情人，而是因为他改变了她的生活。

一周两次，他和秘书去大都市博物馆，现代艺术博物馆，在麦迪逊大街上来来去去，他再也没问过她为什么要知道他在教她什么。有趣——他在那个关键点上的沉默。他是害怕自己是个妓在为妓干活吗？在道德高地周围笼罩着一层浓雾。他永远看不清楚她是谁，他会弄出什么事情来。

他说她不必为她的无知担忧。你应该，娃娃脸，珍惜它。他教导她说，艺术中的唯一秘密就是没有秘密。她也不必想象有一种暗藏的战略。忘了它。真正的画家没有战略。

---

① 美国在第二次世界大战结束时通过的一项法案，规定政府对退役军人提供教育贷款和赠款，帮助退役军人获得高等教育的资历。

[170]

当你看一幅画的时候绝对不要看是谁画的。敞开你的思想。好的画是无法自我解释的。塞尚①无法解释他自己，毕加索也不行。康定斯基②可以解释已被证明了的一切，看画的时候，他说，就像一场职业拳击赛。你要在你开始前吃好、睡好。他引用乔伊斯、庞德和贝克特的话，并为他的被保护人买了庞德的《阅读 ABC》。他引用兰波、艾米丽·狄金森的话："当我感到我的头顶要掉下来时，我知道那就是诗——还有别的方法吗？"

成为一个半职画商是他的命。他恨画商和他们的客户甚至超过恨马塞尔·杜尚③。（"他下棋是因为没有电视。如果有电视的话他会整天都看。"）他说，没有一个人会像画商那样说谎、欺骗。没有人会像有钱的客户那样害怕自己被当成傻瓜。

有时候他只收五块钱。有时候分文不收。那都是我们要知道的。

现代艺术博物馆有四幅莱博维茨的作品，只有三幅曾展出过。第四幅一般认为是被多米尼克"修复"的，而照玛琳的观点，这是再幸运不过了。米尔顿一辈子都在巴结监管人、董事会成员和遗产管理人，尽管他迄今只有一幅被现代

---

① 保罗·塞尚 (1839—1906)，法国画家，后期印象派的代表。
② 康定斯基 (1866—1944)，俄国画家，抽象派创始人之一。
③ 马塞尔·杜尚 (1887—1968)，法国画家，达达派代表人物。

艺术博物馆接受的石印品，他却能够把玛琳带下楼来，他们一起仔细欣赏修复好的画，仅仅通过这件活儿——自从被毁以来修复了不到十八乘二十英寸——她就非常熟悉了多米尼克凌乱的笔法，跟莱博维茨整齐的平行阴影法截然不同。当然啦，她并不是一开始就清楚的，但到最后她纳闷起来，为什么她就没有看出奥利维尔的父亲用一笔一画那么精心地构筑出的巨大的视觉效果的方法呢。

　　我当然只是重复她告诉我的东西。我不在那里，无法核对事实。我在悉尼，在东赖德，跟一个膝上长疮的儿子和烂在夏日草丛里的苹果在一起——不管怎么说——任何人做任何事都没关系，只是，出于偶然——我们不妨说——那个贝纳拉高中的退学生来到了两个男人的生活轨迹中间，一个英俊而受到伤害，另一个是自私的怪物，在他们的引力造成的混乱中，好歹向上和向边上滑动，所以虽然她依然是助手的助手，还住在离第九大街拐角三栋屋子的地方，她却悄然地，得意地进入了一个地图上完全未标明的大洋，像科尔特斯，或像济慈①本人一样，非常吃惊地看见出生状况和地理条件向她隐瞒的东西，比如，每一个匪夷所思的东西形成的真正的奇观。

- - - - - - - - - -

　　① 英国著名诗人济慈在其诗篇《初读贾普曼译荷马有感》中写道："……像科尔特斯，以鹰隼的眼/凝视着太平洋……"原来他将发现太平洋的西班牙探险家巴尔沃亚（1475—1519）误作了另一个西班牙人科尔特斯。

26

为了艺术，布彻曾经变身为德国人，现在他又想成为日本人。我饶有兴趣地看着他把落水管从玛琳家的檐槽拆掉，又用一根长链条把它重新安装好，这样下暴雨时所有的雨水都会顺着它往下淌，就像在一部所谓的日本电影的杰作里看到的那样。这是不是意味着他要去没人知道他名字的东京呢？那将是我死的日子。

同样，我默默地观察着所有的事情现在如何毫无缓和地转向东方，其结果不仅是他碗里的生鱼片和寄生食物，还有那传真机整个晚上都响个不停，滚烫的纸头掉下来，卷起来，离我疼痛的脑袋不到几英寸。

在听说传真机之前我从来不明白**天网恢恢，疏而不漏**这个说法是什么意思，但由于这个梦魇在我脑子里吼叫，我看见了我母亲，在绣着**虽然上帝之磨磨得很慢，然而它们磨得非常精细；虽然上帝耐心地站在那里等待，他的磨磨得完全精确。**①可怜的妈妈，她无时无刻不在想象着自己的末日。

---

① 引自德国讽刺短诗诗人洛高（1604—1655）的诗句，意思即为"天网恢恢，疏而不漏。"

母亲死了之后，布彻大发雷霆，把那些手工活儿扔到了达利垃圾场里，但我们母亲的生命已经融入了我们的血液中，五夸脱的记忆从我们的身体中抽出，喷洒到我哥哥的画上，原谅他吧，上帝，在你眼里他是个傻瓜。

布彻和玛琳在卧室里，门紧闭着，每当她抬头看他那张丑陋的脸，他那**愚笨的表情**时，她的眼睛总是炯炯有神。当我问布彻她是否允许他把脸搁在她的屁股上，他扇了我一巴掌。**我只是问问而已。**许多有孩子在悉尼文法学校的母亲都巴不得呢。秋雨让我无法听到他们说些什么，即便在花园那里。**大渊的泉源**都裂开了，**天上的窗户**也开了①，来自屋顶的水像直线顺着那根艺术家的链条飞流直下，溅在墙上，淹没楼下那个男演员，结果他失去了《搬运工》中肯尼那个角色。

他们要离开我吗？我听不见。

一个阳光明媚的早晨，我们三个违背法院指令，出门旅行，跨过格拉德斯维勒桥，玛琳的胳膊搭在他的肩上，她的手指玩弄着他粗粗的脖子上猪鬃似的毛。

就我所知，这跟日本有关。

让-保罗家的背面，阴影又深又脏，在棕榈树和叶子花绿色的阴影里，放着**印度神像**，它们的石头私部上罩着黑白相间的格子罩布。天哪，游泳池里居然有死黄蜂。所有的光

---

① 引自《圣经·旧约·创世记》，第7章。

都在摇曳，没一样东西是恒久不变的。

收藏家穿着一件浴衣，显得盛气凌人。

我会被留下来吗？

玛琳向施主解释说，日本的那幅《我，发言人》的复制品上有一点发绿，她要承担修复的责任。

让-保罗先是欣赏着玛琳的腿，但这会儿他的眼睛变得像他自己的后栅栏的灰木头一样死死的。在颜色得到修正之前，他不会签字画押。

然后哈利路亚①这几个字被说了出来。我觉得，就是它了，结束了，感谢上帝。看着让-保罗试图从他的池子里捞出证据，我为我哥哥的冷静感谢上帝。

天哪，在凯利特街上的尽兴寿司店里很快就有了**第二次尝试**，甚至在让-保罗到达前我就有了一种非常不好的感觉，因为我哥哥又一次试图证明我会恨日本人，他坚持让我吃活的海胆，就从它的壳里挖出来，像猴脑似的又浓又稠，甚至比那更恶心。

我坐在那令人恶心的东西前，等着听取对我的宣判。结果我却看见了一个人，像俗话说的那样，比一堆鸟粪重不了多少。他就是那个肆意破坏的警察，我哥哥曾发誓要把他折叠起来，钉在硬木地板上。

玛琳观察着安伯斯特里特侦探，她的目光下垂，微笑

---

① 即"感谢上帝"的意思。

着，脸发红。

布彻跳了起来，我以为他要去杀他，但他却把手搁在他的肩膀上，好像他们曾是最好的同学似的。我哥哥满脸红光，安伯斯特里特侦探笑得一脸皱纹，像狗嘴里的一条蜥蜴。

怎么，警察对布彻说，同时把他的背包往椅子底下塞。怎么，我听说你和玛琳要去日本了。

于是我就知道了我的命运。

27

在螳螂侦探把胳膊伸到我的画里面，把里面拉到外面来之后，你以为他会害怕，但尽管他理着胆小鬼的发型，他的眼睛里透露出的只是看见好吃的东西时才会有的激动神色。不，就算我那傻弟弟把他的拳头揍在他张开的手掌上也无济于事。玛琳走开了。休跟在她后面。我甚至都没停下来想一想，他们为什么要走。我一心只顾着这个眼睛上布满皱纹的小破坏分子。他坐下后，用粉笔搭了个"X"，然后又拿了支粉笔在我面前摇晃。

"迈克尔，"他说。

"是我。"

"迈克尔。"他低下头，用粉笔搭了个"V"。"迈克尔，还有玛琳。"

"哦，你是个聪明的孩子。"

"那是，迈克尔，"他说，以新南威尔士警察喜欢的方式称呼我的教名。（现在靠边停车，迈克尔。我们都有些什么呀，迈克尔？你一直在吸毒吗，迈克尔？）"我在格里菲司大学得到一个文科硕士学位，迈克尔，"他说。

"我以为你离开警界了。"

他眨眨眼睛。"不，老兄，你才不会有这种运气呢。"

"你怎么知道我要在东京开画展的呢？"

他从椅子下面拿出一个廉价的帆布书包，后来我才知道那种造型的包在去现代艺术博物馆的上年纪的单身参观者中是很流行的。他从包里变魔术似的掏出一本最新的、还没在悉尼发行的《国际画室》。

"你出过国？"

他迅速眨了两下眼睛，但始终迎着我的目光，我如此迫切地跟他的性格争斗，不管他是什么性格，我慢慢地看见了他抽出来递给我的、占了整整四分之一面的广告："迈克尔·博恩，"我最后念道，"东京，三越百货。8月17—31日。"

我相信，我的嘴巴张了开来。

"恭喜，迈克尔。"

我哑口无言。

"你走向国际了，老兄。你一定很骄傲。"

对，我很骄傲。不管是谁说的，为什么说。难以形容。如果你是美国人，你永远不会明白，做一个世界边缘的画家、作为一个三十六岁的男人，在《国际画室》上登广告是什么滋味。不，这跟来自得克萨斯的拉伯克城，或北达科他的大福克斯城完全不是一回事。如果你是澳大利亚人，你尽管争辩说，这个猥琐的东西早在 1981 年前就消失了，那段历史算不了什么，说到底，我们很快就要变成操蛋的宇宙的中心，这个月的亮点，自愿联盟等，但我愿意坦率地告诉你，我这辈子都没想到过这样的事情，我不在意复制品上有肮脏的绿颜色——我应该在意的，但我却说我一点儿都不在意，扉页上有已故的罗思科。你能明白吗？我的意思是——这一切离开把复制品贴在卧廊墙上的生活有多远？离开巴克斯马什有多远？离开一个备受颂扬的悉尼画家的生活有多远？

"一切都装进板条箱了，是吗？"他问道。

"哦，是的。"

"但还没通过海关。"

"我想已经通过了。"

"不，老兄，还没通过。"

这个小操蛋的朝我咧嘴，好像刚赢得赌马三连胜似的。

"这个画展是玛琳为你操办的吧，迈克尔？"

"是她操办的，没错。"

[178]

他朝我笑笑，然后开始翻阅《国际画室》。

"'罗思科之死改变了一切，'"他出声念道。"这是他们在这里说的话，迈克尔。这改变了他的工作的意义，使得每次见到他的画都成为一种可怕的引力。他们就是这样念的，好像真实的忏悔。我不这么看，一点都不。我想你也一样。"

他把杂志合上，满脸堆笑地看着我。

"我非常高兴，日本人投入了工作。实心实意地。"

我的工作，我想道，你别谈论我的工作。

"钉板条箱的活儿是谁在干？"

"伍拉拉艺术品搬运公司。"

"太棒了，老兄，没有比这再好的了。哟，我看得出你盯上了我的《国际画室》。"

我毫无戒备地接过了他的杂志，没有料到三张黄色的打印纸从里面滑了出来，窸窸窣窣地就像凶器从桌面上划过。"雅克·莱博维茨，"第一张上面写着，"《多朗波瓦先生和太太》，情况报告。"

我想道，你这狡猾的小坏蛋。你想干什么呀？

"读吧，"他怂恿道。他用手背擦着毫无血色的嘴唇。"在我看来，"他说，"非常有趣。你以前曾读过什么情况报告吗？"

这是份奇怪的文件，非常特别，明黄色的纸，顶上有一道粉红色的边。我不知道这是不是来自奥诺雷·勒诺埃尔的报告。如果是的话，那是很可信的，就像牙医在经过非常仔细的检查后做出的记录，这个报告从牙龈，也就是画框开始，描述了它的构造——以《多朗波瓦先生和太太》为例——它在被小偷搬动以及抛弃在多齐·博伊兰家厨房工作台上的馅饼料旁前的状况。读到报告中所写的莱博维茨如何制作了"一个轻型的斜面结构的拉紧装置"——这些是原话——"没有结构元素接触支架的表面"——它让我起了一身的鸡皮疙瘩。边角有一半重叠，上了胶并用无头钉钉上了。拉紧装置的背面用颜料写着：25avril XIII。

"avril 是什么意思？"

"是 April（4 月），"他说。"春天。"

还有更多。支架是紧密亚麻织物的，估计是用兔皮胶打底，质量一般，或传言就是那个意思。警察像个猫似的仔细端详着我，但我待在一个他够不到我的地方，就算他死了、上了天堂也够不到我。

在《多朗波瓦先生和太太》的背面有三个标签，第一个是莱博维茨或也许是多米尼克甚至是勒诺埃尔本人贴上去的，标号是 67，还有一个地址是雷恩路 157 号。这个标签没有注明日期。它旁边的那个标签来自 1963 年在巴黎露易丝雷希思画廊举办的画展，当时画家已去世九年。还有一个信封，里面有一张奥诺雷·勒诺埃尔拍摄的四乘五英寸的照片。

警察往前凑凑。我把椅子搬开，虽然躲不开他那发亮的衣服上散发出的一阵阵四氧化碳的味儿。

"近视眼，"他说。"你大声读出来。"

"操你妈的。你来念。"

让我惊异万分的是，他居然顺从了。

"'那里有无数的、断断续续的磨损，'"他吟诵道，
"'在顶边上，从左边的中央到右边的角落，显示出颜料和
画布的缺损。缺损的地方往画里面延伸了有大约三那什么。
经过了紫外线检查……如此这般……检查结果显示……'我
们要知道的来了，小迈克尔·博恩，在这里。'从顶上的左
角到中间，一个十三毫米乘二百九十毫米的区域里颜料缺失
并被补上。在四到六点五分米之间区域的笔法与画家众所周
知的作品的特点不同。'你看见这个了吗？这个写得棒极
了。看，看……这里……'随后进行的 X 光分析表明，上面
的涂层遮盖的部分与画家在 1920 年之后的一幅作品很相
像。'这你应该明白，迈克尔。《多朗波瓦先生和太太》注明
是 1913 年的，但它不可能是 1913 年，因为它是画在某幅在
1920 年完成的画上的。我闻到了一点老鼠味，你没闻到吗？
一只邋遢的小老鼠。"

"怎么会呢？"

"如果是 1913 年的话，那就是伟大的莱博维茨。那是价
值连城的。如果是 1920 年……嗯，那就忘了它吧。"

"行了，老兄，这幅画在所有的书上都有记载。在现代
艺术博物馆里也有。每个人都知道它。"

"曾经是在现代艺术博物馆里，迈克尔。所以你认为他们为什么把它撤掉了呢？"

"你为什么给我看这个？"

"我觉得这是明摆着的。"

明摆着的？所有曾经明摆着的事情就是那个小偷偷走了我的画，然后把它撕碎。现在他把情况报告递给我并说，"我觉得这件事的法庭意义是非常清楚的。"

"你知道，巴里，坦白地说，我一点都不介意。"

"我知道，"他说，"但只要想象一下，要是你能证实这幅画，迈克尔。你也许只是要让这幅画消失。你也许要想把它走私到日本，因为那里的法规不一样。"

"哦。"

"哦，"他说，又白又大的双手交叉在胯部前。

"你以为我办画展就是这个目的？"

"迈克尔，非常对不起。"

"你知道，巴里，为什么当一个澳大利亚人在国外干得很好的时候，国内所有的人都认为那是假的呢？如果我是个大画家那会怎么样呢？"

"你本来就是个大画家，迈克尔。所以我才不愿意看见你被人利用。"

我抬起头来，看见鉴定者本人朝我们走来。我为她拉出一把椅子，但她把身子靠在我肩上，然后，突然间，凶猛地，把文件从我手上夺过去。我转过身去，几乎认不出她来——她的双颊变成了锐角平面，眼睛气得眯成了缝。

"这是垃圾，"她对安伯斯特里特说。"你知道这是垃圾。这甚至都不是你的财产。"

"它进入了我们的掌控，玛琳。"

"对！"她坐在我的旁边，激动地环顾四周，叫了一杯水，站起来，很快把水喝完，快得水都溅到了她的衣裙上。"对，它进入了你们的掌控，"她说，把杯子砰地放回桌子上。"因为你们闯进了我的屋子，从我的文件柜里把它偷走。你和画商厮混得太久了，我的朋友。你知道这个犯法的玩意儿到底是谁写的吗？你真的相信它被拍过 X 光片吗？"

安伯斯特里特抬起头来，像是准备被亲吻似的。

"我们各种方法都试过了，"他说。"这是我们的工作。"

"那就滚开，"我说。"试试那个方法。"我转身时看见老板藤浩志，我就叫了一瓶富久长清酒①，喝完后我发现侦探走了，玛琳流着泪，我的那本《国际画室》在夏日阳光中微微发亮。她看见我伸手去拿，上帝保佑她，就笑了。

"你喜欢你的广告吗，宝贝？"

你问我有多爱你？让我来数数有多少种方式。

———————————

① 日本清酒中的一个上等品牌。

28

是先生，不先生。我哥哥坚持用他的**大鼻子**贴着警察的屁股。是先生，不先生，比-波帕-路拉，让人纳闷的是他居然还能呼吸。不先生，我不介意你毁了我的画。他是**满口空话**，当他不愿对**只说不做**造成的糟糕局面表示抗争时，我父亲就是这么说他的。我急急忙忙地带着椅子到凯利特街去，那条街比一个巷子宽不了多少，但连接着更大的街和高速公路，所以这段近路并不像你想象的那么好走。人行道也很窄，我的椅子**阻碍了车辆的先行权**，没地方休息。附近是伊丽莎白湾路，一场**事故将要发生**，虽然我先前曾经过那里去**希腊牛奶吧**和**至关重要酒店**，但是坐在那里是违反当地法律的，而警察很**警觉**。

尽兴寿司店对面是个绿色的妓院，光顾的都是些**令人憎恶的客人**，我看着他们来来去去，但即便在我最心烦的时候，我也决不会傻到把脑袋往裤裆里塞。我左转朝玛琳的方向走去，走过意大利体育用品公司，就是那个**嫌犯**被一个**众所周知的犯罪同伙**击中脖子的地方。谢天谢地，我自己没有枪。离这个**鲜血飞溅的犯罪现场**很近的地方就是贝斯沃特路，那里的桥和隧道会让你晕头转向，汽车上上下下，穿过深渊，**没有一个活人**，上帝保佑我们大家。我会出什么事呢？我寻找玛琳，在贝斯沃特路和伊丽莎白湾路之间来来回回，狭窄的人行道弄得我身上出现好多凹痕和乌青，稍后将会变成杂碎似的粉黄绿色。我在画一张地图。太晚了。所以我得认识更大范围的地方才好，就像孩子们背诵他们的乘法表一样。

六岁那年，有一次我在沃克斯豪尔克里斯达汽车里跟我那长疣子的哥哥打架。这事不是我挑起的，但我也无法停下手来，突然蓝博内斯把车子停在了东巴里昂的浅盐湖旁。

滚出去，他说。

我乖乖地出去时，天刚擦黑，我父亲伸出一只细而结实的长胳膊，砰地把门关上。然后他开车走了，带着咸味的尘土的滋味，乌鸦呱呱的啼叫，车子驶进黑暗中时亮着的红色尾灯，驶向了距离马什安全地带十六英里的地方。月亮升起后很久，**老人**才回来找到了他那痛哭的孩子。这是给我个教训，他不止一次地对我说。

说来也巧，我听见玛琳的声音在犯罪现场的葡萄藤下面叫喊，我朝阴暗的花园里看去，看见了她和让-保罗在一张绿色的圆桌旁，那本可怕的目录摊开在他们面前。他们在**谈论日本**。我轻松地把我的椅子从花园大门上解下来，我坐在她的时装和他的酒瓶中间，在那里我得到通知说，让-保罗答应当天就由伍拉拉艺术品搬运公司把《如果你曾看见一个人死去》运走。

我如俗话所说，**像个猴子似的咧嘴傻笑**。

让-保罗问我布彻可好。

我的脸疼得非常厉害。

我听见让-保罗问我愿不愿意找一份工作，可他不理解我的处境。要是我从事一份有报酬的工作，社会福利部门就会取消我的残疾人抚恤金，而当我最终丢了那份工作时，我再也拿不回那份抚恤金，因为我**对政府说了谎**。要是布彻在的话，他会好好地跟让-保罗解释，但是让-保罗不相信我。我说我什么都干不了，而且受不了别人的吆喝，他应该记得起来。

我的意思是，他说，不入账本。

不管什么叫**不入账本**，我都感到恶心。我指出，社会福利部门都是些小希特勒，有时候他们来检查我们的垃圾，看看我是不是有工作，比如我是不是买了塔斯马尼亚黑比诺葡萄酒。

不，他说，他们不会做那种事情。

我像条狗似的朝玛琳微笑。她把手搁在我的肩上，比菜虫的分量都重不了多少。不入账本，她说，意思就是让-保罗不会告诉任何人说你在工作，但他会给你钱。

但是布彻曾经蹲过监狱，这差点要了他的命。我开始解释说，他跟安伯斯特里特侦探一直有过节，但是玛琳拦住了我，把手搁在我的嘴巴上，像喃喃私语那么轻。

[186]

你能帮帮埃吉克利夫疗养院的杰克逊的忙吗？

我问她，你认识杰克逊吗？

不，她说。让-保罗告诉我说，布彻蹲监狱时你们是伙伴。你拿他的鸽子去比赛。

但谁也听不懂这话。

你是他的朋友，那个守夜人。

我偷了他的鸽子，如此而已。

你能替他守夜吗，一到两个星期？为了钱？不入账本？

我问她，她是否认为我应该这么做。

她说是，于是我说我看这事 OK。

这时玛琳站了起来。她说她得去尽兴寿司店接布彻，稍后再来看我，然后她走了，穿着凉鞋的可爱的双脚把砾石路面上白色的尘土扬了起来。

我朝让-保罗微笑，但开始感到恶心。

他把椅子从桌旁推开，说，你要整晚坐在门口，要是有人病了，你就要给值班护士打电话。

我问他，这么一来我哥哥是不是就不用带我去日本了。

他说，对，是这样的，他不会撒谎。

我问从什么时候开始，但事实是，我甚至再也听不到他的信息了。天知道要是我被孤零零撇下的话，会闯出什么祸来。

29

原告曾经有过一匹马，一匹速度奇快的阿拉伯马，名叫潘多拉，当潘多拉在带倒刺的铁丝网上撕掉自己的丛毛，并在三个星期后把原告摔下来，造成她所谓的艺术家之手的六根骨头断裂时，我早已经不骑马了。

这就是说，我对奥利维尔·莱博维茨养在西八十九街的马一点兴趣都没有，我从没打听过那是什么马，只是确信——因为玛琳告诉过我——那绝对不是来自同一条街上的克莱蒙特骑术学校的马，那里的马以暴烈著称，常把骑手们摔在 102 街的横墙上。骑术学校的马跟玛琳在曼哈顿时的骑术生涯一样密切，她本人对马的感情其实并不是关键所在。因为她爱奥利维尔，她爱骑在马上的奥利维尔，他的样子和气味，尤其重要的是，骑马给他带来的快乐。

与玛琳拎着她捞赡养费的娘们的鞋子走过我的围场时，我对她的看法相反，我发现她对她爱的那些人非常好，为了讨我喜欢，她不厌其烦地帮我搞定在《国际画室》上登广告的事情，或在休的葡萄干吐司上涂奶油，或大声地念《神奇的布丁》，这完全符合她的性格，并且，好多年前，当奥利维尔因为离婚而穷困潦倒时，他被迫卖掉了自己的马，这是件操法院和整个 60 中心大街①蛋的案子，他会把它弄回来，那匹马，她会确保这件事。

一开始，奥利维尔养马的开销由他在"蓝露茜"上可怜巴巴的努力得到了弥补，也就是说，给三帧小小的莱博维茨的作品开具准印许可。这些不是用心选择的作品，只是随手涂鸦的幻灯片，跟着回形针、铅笔和一些与画有关的通信到处转。那些通信大多用的是法文，他的法语说得很流利，却总是假装不会读。

当玛琳第一次让他感到惊讶时，他想象自己把他开具准印许可的那些微不足道的利润藏了起来，不让他妻子的律师知道，这当然是一种幻觉——他享有莱博维茨作品的精神权利不是什么秘密，这自然是婚姻财产的一部分，他被迫把从他那些破烂的纪念物中得到的每一分钱都说了出来。他唯一幸运的是（后来才为人所知），那些律师因为平庸和无知，只看重他以前从精神权利中得到的那点利益，实在是少得可怜。

1975 年春天，他失去了马和马厩，玛琳做了他的秘书，从此名正言顺地保护起那个纸做的老鼠窝，他只把那些纸当作"法文材料"。

她问他，"我该拿它怎么办？"

他看着塞满文件的灰色铁皮柜子里面，那些文件有的用

---

① 纽约高级法院所在地。

缎带扎成一捆捆，有的是单页的且单独摆在一边，黄的，棕色的，皱巴巴的。他耸耸肩，做出一种高卢人的姿势，玛琳·库克是这么觉得的。

"是关于画吗？"

"对。"他吃了一惊，面露微笑。"绝对是的！关于画。"

他怎么也想不到，她已经被自己的学习曲线①弄得半醉了。她太过害羞，无法告诉他说她读过了贝伦森②，瓦萨里③，马斯敦·哈特利以及格特鲁德·斯泰因，但当她问道，是关于画吗？她知道维亚尔④和范·唐恩⑤这些人的通信的重要性，她在菲利普斯与索斯比午饭时吃了太多的热狗，所以会纳闷，这个老鼠窝档案是不是可以完全抵消他在马和马厩上的开销。他不清楚她爱他到什么程度。她认为自己在任何方面都矮他一截，不论是在体面、美丽还是在世故方面。他没注意到她是他的天使，修复、包扎他所有流血的伤口。

所以她转而朝老米尔顿·海塞发怒，而海塞则被她吓着了。一眼就能看出她在利用那个可怜的家伙，但我怀疑他们两个都不会这么看。她知道海塞看不起奥利维尔，知道她改

---

①　又称练习曲线，表示获得熟练技巧的进步过程的图线，通常呈 S 形。
②　伯纳德·贝伦森（1865—1959），美国艺术批评家。
③　瓦萨里（1511—1574），意大利画家，建筑师和美术史家。
④　J·E·维亚尔（1868—1940），法国画家，装饰美术家。
⑤　范·唐恩（1877—1968），生于荷兰的法国画家，曾为野兽派代表之一。

变不了他的心思，但她在格瑞斯特德为米尔特购物。她用
《澳大利亚妇女周刊》上的一个食谱给他做了砂锅金枪鱼。
她总是付给他钱，每星期至少五块。

"那就把信给我，"米尔顿说。"我们来看看你弄到了
什么。"

"我要请求同意。"

"同意！放屁。只是借阅而已，娃娃脸。要是那些信没
什么价值，你这么小题大做就没意思了。"

于是她费力地拖着两个沉甸甸的箱子乘上F火车，让那
些箱子的重量压在她的大腿上，一路坐到德兰西，在他冷飕
飕的画室里，她在做兵豆汤的时候，那老头读到了一些让他
的眼睛鼓得更厉害的东西。在那一刻，在1975年——这是
最新的信中揭示的——下面那些画进了市场，或者只要奥利
维尔大发善心做一下鉴定就会进入市场：《鸡雏240V》
(1913)，《和干活的人一起吃午饭》(1912)，《静物》
(1915)。这些作品如今的总价值至少有一千万美元。现在你
在所有的书中都能找到它们，但当时它们还没有合法身份，
从多米尼克的赝品分类目录中被删除了，天知道在什么阴暗
角落里交易、收藏。

"那个太子爷从来没有回过这些信吗？"米尔顿问道，第
一次摈弃了他的水边公牛的面目，看他那粗眉毛，架在额头
上的无框眼镜，更像是个老犹太学者，非常外国化，与玛琳
的想象相去甚远。

"他怎么会回信呢?"她问道。"他对艺术实在是一窍不通。他也不在乎。"

"回信又不需要泄露什么秘密,宝贝儿,只不过是他自己的出生证明罢了。"

"他不肯。"

"宝贝,"海塞说,"没这么复杂。如果你辨认得出马曼的湿漉漉的笔触,——我知道你辨认得出——你只要说,啊——这幅糟透了。没人愿意这么想,但是去纽约库帕联合建筑与艺术学院实在于事无补。你现在就可以这么做,就今天。这又不是什么难事。"

玛琳·库克,听着对她未来的描述,没有明白到她已经不再是个笨蛋。"你愿意做吗,米尔顿?你可以劝劝他。"

"不。"

"求你了。"

他把眼镜折叠起来,啪地放进一个铁盒子里。"我跟雅克的关系不到这个分上。"

她太喜欢他了,没有想到这是他的自负。她朝他微笑着,起先这只起到让他帮助重新装纸板箱的作用,但随后他又一次打开了眼镜盒。

"来,念念这个吧,"他的心软了下来,"这是法国第十六区的吕利耶先生来的。"

"你知道我不识法文。"

"那我就翻译一下吧。吕利耶先生目前手上有一幅莱博维茨的作品，要是奥利维尔·莱博维茨先生能给吕利耶先生介绍一个买家，吕利耶先生愿意跟莱博维茨先生对分佣金。"

"但是奥利维尔先生不认识什么买画的人。"

"那当然。他是个白痴。对不起。但他不需要认识任何人。听着，宝贝。这是密码。吕利耶先生已经有了买家。但是他需要——听我说——他需要把画鉴定一下。他说，只要证明这是莱博维茨的作品，我就给你一叠现金，你愿意的话，可以放在一个皮箱里。艺术的确已经堕落到了这种地步。这些是地球上手脚最不干净的人。在法国，甚至法律上都是这么承认的：商人是低档人中的最低档，毫无仁慈可言。"

"哦，天哪，"玛琳·库克说。"我真是个十足的傻瓜。"

"所以你明白啦？"米尔顿问道，他把自己那只宽厚的手搁在她的手上，提出了一个完全不同的、更加可悲的问题。

30

当我哥哥去巴结日本人时，杰克逊成了我的朋友，给我**不入账本**的钱。杰克逊哪里也不去，相信他伙计。杰克逊要留在这里，不要担心。杰克逊像个被接上电线的发电机，他是这么说的，晚上他的手指上会发出火花。他一度做过罗雷制药公司的销售员，一天旅行几百英里。路旁黑莓的白色灰尘，让**人或动物**感觉兴奋。他曾看见很多女人不穿底裤，两腿之间是**一大簇阴毛**。年轻时的杰克逊英俊潇洒，有一头亮晃晃的红发，即便现在，头发依然又厚又密，只要有时间他就会梳理。

在一辆奥斯丁 A40 运货车里住了几年，经历了很多苦寒霜冻（尤其是在南方高地）之后，他又干起了**修整工**的老行当。在维多利亚的瓦南布尔城里，杰克逊为超市发明了购物车。这是世界第一，并得到了证明。著名的弗莱彻·琼斯牌裤子就是在瓦南布尔的一家大工厂里生产的，也就是说，你可以在瓦南布尔发大财。购物车是用一个折叠椅改建的，有两个铁丝篮子，是杰克逊从**两个未婚的**高中**女教师**的自行车上借来的。我是慢博内斯，从来不理解椅子怎么可以折叠，虽然我那些年里一直都**坐在一座金矿**上①。杰克逊的车子不用的时候可以靠超市的墙摆放，手提篮则可以像碟子在洗涤槽里一样堆起来。

这时候，所谓的"幸运国家"②里没有超市，否则他会

---

① 原文为"sitting on a gold mine"，意为拥有昂贵的东西而不自知，有点"身在福中不知福"的意思。
② 即指澳大利亚，为前澳大利亚总理霍克语。

成为一个富翁，而不会因为拿了两只不属于他的篮子就被判盗窃罪入狱。

杰克逊结过两次婚，他的照片里有原告，女傧相和许多故事，还有五条狗的快照，包括两条在不同的年份被同一辆卡车撞了的狗。在疗养院里，杰克逊睡一号房，干活是从八点到早餐时间，这是个容易犯困走神的班次。他出于好意，把他最好的赛鸽拿来，让病人们抚摩，但有人抱怨说鸽子身上有虱子，其实这些人的视力很差，连自己的死亡通知书都看不清。

当出现急诊病人和失忆病人时，杰克逊就**把事情揽在手里**，但并不总能得到应有的感谢。当病人们把那些车子推下山，把它们扔在杰克逊办公室外面的草坪上时，他还跟塞威超市的经理一起做了处理。很多个傍晚他把一长排车子从埃吉克利夫路推到山上，他常说，这是一种残酷的惩罚。命运唾弃了他。上帝给他的一切只是一个**十四英寸长**的大阴茎，看他那两只瘦不拉唧长斑点的胳膊，你决不会猜到他有那么个大家伙。

我有我自己的折叠椅，现在又**拿着不入账本的钱**代替杰克逊推车子。我很高兴能让他摆脱那种痛苦。而且，在塞威超市的停车场，我幸运地遇到一辆被遗弃的婴儿车，一个悲伤得难以想象的故事，于是我把它赶出我的脑子，孩子和母亲，谁知道他们现在在哪里呢？

同样，那辆婴儿车有很好的防水功能，我可以在那里面放满碎冰，然后把我的可口可乐放在冰里，我的鸡肉三明治放在顶上，在我哥哥离开后的日子里，我就不再害怕，而是在疗养院优裕的环境里享受生活。

警察来了，但他们很快就知道我是个**慢性子**，当杰克逊给我找来迷幻药杯子后，警察就更喜欢我了，他们很快就会停下来聊天，看看我在那辆老是滴水的婴儿车里放了什么。有一次他们还给我买来**一次性尿布**让我包在可乐瓶子外面。他们知道我开得起玩笑。

埃吉克利夫路是条快速路，弯弯曲曲。下午四点，看着所有的汽车在弯道口尖叫，商人运砖的卡车上砖块往下掉，你会感到头皮一阵阵发麻，就像海蜇从你的头发里刺过一样。我从没想到过在一个这么繁忙的地方会有一个慢性子，但很快我就成了这么个人。

艺术圈里纷扰不断，全世界都试图阻止我哥哥获得他该得的声誉，现在终于可以远离这一切了，多**令人欣慰**啊。说来也怪，我从不知道住在埃吉克利夫路岸边会有这样的宁静，这可是一条洪水泛滥的河啊，波涛汹涌中翻滚着橡胶轮胎、砖块和辱骂上帝的声音。

我从心底里希望我哥哥能开开心心地吃生鱼片，操他妈的傻蛋。他不能兑现的承诺只能让他自己倒霉，一点伤害不了我。

31

我曾说过生意界一些难听的话，而且有些被印了出来，但我是个画家，我常常需要像自家人一样跟买家相处。我让服务生给我的杯子倒满，说来也巧，该死的塔斯马尼亚黑比诺葡萄酒，在喝过了最后一杯巧克力和第二杯阿马尼亚克白兰地后，玛琳把她的脑袋搁在我的胸前，我们几乎一路睡到了成田。尽管一泡尿憋得我膀胱差点爆炸，我还是像宇航员一样失重。

当然啦，我会为这次旅行而受到惩罚，但那将是后来的事情，我要享受的是现在，自从那个鬼哭狼嚎令人难受的年头我逃到富士葵理工学院学习静物画以来，我还从来没有想到过能够摆脱我弟弟的骨瘦如柴的肘子，他那臭气熏天的呼吸，大汗淋漓地突然出现在我的睡梦中。在波音飞机降落期间，然后在等候过关检查时，在火车上，在以后的几天里，我始终感到亢奋和愉快。原谅我，我没有牵挂休。我一刻也没想象过他的感受。

东京到处都是钢筋水泥，似乎他们要让自己闷死，但我觉得这个城市很美，就像一种三维的象征，象征着我那颗霓虹般跳跃的心。

正如玛琳预言过的那样，我的画在悉尼被耽搁了，因为安伯斯特里特和他的天才同僚们把板条箱都给拆开了。要不是为了把一幅偷来的莱博维茨藏起来，我为什么要把画送到日本去呢？去舔我的家伙吧！

他们当然没有找到《多朗波瓦》，所以他们花费了几百个纳税人的钱把板条箱又钉了起来。像奇迹一样，他们居然没有弄坏我的画，只耽搁了两天，我就在三越百货看着它们被拆了箱。

照理我应该逼着那些画廊的家伙给我挂画，可我却发现自己自愿把事情交到他们的手里，在后来的三天里我们像在度蜜月一样，我不必给你们看浅草迷人的明信片，也不用跟你们描绘在我们饭店的前台权充职员的笼鸟的叫声。我在日本很开心，跟玛琳在一起很开心，每天醒来仔细端详那些清澈明亮带着疑问的、调皮的眼睛很开心。

跟她一起做最简单的事情是很愉快的，看着一切，像蛛丝一样从一条小巷飘过，被颜色像乐高牌积木似的地铁标志的迷宫弄得晕头转向，谈论薄纱似的8月的阳光斜射过建筑工地上被风吹得呼啦啦的帷幕墙。我们最终到达了三越百货，那些戴着白手套的欢迎者正好开始他们上午的工作，在十三楼我们找到了我的画，尽管我的名字被拼写成BONE，我都没在意，就算他们把每一幅画都精心点亮，不让一点光洒到墙上，并且，我们不妨说，有那么点珍贵的装饰元素，他妈的来自千里之外的贝林根，我都不在意。这活儿照样能咬掉你的脚，并把松脆的碎块吐到地板上。

玛琳紧挨着我，像个影子，拽一拽衣袖，哆嗦一下手，善意地、充满活力地朝我脸颊上吐一口气。

"你看见那个了吗？"她问我。

"看见什么？"

"那个。"

我感觉，她指的是画廊布置的总体格局——五个房间，九幅大尺寸的画，每次都只能看到一幅画。编号和名称跟作品放开，放在旁边的墙上，既有清晰的联系，又相对分开。

"名称？"

"你这傻瓜，布彻。看。"每个名称的旁边有一个白底黑字的日本字。"这里，"她轻声说。"这是日文的红标签。表示这幅画已经售出，对。你的画已经售出了，亲爱的。"

在那里，在空荡荡的画廊中央，她跳到我的身上，双腿夹住我的腰。

"放屁。"

"对，放屁。恭喜。"

这是安伯斯特里特那个粗俗的小脑袋想不到的。画展还没开幕，我就把画给卖了，而且没有请一个评论家吃过一顿饭，做过一次危险的交谈。这要比澳大利亚好多了。即使在我鼎盛的年代，我也从没在把酒倒满前就把画给卖掉的，当我亲吻她柔软、张大的嘴巴时，我在——对不起——做着计算，乘，减。除去佣金和运费后，我还能得到整整二十万块钱。一点都不错。

稍后将会有开幕式,这没什么好多说的。当然啦,在葛饰北斋①和安藤广重②的祖国我并不指望由女同性恋的马戏演员来给我作介绍,但到了那时还是有更奇怪的事情发生了。

几天后我们去了一个印刷商开的店,带了一瓶包装得很道地的拉格瓦林。我们要向歌麿先生表示敬意,他给我的画展印了目录。我跟他的关系仅止于此,他在池袋区一条看上去死气沉沉的巷子的尽头有办公室。天知道其他那些楼是干什么用的,仓库或别的什么——我不知道。歌麿先生穿着印刷工的围裙在电梯口迎接我们,带我们进了一个非常简陋的房间,你自然会想到这是一个做画框的人的房间。钢窗紧挨着高速公路,你任何时候都最多只能看到五辆高速行驶的丰田车。窗子下面,房间四周,放着木制的深抽斗,每只上面都贴着清清楚楚的标签,当然不是英文的。他极其殷勤地把一张波洛克的海报和一份马蒂斯③的目录拿开,小心地把它们放在房间中央一张淡色的油漆剥落的桌子上,我们的耳边响着高速公路上的隆隆声。

那老人很帅,一脸怪模怪样的雀斑,长长的银发往后梳着,露出一个高高的额头。他的嘴角有一分矜持,双手柔

---

① 葛饰北斋 (1760—1849),原名中岛时太郎,日本画家、木刻家。
② 安藤广重 (1797—1858),日本浮世绘画家。
③ H·马蒂斯 (1869—1954),法国画家、雕刻家、版画家,野兽派领袖。

软，很快就表明他远远不止是一个普通的印刷匠。我从来没有，一秒钟也没有低估过他，但他很难让人理解——同样，顺便说一下——我并没有指望过一次长时间的访问。没等我因为讲究礼貌而害得脸疼，我就给自己倒了第二杯威士忌。不错，操蛋的，我是澳大利亚人。不这么做我还能怎么做呢？

当高速公路上的汽车打开车灯时，我们还待在歌麿先生那里，然后那一张张一逝而过的发亮的脸，各自待在他们生活的卵囊里，让我想起了星期天晚上把马什一割为二的愁眉苦脸散步的人们。我又把酒杯加满，为什么不呢？

歌麿先生把一卷柔软的布铺开在木桌上，在那上面放了一个玻璃纸袋。然后，他抬头期待地看着玛琳，拿出一个普通的小册子，大约是八英寸长六英寸宽，黑白两色，虽然有光泽，但因年代久远，已经褪色。

"迈克尔！"她叫道，虽然伸手来抓我的手，眼睛却看着那小册子，封面上，我猜想，是多齐·博伊兰几年后买的那幅画。

玛琳轻轻地"哦"了一声。

歌麿先生欠了欠身子。

"天哪，"我说。"是《多朗波瓦先生和太太》。"

歌麿先生笑了。

"不，不，嘘。"玛琳满脸通红，像山杨红。她指着那个名称和尺寸，在所有的日文中，只有这两样是英文的。"这是不同的作品，"她说。

我已经清楚地知道她有鉴赏力，但我也有，我就是在《多朗波瓦先生和太太》的一幅黑白复制品中长大的。

"不，这是一样的。"

"是的，亲爱的，"她抚摩着我的手，似乎要软化矛盾。"只不过小一点而已。这是二十英寸长十八英寸宽的。一幅习作。"

鉴于我自己的一幅画因为被说成是三十英寸长二十一点五英寸宽而被傻瓜们撕坏，我是不会忘记那个编号的。

"瞧，"她说，"这幅画叫做 *Tour en bois, quatre*①，也就是《木车床，四号》。"

如果说我被这个巧合激怒的话，我是没什么理由这样的——画家可以为一幅大作画二十幅习作。事实上这甚至都不是个巧合，但这件事总让我有点不爽。

"Tour en bois，"我说。"我知道这是什么意思。"

"嘘，宝贝。我知道你知道。但好歹看一看嘛。"看着她戴上一副白棉手套，你可以发誓她在泰特陈列馆②工作了二十年。她把那本旧目录放在她摊开的掌心里，像嗅一朵玫瑰那样嗅着它。然后，温柔地，轻轻地，她把它放回到灰布

---

① 此处的法文 Tour en bois 意为"木车床"，但其拼法与"多朗波瓦"一模一样。

② 指英国精制糖业家亨利·泰特爵士（1819—1899）于 1897 年捐献其私人美术藏品而建立的伦敦泰特陈列馆。

上，而歌麿先生，一本正经地欠欠身子，把这个奇怪而普通的东西放回玻璃纸袋子里。

但现在天色已黑，汽车从窗子前奔驰而过，弄得整个墙壁像 1966 年被赶出墨尔本的伟大的吉姆·杜林①的作品。现在，毫无疑问，我们可以走了，但是不，我们来到一个小凹室前，歌麿先生正式地给我的杯子倒满酒，我听到了《木车床，四号》的故事，那是在 1913 年，为了向日本公众介绍立体主义画派，三越百货组织了迪蒙②、莱热、莱博维茨、梅青格尔③和杜尚作品展，《木车床，四号》就是作为展品之一来到了日本。歌麿先生的父亲曾给这些画拍了照并会见了莱博维茨先生本人。老天保佑，但愿另外还有一个展览——一个看上去非常结实的日本绅士跟一个老家伙并肩坐在一家高档饭馆沉甸甸的黑色帝国椅子④里。

"你知道那是谁吗，迈克尔？"

"我当然不知道。"

"这是歌麿先生的朋友，莫里先生，是他在 1913 年买了《木车床，四号》。"

我点点头。

---

① 吉姆·杜林 (1932—2002)，即詹姆斯·杜林，澳大利亚著名画家。
② 弗朗索瓦·迪蒙 (1751—1831)，法国最杰出的微型人像画家。
③ 让·梅青格尔 (1883—1956)，法国立体主义画家。
④ 指法兰西第一帝国时期 (1804—1815) 或第二帝国时期 (1852—1870) 流行的家具式样。

"迈克尔，你认识他的儿子。"

我不这么觉得。

"迈克尔！他的儿子就是买了你整个画展的先生。我告诉过你的，"她说，脸色红得吓人，我意识到她不是激动，而是烦躁。

"我保证你没有说过那个名字。"

"哦，没关系，"她说，突然变得含情脉脉，把手伸过桌子来握我的胳膊。"所以等我们见到了他，宝贝，他也许会给我们看《木车床，四号》。"

我看着歌詹先生，坐在椅子上朝他欠欠身子。我希望对一个毛茸茸的野蛮人来说，这样做是足够礼貌了。

玛琳站了起来。歌詹先生也站了起来。

谢天谢地，我思忖道，终于结束了。

用他们的说法，我想错了。

32

玛琳说，你一定为自己的成功大喜过望。

我说这是一个该死的好感觉。这是个肮脏的谎话，但实话实说是完全无法接受的——让陌生人把你的画全部弄走，这是一种非常不爽的感觉。如果是个博物馆，OK，那就完全另当别论了。但这个客户是我所认为的一个合伙的日本人。购买帝国大厦,欢迎光临。把你喜欢的凡·高的每一幅画都买走吧。买一幅莱博维茨,我为什么要介意呢?但是这个该死的莫里先生到底要拿《我,发言人》怎么样呢?那个所谓的原告得到了所有的"诉讼前"的画,现在这个家伙买走了其余的画。还有比这更快的从历史上被清除的方法吗?

所有这些肮脏的忘恩负义的想法我都紧紧封存了至少十二个小时,也就是说,直到我们在榻榻米上,坐在四十个日本人身边,喝啤酒,吃生鱼片当早饭。

当我说出那些不该说的话时,玛琳伸手来摸我屠夫般的双手,握着我每一根难看的香肠似的手指,好像每一根都是神奇的,要为《最后的晚餐》负责似的。然后,一刻也没影响到这一系列的特别爱抚,她不动声色地把我的注意力吸引到我的处境的有益之处。比方说,她透露说,她曾替一个南非百万富翁亨利·贝格尔鉴定过一幅莱博维茨的画,在这过程中得知,那个操蛋的家伙收藏了美国画家朱尔斯·奥利茨基[1]的一百二十六幅画。贝格尔是个十足的混蛋,她说,但他有鉴赏力,她说,真正的鉴赏力,他慢慢地把奥利茨基的价格抬了起来,他像莫里先生一样,因为买了一个该死的画展而出名。所以,她告诉我,她的长睫毛在不灭的霓虹灯的映照下,像钢笔画出来的一样,如果你是朱尔斯·奥利茨

---

① 朱尔斯·奥利茨基(1922—),生于俄国的美国画家。

基，你应该知道你的价格是受到保护的，你最好的作品最后的归宿是在一家好的博物馆里。保障你的未来的，不是让-保罗那样的怪人，而是一个受过教育的、贪婪的艺术品收藏家，没有比这再好的了。

很好，对，亨利·贝格尔，但是莫里先生，这个操蛋的是谁呀？我不是要故意伤人。我很高兴，我当然非常高兴。我感激涕零。我爱她，爱她的温柔，她的大方，以及——即便这个说法听起来很怪——她的狡诈，胜过爱她的睫毛和脸颊。我跟她在一起很自在，她的轻盈娇小的身体，她的深不见底的眼睛。

那天早晨，早饭过后，我们俩都回到了三越百货的犯罪现场。我本以为我们进去时我会好受一点。我觉得我们俩都这么以为。但结果却是，我的画好像丢了，与这里的氛围格格不入，几乎毫无意义，好像北昆士兰动物园里不幸的北极熊。这些买家都想些什么呢？我问一个脑袋上有一道金色划痕的家伙，但那是后来的事，在吃过午饭后。我一直在喝酒，玛琳不让我开口，我们出去到了街上，走了一小段路，没有在酒吧停下来。

来自莫里先生的传真邀请函放在了所谓的日本式旅馆里。邀请函有两页，第一页上是一幅精心绘制的地图，第二页上是一封非常正式的信，念起来像是从《钦差大臣》翻译过来的，充满喜剧色彩。

我决定我要做个绅士，离莫里先生远点。

对于这个非常慷慨的邀请，直到我们走进我们的小房间前，玛琳都没有做出反应。甚至进了房间后，她也只是抓紧时间，脱掉拖鞋，安静地盘腿坐在小桌子前。

"好吧，布彻，"她说，"该说说正经的了。"

她那两只眼睛死死盯着我。

"首先，"她说，"这个人是非常重要的收藏家。第二，我跟他有很多生意。第三，你现在不能让我丢脸。"

在我不幸的早年生活中，这些话将会成为一场可怕的争吵的起点，一直吵到第二天凌晨，然后我会在黎明时一个人跑到乌克兰酒吧里。而此刻我对玛琳·莱博维茨说，"OK。"

"OK什么呀？"

"OK我不会让你丢脸。"

我毫无挣扎地就屈服了，我猜想自己很难堪。我很容易就会让自己发火，但当我穿上我的阿玛尼外套时，她抬起手来帮我打领带。

"哦，"她说，"我好爱你。"

跟玛琳在一起，我就总像是在外国。

当然啦，除了我之外，每个人都知道六本木①。显然就在这里，在这座不夜城，莫里先生的父亲开着著名的酒吧，美国间谍、歹徒们和来访的影星们会通宵在这里逗留。正是莫里先生的父亲，声称自己把弹球机日本化——把它倒着竖

---

① 日本东京的一个旅游观光点。

立——确保在一个小空间里可以装进很多——发明了一个灵巧的系统，包括柔软的填塞玩具和非常狭窄的过道，把它变成了日式弹子球，一种赌博机。有人对此有所非议，但没人不承认莫里先生既是个恶棍又是个非常严肃的艺术品收藏家，那是在战前很久的时候。做儿子的是大孝子。所以进入莫里的办公室，你一定得走过他家的祖宗神龛、酒吧，写在黑板上的菜单，其特色是低劣的披萨和意大利肉丸，美军占领的年代里牛仔的残羹剩饭。

在那个时辰，也就是六本木著名的灯光景观令游客陶醉之前，莫里的蓝酒吧像一家靠家用灯光照明的戏院一样古板乏味，你确实需要非常丰富的想象力，才能弄明白为什么有人愿意到这里来，花二十美元喝一杯马提尼酒。这里也总是我的画落脚的地方，多让人丧气啊。我们进了电梯，乘到十八楼，小莫里先生在那里开着一家 Dai Ichi 公司，*Dai Ichi* 的意思就是"一号"。

接待员是个非常抑郁的长下巴女士，留着个锅盖头，穿一身灰不拉唧的套装，但她没有耽搁我们多久，我们很快就穿过一个候见室，被带到了我的新收藏者的办公室，那儿乏味之极。丝毫看不出什么品位或感性，没想到莫里先生这么敬重我，我吓了一跳，莫里先生看上去是个认真的、甚至勤勉的三十岁的汉子。

我们分坐在他的大而空的办公桌的两边，开始我们的会见，桌上放着一个文件夹，里面不仅装着我的档案，还有许多透明正片，我的新资助人或主人不时地把这些正片拿起来，放到台灯下去看，每看一张都要说上一段话。我几乎能听懂他说的每一句话，而且常常能听出他的那些话的出处，一些赞扬我的话出自赫伯特·里德（1973），有一些出自埃尔温·林恩（1973）和罗伯特·休斯（1971）。我坐在那里，想着日本人的教育体系，死记硬背地学习的好处。我看着玛琳，可她不愿捕捉我的目光。她坐在印花布罩椅子的边上，双手搁在膝盖上，不时地点头。

我又一次进了一个房间，注视着夜幕降临到东京，没有拉上窗帘的窗子外面，天空里净是红红绿绿的霓虹灯广告栏和歌舞厅以及按摩屋。莫里先生做完了他的学术演讲，领我们进了另一个房间，那里舒服多了，摆着加厚垫料的扶手椅，很多二十世纪早期画作——有一幅非常乱真的马蒂斯。

其中的一幅是《木车床，四号》，从它那吱吱作响的金色边框反射出强烈的石英卤素的光。如果说我经历了一种失望，那倒不是因为这是一幅习作，而是因为，在这次重要的会见中，莱博维茨似乎成了一个比我在年少无知时认识的要小的天才，而当时我的资料不过是一幅六十五英寸的黑白复制品。我曾想象过某种虚无缥缈、令人狂喜、神秘莫测的东西，因为一层层强加上去的底色，好多颜色鲜艳夺目。

"天哪，"玛琳说，她开门见山地提到那些画，丝毫没有日本人的客套。莫里也在她身边，我觉得他像头正在拱食的猪，金丝边眼镜在他背后的手里像个陀螺似的转动着。

"哦，天哪，"她说。

所有的都在这里了吗？我想道。这些画几乎非常普通，就像短上衣上掉下的一块布条，镉黄表面上的一点污迹。所有这些——小东西，很容易修复——被那个艳丽的、令人遗憾的画框扩大了，我需要真正的毅力，才能避开我年轻时崇拜的那幅画，实打实地看看我眼前的东西，车床的聪颖、怪异的笔法，以及，更笼统的，那个老家伙作出的大胆的决定，要知道，其时没有人，当然包括毕加索，进入非综合性立体主义这个特别的竞争场所。这里，在车床的产品中，在圆柱体和圆锥体间，有一条清晰的直线，从塞尚到莱博维茨。

"可以吗？"玛琳问道。

她把画从墙上拿下来，把它翻个身。"瞧，"她对我说。莫里先生朝我欠欠身子，于是我看见了那些神秘变色的画，看见它一次次被借用而漂泊的轨迹，压印在绷画布的框子上的日本字，我猜想这是它1913年出现在三越百货的标记。那里还有个干枯的柄眼信号蝇，要不是我曾花费好多个晚上画这些艺术的敌人，我才不会注意到它呢。这个小家伙刚生出来，发现自己是在一幅莱博维茨的后面，它在这里被困死，但却没被吃掉。这个小小的令人伤心的死亡场面将会在我脑子里萦绕好多天。

"也许是个问题，"莫里先生说，"我不喜欢在日本把它卖掉。"他痛苦地微笑着。"日本人不太喜欢。"

"当然。"

"也许是圣路易斯?"

我很慢才意识到我面前发生的事情。莫里在求她卖掉这幅画。我看着她,但她不愿面对我的目光。

"首要的是,"她冷冰冰地对他说,"要把它带到纽约。"

"不是自由港?"

"没有必要。"

莫里先生停下来,看着那幅画。"好,"他说。

他欠欠身子。玛琳欠欠身子。我欠欠身子。

我意识到,这就算谈好了。事情结束了。或许还有书面工作要做,比如精神权利拥有者的一个签名,但是那幅画如今就只缺鉴定了。这事我完全可以搞定。

我原指望莫里先生会愿意谈论一下他关于哄抬我那九幅画的价格的聪明策略,但他根本没有那个意思,几分钟之后我们穿过了著名的蓝吧,上了不夜城熙熙攘攘的街道。玛琳抓着我的手,高高地摇晃着,简直是从大江户线地铁车站陡峭的梯子上滑了下去。

"出什么事了?"我们把硬币塞进投币售票机后我问道。

"哦,宝贝,宝贝,"她说,"我太幸福了。我太爱你了。"

她转向我,抬起下巴,她的眼睛闪闪发亮,像地铁梯子上的水一样清澈。

"我懂你的意思。"

"你当然懂啦,"她说,我们就在那里亲吻起来,在闸机验票口前,当着戴白手套的检票员的面,在不夜城的姑娘们和前途无量的外国人的潮流边上,那些人在我们四周蜂拥向前,反复敲打着我们,不知道他们跟什么世界有联系,历史的进程把我们跟纽约、贝林根和休联系起来,总也少不了休,带着他的滴水的婴儿车坐在人行道上。

33

让-保罗穿着长袖衬衫,搽着香水来看我们。他很恼火,因为玛琳·莱博维茨电汇给他一万五千美元。什么事情得罪了他呀?他点上一支香烟,朝我吐着烟。

他上午是**跟律师一起**度过的。天哪,玛琳·莱博维茨诱骗他签署了在日本出售《如果你曾看见一个人死去》的权利。这幅画是他的**财产**。这是**出天价也不卖的**,所以玛琳是个**贪污犯**,一个**骗子艺术家**。他说他只要一找到办法,就要向国际刑警组织告发她。

我感谢他对我们这么好——巴结巴结。他立刻要求看看我的房间,我很遗憾我把话说在了前面,但是我**为数不多的财物**都已放在了各自合适的地方,包括警察给我的花环和收音机。让-保罗一脸沉思的模样。他把香烟放在流着水的水龙头下面，说他为我的安全担心。我说布彻很快就会回来接我，他朝我看了一眼，目光里满是怜悯，弄得我直反胃。

几分钟之后杰克逊通知我，有一个新的**客户**要我的床位，我必须把我的婴儿车和第二辆手推车送到杂物存放室去，我暂时就住在那里，直到我的地位明确之后。我哥哥**拖欠了费用**。现在我会怎么样呢？我哥哥曾经强迫我住在他的霍顿小货车里。我一直受**他的合法照顾**，在圣基尔达、莫迪亚勒克、东科尔菲尔德，以及其他一些地方，他在那些地方到处追逐女人，她们会把他丑陋的脑袋放在她们的乳房之间。泛黄的街灯，红砖公寓套房，划定的停车场，水泥上的油迹，没有一个活人，只有不时出现的一个**欧洲难民**或**阿拉伯人**或**波罗的海地区的居民**，每个人都被从出生地赶出来，被判在晚上漫游地球。

霍顿小货车上散发着湿烟蒂的臭味，土豆在潮湿生锈的地板上发芽，一堆堆的报纸在腐烂，所有这一切**零碎杂物**意味着**躺椅**没法放下来，根本就别想睡觉。

在东赖德，甚至在贝林根和巴瑟斯特街，我都觉得那些糟糕的日子已经过去了，但是在 L 形过道的尽头，朝下五个台阶，在洗衣房旁边，总有那个杂物间在等候着，清洗石板瓦的味道比**澳大利亚自己的车**更难闻。我问杰克逊，有没有再好一点的房间。他说没有，然后他试图给我不入账本的钱，但我不敢收下。

他说请自便。

我不想让客户知道我收钱，所以我从不跟他们说话。现在他们觉得我是杰克逊的朋友，所以他们自然不喜欢我。我始终是孤家寡人，这完全是我愚蠢的错误造成的。我思念我的哥哥，无法想象怎样才能让他听到我的声音。

参孙叫道，**主耶和华啊，求你眷念我。**他说，**求你赐我这一次的力量。他就抱住托房的那两根柱子，左手抱一根，右手抱一根。**[①]

他们这么惹恼我，这是不对的。

34

我们飞奔到新宿的地铁站，然后沿着一条酒吧形成的巷子蜿蜒而行，她一身银光，像条在夜里浮起的鱼，踏上了梯子，直到我们到了那里——四楼——在这个巨大黑暗喧闹的地方——欢迎光临！——他们在那里煮蘑菇、虾、一块块乱七八糟的东西，但他们始终保证清酒的供应，在马蹄酒吧里，玛琳坐在我的边上，火红色的橘子汽水弄湿了她的脸，繁星满天的晚上，她那双杏眼里闪烁着伽利略似的光芒。她

---

① 引自《圣经·旧约·士师记》。

向我举起酒杯，我想起了她怎样对玻璃纸袋里的目录嗅个不停。这个想法并不特别突然。我整天都在看着她快速地嗅着。她跟我碰了一下杯。干，她说。她把杯子里的酒一饮而尽。为了胜利。她从没显得比现在更陌生、更可爱，她的嘴巴里含着长长的蘑菇丝，红光满面，脖子温暖而芳香，我欲火中烧。

"说真的，你为什么要闻那个目录呢？"

她的嘴巴嚼着香甜的食物，非常享受的样子。她摇动着手指，又啜了一口酒，然后她把手放在我的大腿上，用她的鼻子擦着我的鼻子。"你猜猜。"

"1913 墨水？"

她微笑着。大声吆喝的厨师把鱿鱼切成片，盛进金属盘子里，那鱿鱼还在那里拼命蹦跶着。

"那份目录一点都不旧吧？那个老家伙，歌磨，是他给你印的吗？"

她没有跟我争辩，而是咧嘴一笑。

"瞧你！"我叫道。"天哪，瞧你！"

她很兴奋，一副令人爱慕的样子，她的嘴唇发亮。"哦，布彻，"她说，把她的手移到我的上胳膊。"你现在恨我吗？"

我常常给人讲这个该死的故事。我已经习惯了我的听众脸上的表情，我知道我肯定漏掉了一些基本的细节。而那细节很可能是我的性格，一种从蓝博内斯腐烂的种子传到我自身腐朽的躯体的缺陷。因为我绝对不会让任何人真正体会到为什么她的忏悔让我这么激动，为什么在新宿火车站附近的乡间野餐会跳跃的灯光中，对她那滑溜溜的、柔软的嘴唇那么着迷。

所以她是个骗子。

哦，好可怕！他妈的！

对：她有一幅可疑的画，或者说一幅来路不明的画。对：她用一份狗屁目录伪造了一个历史。对：甚至比这还糟。不错：我向所有那些相关的要人们做的完全拙劣的操蛋的道歉，但有钱的收藏家们会照顾好他们自己。当我陷入绝望时他们会偷走我的画，将来把它卖一大笔钱。操他妈的。让那些要人们见鬼去吧。玛琳·莱博维茨制作了一份目录，你很快就会知道，还制造了一个名称。她把一幅一钱不值、无人问津的画，变成了一幅谁都愿意拿出一百万来购买的画。她是个鉴定家。这就是她做的事情。

"1913 年的时候东京真的开过一次立体派画展吗？"

"当然。细节决定成败嘛。"

"你有剪报吗？莱博维茨参加了吗？"

她依偎着我的脖子。"《日本时报》，还有《朝日新闻》。"

在这个过程中我们两个始终都在笑，停也停不下来。

"莫里的这幅特别的画当然跟这次画展毫无关系咯？"

"你恨我。"

"没有当代的复制品吗，有吗？当然啦，报纸是不会报道画的尺寸的。"

"你恨我吗？"

"你是个非常坏的姑娘，"我说。

但是从事画作买卖的人更坏得多，像鳄鱼，穿着牙签条衣服的盗窃犯，没有眼光的人，下三烂，什么都依靠，就是不依靠画的质量。对，玛琳的目录是假的，但这目录并不是画。要判断一幅画，你不用去看操蛋的目录。你要看上去就像你靠它活命一样。

"你不恨我吗？"

"恰恰相反。"

"布彻，请跟我去纽约。"

"总有一天会去的，肯定。"

我们一直在喝酒。那里挺吵。我慢慢醒悟到，她说的并不是总有一天。同样，她又一次惊讶地发现，她以为她说得那么清楚的话，我居然不能明白。是我没听见吗？莫里曾求她把莱博维茨卖掉？她曾求他把它运到美国。她没得选择。

"你听我说过，宝贝。"

"也许吧，"我说，但事情并不那么简单。休，总是少不了休。我知道我说过在东京的时候我没牵挂他，但谁会相信这样的屁话呢？他是我唯一的弟弟，我的被监护人，我母亲的儿子。他有我肌肉发达的斜肩膀，我的下嘴唇，我的毛茸茸的后背，我的农民的腿肚子。我梦见过他，在葛饰北斋的复制品里见到过他，见到过一辆浅草手推车。

"他在好心人的照料中。"

"我猜是这样。"

"他喜欢杰克逊。"

"也许吧。"但不光是休的事情。还有玛琳。这幅画是怎样出现在东京的呢？那份假目录说，从 1913 年起它就在那里了。

"告诉我，"我说，一只手抓住她的两只手。"这是多齐的画吗？"

"要是我告诉你实情，你会跟我去纽约吗？"

我爱她。你认为我会说什么呢？

"不管我跟你说什么？"她的笑容犹如一朵绚烂的玫瑰，你若按常理用颜料，用一根拇指，用一把短而刺人的画笔来解释的话，是无法给出定义的。

"不管你说什么，"我说。

她的眼睛明亮而深邃，跳跃着反光。

"多齐的画有多大？"

"这幅是小的。"

她耸耸肩。"也许是我把它缩小的呢？"

"这不可能是多齐的，"我说。

"行了，布彻，求你了。只不过几天的时间么。我们住在广场饭店。休没事的。"

关于莱博维茨，米尔顿·海塞所谓的他高中退学的说法

[218]

成了完全的、未必确切的专家意见。不过，关于休，她一点儿头绪也没有。我不可能找到同样的借口。

35

那是在罗纳德·里根统治期间，一个 9 月下午的三点钟，我们抵达了那个帝国的心脏。一时间一切都还 OK，但随后，在机场交通服务柜台前，一切都开始变得麻烦起来。玛琳的澳大利亚银行卡被一个戴着莱茵石眼镜、薄嘴唇、歪嘴巴的高个子黑人女办事员拒收。"OK，"她说，"试试别的卡吧。"

这是一次十八小时的飞行。玛琳的头发看上去像一块遭冰雹袭击的麦子地。

"还有别的卡吗，女士。"

"我只有一张卡。"

办事员慢慢地，从头到脚地打量着我那风尘仆仆的美人。"嗯哼，"她说。她只等了一分钟，就向我伸出手来。

"哦，我没有卡。"

"你没有卡。"她笑道。你没有卡。

我不想向她解释我的离婚条款。

"你们两个都没有信用卡吗？"然后，她摇摇头，转向排在我们后面的人。

"下一位，"她说。

当然啦，我有二十万美元的进账，但还没到手。至于玛琳的信用，全怪他妈的莫里的办公室或他的银行，但此刻是东京的凌晨三点，我们无法查询。得，操蛋的，我在机场的C大厅给让-保罗打电话，我把电话费转到了接电话一方。但为了《如果你曾看见一个人死去》，我们刚给那小东西电汇了整整一万五千美元——我整个画廊的预收款——所以他在他丢失的那幅画上赚了一笔。此刻是悉尼的早晨五点，太早，对，但没理由对着我的耳朵咋呼，把他为我安排的诉讼全都告诉我。电话费是他付的，所以我任由他嚷嚷。一会儿之后他冷静了下来，但随后他开始说起休，抱怨说他在破坏他的"设施"。

"他把盥洗盆从墙边拖走。"

"你要我干什么呢？我可是在纽约哦。"

"操你的，你这小偷。为了他的安全，我得把他锁起来。"

等那好心的资助人啪地把电话挂断后，我们找到一个酒吧，我第一次喝到了百威啤酒。原来那是多么难喝的猫尿啊。"别急，"玛琳说，"明天一切就都好了。"

但现在我心里想着的是休。虽然我握着玛琳的手，我却很孤单，在她牵着我踏上去纽瓦克站的巴士时，我只感到羞愧和疲乏，我们在那里赶上了从新泽西前往佩恩站的火车，然后换乘一辆车身涂满画、像疯人院开出来的巴士，前往王子大街。那是在索霍区，但并不是你购买你的"像男孩一样"①的索霍区。我不知道我在哪里上了地面，只知道我毁掉了我弟弟的生活，汽笛在歇斯底里地叫着，出租车他妈的怎么也不愿停下，在这里附近，有个地方可以逗留。我想喝一杯金汤力，加一大把令人麻醉的冰。

黄昏时分我们终于抵达了布鲁姆街和默瑟街，那时候金属薄板厂里一片漆黑，电已被拉掉，大色域画派②和高山营地麻醉的上年纪的开拓者们或许正在钻进他们操蛋的睡袋里，而消防网则把它们最后一波可爱花哨的灯光扫过厂子的表面。

在默瑟街的拐角，玛琳说，"我要站在你的肩上。"

我顺从地伸出双手，玛琳·库克像墨尔本板球场一名内场大前锋一样爬到我身上。这是我第一次瞥见了原本还瞒着我的她的本性。我这位亲密同伴，手提包依然斜挎在肩上，从我的手上跳到了我的肩上。只有一百零五磅，但她用力实在太猛，我的双膝像老罂粟梗一样弯曲了，等我重新站直时，她正在往生锈的梯子上爬，然后沿着弯弯曲曲的铜丝往五楼爬去。我听见一扇顽固的窗子被砸开，砰的一声，像一

---

① 像男孩一样，原文为法文，系日本时装设计师川久保玲的一个时装品牌。
② 抽象画派的一种，指强调色彩而不太重视形式和画面。

根被固定住的脊椎脱了位。这个操蛋的女人是谁？有一辆警车正在驶来，沿着破败的街道慢慢地行驶，车头灯向上，车头灯向下。我他妈的是谁？我的钱都是日币。我的护照跟我的包裹一起放在佩恩车站的一个上了锁的柜子里。一把银钥匙在夜色中掉下来，蹦跳着越过卵石路面。那辆警车刹车后等在那里。我进入了聚光灯的照明圈里，拾起钥匙，退回去。然后警车慢慢向前开，拖着它的消音器，像拖着断锚链。

这里不是悉尼。且听我一一道来。

"上来，"我的情人叫道。"五楼。"

门的另一边，一片漆黑，我慢慢地朝楼上爬去，摸索着走过一个平台，上面铺着被烟蒂烫坏的、令人作呕的地毯，另一个平台上放着纸板箱，在四楼，我看见了摇曳的蜡烛光从一扇被砸开的金属门里透出米。"这是怎么回事？"

那是个阁楼，几乎是空的，几乎是白的。玛琳站在中央。她的黑色大手提包放在她身后的地板上，在深窗台的窗子下面，一堆通报着她的进入的碎木块的中间。窗台上扔着一根操蛋的斯坦利高级神奇撬棒，一根重型的铁家伙，有一个九十度角的起钉爪，而另一端则是足以致人死命的尖头。

"宝贝，这是你的吗？"

她把撬棒从我手里拿过去，一句话都没说。

我注意到她非常熟练地把它举起来。"我们现在待的这是谁的地方？"

她仔细端详着我，皱着眉头。"新南威尔士政府艺术部，"她说。"这是他们为常驻的画家们准备的。"

"画家在哪里呢？"

"你呀？"她走上前来，像一个哀求者，弯腰抵着我的胸口。

我把撬棒从她手里夺过来。"谁住在这里？"

我弄疼了她的手，但她微笑着，像草丛里的桃子柔软而带有伤痕。"宝贝，我们明天就能从东京弄到钱了。"

"明天我得飞回家去。"

"迈克尔，"她说。随后她戛然而止，抹起泪来，宛如戈迪埃·布尔泽斯卡①，温德姆·刘易斯②画中的人物，断裂，她的美貌被缝隙和裂纹、一个麻点和动物一样的眼睛削弱了。天可怜见，我把撬棒扔掉，抱住了她，她依偎在我的胸前，居然那么瘦小，我的双手捧着她的小脑袋。我真想用一块毯子把她紧紧地裹起来。

"别走，"她说。

"他是我的弟弟呀。"

她抬起那双水汪汪的大眼睛看着我。

"我可以把他带到这里来，"她突然说。"不，不，"她说，从我龌龊的笑声中跳开去。"不，真的。"她双手合十，

---

① 戈迪埃·布尔泽斯卡（1891—1915），法国最早的抽象派画家之一。
② 温德姆·刘易斯（1882—1957），英国画家，旋涡画派的创立者。

做出个怪异的佛教徒的手势。"这事我能做，"玛琳说。"他可以跟奥利维尔一起来。"

哦不，我想道，哦不。"奥利维尔要来这里？"

"当然。你以为呢？"

"你一个字都没提过。"

"可精神权利是他的。我不能签字。"

"他要来这里？来纽约？"

"要不我还能怎么办呢？真的吗？你怎么想呀？"

"我觉得这是有点浪漫的幽会。"

"是的，"她说。"是的，是的。"

为这事我就要背叛我母亲和我弟弟？这样操蛋的奥利维尔就能目睹通奸？

"你别操我，玛琳。"我是蓝博内斯的儿子，不知道此外我还该说些什么。我自然把那根肮脏的神奇撬棒踢到墙上。"那是什么？"我吼道。"那个操蛋的是什么？"

"我不知道。"

"你狗屁的不知道。"

"我觉得它叫撬棒。"

"你觉得？"

"对。"

"你真的把这个带在你的钱包里？"

"我把这个放在我的手提箱里，直到佩恩车站。"

"为什么？"

她耸耸肩膀。"如果我是个男人，你就绝对不会那么问了。"

这时我已走了出去。我在王子街上发现了一个叫做范内利的地方，他们非常好心地让我付一千日元喝了一杯威士忌。

36

马什的一个星期天。

马什的一个星期天，来了个主教，他像只螃蟹似的从小礼拜堂出来，就像那天早晨他在悉尼那样，但在那之前他受到了共产党人的折磨，他的后背的皮被鞭子抽得绽开，肉结成粗糙的硬皮，像一场大雨之后的莫里森斯路上干的车辙印一样。在第一首赞美诗之后，他解释说，为什么不能投澳大利亚工党的票，然后他当着**教众**的面脱去主教服，我母亲说，天哪，但是到了相互问答环节时，我老爸想知道主教在悉尼时什么时候吃早饭。

有什么问题？

从悉尼飞来花了多长时间？

一个小时，主教说。

我母亲踢了我父亲一脚，但他是蓝博内斯，他对小礼拜堂里那些人的说法从来不当回事，当然不会因为一个四号的女鞋就修正自己的行为。我们的父亲是个众所周知的**马什的名人**。就他而言，从悉尼飞来实在是个奇迹，所以他要主教回答他——一路上是艰难还是顺利？

主教说顺利。

要是我父亲此刻从坟里爬出来，发现我成了让-保罗疗养院杂用间里的一个囚犯，天知道他会怎么说。无疑会用皮带抽我，当作对我破坏**私人财产**的惩罚。非常公平。只有当判决做出后，他才会明白布彻一路飞到了纽约，又把我给抛弃了。

那会让我父亲立刻跳起来。噢，他会问，那得飞多长时间哪？

十三个小时。

天哪。

像俗话所说，我老爸是个**直脾气**。每个人都记得他。**你为什么要抛弃我？**

照布彻·博内斯的说法，那些警察都是小希特勒，但是当我在疗养院里欠费时，他们没有起诉我。只要我待在杂用间里，一切都平安无事。他们给我带来他们在旅行中发现的好玩的东西，包括给一家甜甜圈店做广告的熊。

我父亲是个严厉的人，生活在一个奇迹和奇观频现的年代。我会在夜里撞到他，在那里琢磨冰箱的奇观。在有冰箱前，他会赶着大车到马丁利去接从墨尔本来的火车，然后回

[226]

来把冰库塞满。后来**发明**了冰箱，但你会觉得**公众**不喜欢冻肉，只会买挂在店里的肉，照我父亲的说法，**都是些傻子**。他总是追求进步，包括拓宽大街，即便那意味着要把树砍死。我父亲是个著名的**现实主义者**。反正那些树叶会堵塞阴沟，他在皇家饭店的酒吧里不止一次这么说过。

我坐在店铺前面的我的椅子上。这是好多年以前了，上帝保佑，蓝博内斯还没有被从我们身边夺走。两个墨尔本的家伙开着霍顿来旅游，这是个新**牌子**，那年之前从来没人听说过。一个穿着牙签条套装，另一个穿着格子呢宽松运动短裤，看着他，你会笑得前仰后合。穿套装的人问，我们能不能给你拍照。我没有把握，就把蓝博内斯找来，从他的脸上我看得出他认定他们是一对**同性恋**，但他并不介意他和我摆出父子的姿势让他们拍照。那对同性恋带着**宝利来相机**。照片拍好后，我们站成一圈，我看着我自己出现在照片上，像个溺水的人浮出在一个水库的水面。

瞧这个，我老爸说。瞧，这根本不起作用。

我一下子就明白了他的意思，但那两个同性恋过了一会儿才明白我父亲的异议，意思是说你最多只能看见蓝博内斯的围裙。然后他们同意再拍第二张宝利来，他可以保存它，没事，他们一点都不麻烦。

他们拍了一张令蓝博内斯满意的照片后，把照片给了他，然后就**匆匆离去**。谁能想象得出他们要去哪里呢？

想一想吧，我父亲说，端详着赫然耸现在面前的自己。

他的脸像一把短柄小斧，眼睛红红的冒着怒火，但当他把照片放在壁炉架上时，他变成了另外一个人。想想吧，他说。他歪着脑袋。他几乎露出了笑容。现在他妈的想一想吧。

后来照片褪了色，随后变得更糟，因为不出一个星期它就彻底**消失**了。你以为我父亲会大发其火吧，才不，他一次火也没发，他在世时，那张照片一直放在壁炉架上，有时候我会看见他端详着它，好像它是个晴雨表或是只钟。后来他死了，一切都去了，凉台地板上长出了草。

我在杂用间里待了好几天，等我哥哥付清**欠费**。那是个肮脏的房间，有个洗涤槽，一个水桶，一个煤气热水器，在半夜里发出可怕的噪声。**啪嗒。啪嗒。**它会让你产生对上帝的恐惧。我把熊和花环放好，打开收音机，虽然收音机不响，但它那绿色的灯总是让人宽慰的。

一天早晨，我睁开眼睛，看见洗衣房那里透过来的光线，是阳光穿透了云层，那个**超凡的人**就在那里，虽然他是个**男的**，他却像菲利皮诺·利比①那幅著名的画一样美丽——他的套装是银白色的，上面沾着灰，像在圣光中死去的飞蛾翅膀的下半截。

石头就这样被滚开，我跟着他沿走廊走去，老人出来告诉我说，我会被我的收音机上的绳子绊倒的，那时肯定还不

_____

① 菲利皮诺·利比（1457？—1504），意大利文艺复兴早期佛罗伦萨画派画家，代表作为祭坛画《向圣柏纳德显圣》等。

到八点，因为杰克逊还坐在写字桌前。

那个天使般的家伙说，把他的钱给他。

杰克逊给了我一个信封。他没有说气话。

在外面的马路上，等着一辆白色的梅赛德斯奔驰，好像是在举行婚礼似的。我上车坐在那个天使般的家伙旁边。他的黑色卷发微微发亮，看上去健康而舒服。他说我非常高兴见到你。他说，看起来我们要一起旅行。天哪。去哪里呢？我突然害怕起来。

他说我是奥利维尔，你和我今天将去纽约。原谅我，我满脑子想的就是我哥哥在操他的妻子。我要告诉他吗？我会变成什么样的人呢？我跟他说我没带我的椅子。我说我必须回去拿。

纽约有的是椅子，他说。我会在第三大街百货商店给你买一把。

在悉尼国际机场奥利维尔吃了一片药。给，他说，你最好也吃一片。他给我一瓶可乐，两片药。我把两样都收下了。我很快就发现我有了一本护照。我从不知道我有护照，或护照是什么样子的。上了飞机时，我想起了我父亲。

我问奥利维尔，到美国得飞多长时间。

他说十三个小时到洛杉矶，天哪，保佑我那可怜的死去的老爸。他要是看着慢博内斯坐在他的位子上，他会受不了的。

37

那年头，索霍只有两家酒吧，一家叫基蒂，另一家叫范内利，三十分钟后，眼睛红肿的玛琳就是在这里找到了我。她来到我的后间桌子前，轻得像只飞蛾，带着两瓶罗陵洛克啤酒，她慎重地把其中一瓶放在我面前。

"我爱你，"她说。"你不知道我有多爱你。"

我的情感处于一片空白之中，一时间不敢贸然开口。

她轻巧地坐在对面的长椅上，把瓶子端到唇边。"但是除非你知道你卷进的是什么事情，否则你不能爱我。"

这正是我一直在考虑的事情，我端起啤酒，喝了起来。

"所以，"她小心翼翼地把自己的啤酒放在桌面上。"我这就要告诉你。"

她顿了一下。

"你知道，当你最先看见我……穿着那些让你如此激动的怪鞋子时。"

"我讨厌那些鞋子。"

"对，可别讨厌我。那是无法忍受的。别为休担心。我会照料休的。"

我对这些话嗤之以鼻。但我必须告诉你，它触动了我。

以前甚至都没人哪怕为了哄哄我而跟我说这些话。

"奥利维尔鉴定了多齐·博伊兰的画，"她最后说。"我走开了。但等我回到澳大利亚时，他已经干完了。天哪！那么傻。博伊兰是奥利维尔的一个客户的朋友，奥利维尔太尴尬了，不好意思承认他根本不懂他父亲的画。"

"那是一幅名画。哪有什么风险可言？"

"要是他的目光稍微远那么一点，他就会发现那幅画被现代艺术博物馆交换掉了。换句话说，就是被处理掉了。"

"我知道那是什么意思，宝贝。"

"我知道你知道，但那不应该是一个示警信号吗？他们为什么要处理掉它呢？就连奥利维尔也应该想到这个。"

"可你说那是好事。这几乎是你跟我说的第一件事情。'这件事的好处在于博伊兰先生知道了他的莱博维茨是真的。'"

"嘘。听着。"她抓着我的双手，把它们举到她的唇边。"听我说，迈克尔。我要告诉你实情。"

"他的莱博维茨不是真的？是吗？"

"听我的意见？这是那个老家伙死的那个晚上多齐和奥诺雷拿走的一幅没有完成的战后的画。"

"放屁，玛琳。"

"嘘。冷静。这不是一幅值钱的画。但是他们把它修复了。他们给它标上 1913 年的日期。那样它就成了一幅值钱的画。1956 年，它刚出现在市场上，现代艺术博物馆就把它抢到了手。它是直接从家里拿出来的。它有清楚的来龙去脉，它的复制品屡见不鲜。但它是供出售的待修品。奥诺雷当然知道它到底在多大程度上，由什么方法被做了篡改。他不需要什么 X 光检验。他或许是看着多米尼克干的。"

"但你在档案馆里找到了那幅画的收据？哦，狗屁。那收据是你自己印的吧？"

"宝贝，请别恨我。我真的并不总是骗子。我们只要把博伊兰的画收回来就好，但我们得付一百五十万美元，谁会借给我们这笔钱呢？没人。"

"所以你就伪造了一份二氧化碳的收据。"

"那只是用口香糖堵一道裂缝。过了两天那幅画就又成了真迹。但要不了多久就会有一次真正的 X 光检验，到时候我们就要，对不起，整个儿被操了。"

这下子我明白了。"那是上了保险的。你安排人把它偷走了。"

她的眼睛有点浮肿，王子街上的灯光柔和而泛蓝。在她讲这件事的整个过程中，她似乎都垂头丧气的，于是我慢慢察觉到一个微笑的阴影，此刻正显现在她的嘴角上。

"你亲自偷了它。"

"嗯，奥利维尔不愿做。"

"你晚上在灌木丛里穿行了一英里地？"

纽约开始下雨了，豆大的雨点打在范内利酒吧的窗子上，把舞池的影子投在那张可爱而相当孤独的脸上，她一边不停地察看着我的反应，一边解释说，她付现金买了一副乳胶指尖的园艺手套、一套螺丝起子、地毯裁割刀、铁丝切割机、木凿子、起钉器、一把手电筒、一卷防水密封胶带和一根神奇撬棒。她在格拉夫敦汽车旅馆里住了两天，然后知道多齐去了悉尼，她就开车沿着那些孤寂的小径去到应许之地。她把租来的车子停在一段废弃的采运作业路上，从这里沿着一条田垄从灌木丛生的乡野穿过，虽然她找电线杆费了点事，但她非常容易就爬了上去，切断了电线和电话线。

"这些你都是怎么干成的呢？"

她耸耸左肩膀。"研究。"

她到达多齐家前门的那个晚上，天鹅绒似的天空中，晶莹的星星密布。在只有月光和星光的条件下干活，她使用神奇撬棒撬去门玻璃上的装饰线条。这是我从报纸的报道上得知并记住的事情，当地侦探说，那个盗贼是个"洁癖"。玛琳把装饰线条整整齐齐地码在了洗碗机上面。

多齐已经确切地指点给她放画的地方，并且说明它万无一失。这会儿她用一个螺栓切割机切割电缆，小心地把总是找她麻烦的框子去掉。她用很多枕套把画盖起来，用防水密封胶带把整个东西裹起来，然后穿过了灌木丛。

"后来呢？"

她低垂的眼睛突然死劲瞪大。"你还想跟我有纠葛吗，宝贝？这实在是个问题。"

我本来应该感到害怕，但我没有。"我一定得听到整个故事。"

她扬起一条眉毛。"你想要一份书面的忏悔吗?"

"整个故事。"

"哦,真是的。不错,"她说,有点恼火。

· "你还记得你第一次来我这里,看见我在干什么吗?"

"我绝不拿你的工作撒谎。从来不,永远不。"

"我不是说那些画。"

"是啊,你有一些可爱的昆虫画。"

"苍蝇,黄蜂,一些蝴蝶。"

"我记得自己在想,谢天谢地,他能画画。"她脸红了。"我的心太急了。"

"嗯,比方说,柄眼信号蝇。"

"迈克尔,这你以前跟我说过。那叫做 Borobodur。那东西挺稀罕的,除了博伊兰在他家附近发现过之外。"

"*borboroidini*,也就是毛鼻袋熊蝇。"

"我知道。"

"当我们在莫里先生的办公室里看《木车床,四号》的时候,那里就有一只柄眼信号蝇被蜘蛛网网住了。那也是当地才有的昆虫。"

她愣了一会儿,但等她明白过来时,几乎显得很高兴的样子。

"你是个很聪明的人。"她微笑道。

"是的。"

"所以，我的心肝宝贝，说说看我是怎样把它变小的？"

"应该是你告诉我。"

就在这时，有人把酒吧的灯关了，她从湿漉漉的、用金属薄板覆盖的桌子上凑过身来，吻了我的嘴巴。

"你想象一下吧，"她说。

范内利酒吧要打烊了，我们跌跌撞撞地出去，沿着滑溜溜的卵石路朝又大又暗的阁楼走去。我们其实没说什么，但那天晚上我们在做爱时，就像要把自己撕开，要死，要吞食自己似的。藏在对方皮肤的秘密惊异里面。

38

飞机座位太窄，机顶太低，但当时奥利维尔又给了我两粒黄色的药片，很快飞到云层之上就变得很舒服了。我父亲从没见过这情景。一辈子都没见过。英格兰的国王也没见过。《圣经》中的任何人都没见证过这样的事情，除非耶稣升天的过程中理所当然能看到的风景。蓝博内斯无法想象我，令他**失望的人**，悬空在地球之上，四周全是天使和二级天使，我的心和动脉被看得一清二楚，像胶鞋里的一只乒乓球，砰地穿过天空。

晚上永恒的天空之河，我的灵魂像浸在墨水里的吸墨纸。奥利维尔无法朝窗子外面看，他说这会让他想起他什么都不是。然后他说他希望自己什么都不是。他说他只想要玛琳。他不在乎她把贝纳拉高中烧掉。发现这件事的时候他非常震惊，但现在他已感到无所谓了。他完全赞成烧学校的举动。

空姐问他要不要饮料。他说他已经在三万英尺的高空。我要了一杯啤酒。

奥利维尔的身上散发出像个孩子屁股似的香水味和爽身粉味。自从我们登机后空姐全都向他献殷勤，当他那可爱的白夹克从她们之间经过时，我看见一道微微的银光，一个怪物从黑夜中飞出来，黏附在一个女人床前的墙上。

他轻轻对我说，他不在乎他的妻子变成一个**精神变态的说谎者**，但他希望她不要可怜他。她为什么就不能成为一个正常的女人，把他抛弃在街上呢？

他说玛琳不是爱我哥哥就是爱他的画，谁能说出她到底爱什么呢？她是个浪漫的傻瓜，对艺术家们的坏脾性一无所知。

我说我完全明白。

他说他从出生那天起就完全明白了。

我说我也一样。非常确切。当他说他父亲是头自私自利的猪时，我握住了他的手。

空姐用托盘端来了晚餐，奥利维尔觉得他只要**小酒**就可以，却原来是威士忌。我要了一杯啤酒。

[236]

二四六八加油干别等着。

奥利维尔吃着**色拉**，但随后厌烦了，把他的饮料瓶子像跳棋的棋子一样在托盘上摆弄起来。

他问我是不是要他跟我说说他的药片。

我说 OK。

他说羟基安定很好，又说氯羟安定也不错，我要不要来一片**普通安定**。远不止这些。这些是我当时叫得出名字的，而他肯定还有**混合盐缓释剂**。

他吃了一片**科迪斯**，一两粒混杂的胶囊，然后啜了一口塔斯马尼亚黑比诺葡萄酒，说酒可以大大地增强药效。

你千万别以为我是个酒鬼，老休。瞧我处在痛苦中。我爱她，但她是个可怕的、可怕的女人。

我不知道该怎么回答，因为玛琳是我的朋友，我清楚地知道，她和我哥哥一直**像兔子一样做爱**。说不定我还是个**事后从犯呢**。好多个晚上我只能把脑袋藏到枕头底下，挡住噪声。

问我跟多少个女人上过床，奥利维尔说。

他像个电影明星，红嘴唇，卷曲的黑发，眼睑的皮肤像刚搓洗过的阴茎一样柔软。我说十个。

他哈哈大笑起来。他拍着我的胳膊肘，弄乱我的头发，并说，其中没有一个像他的妻子。即便如此，发现她烧毁了学校，还是一种危险的信号。他以最可怕的方式知道这件事，是他广告公司的一个客户在吃饭时告诉他的，那客户只知道他的妻子来自贝纳拉。

她多大了？客户问道。

二十三，怎么啦，奥利维尔说。

那么当玛琳·库克烧毁贝纳拉高中时，她肯定在那里。你妻子叫什么名字？

吉娜·戴维斯，奥利维尔说。

真像个电影明星。

一样，非常确切。

我不会轻易忘记那个日子，我被断言动作太慢，不能回到第二十八巴克斯马什州立学校。要是我能找到让我服用后就不怕受到惩罚的药片，我就会把它们夷为平地。上帝保佑我，拯救我，我因为胆小，一无是处，所以才平安无事。

奥利维尔说我不妨再来一杯啤酒。他说，凭我这重量，喝这么点啤酒根本不是问题。他又问我知不知道玛琳是个贼。我说她是我的朋友。

听我这么一说，他呻吟起来，说她也是他的朋友。上帝救他。很快他就说起最可怕的事情，我过了一会儿才明白他把话题转到了他母亲身上，那是个非常邋遢的女人。他很高兴她死了。他记起她时，出了一身的疹子。

他被空姐叫走，我以为他肯定因为讲话粗鲁而遇到了麻烦，但当他回来时，带着航空袜，一定要我穿上。所有的人都要遵守这条规定。他伺候起我来，跪在地上替我把我的沙地鞋和发臭的袜子脱掉，塞进一个塑料袋里。他说如果我把我的屁局限在飞机后部会比较好一点，因为那里用得着，于是我们都笑个不停。

你应该是个富人，老朋友，他说。你可以雇我每天给你换袜子。

空姐给了我们每人一杯白兰地，把我的袜子和鞋子放进了头顶上的行李架。

奥利维尔说他轻而易举地就能成为富人，可他母亲是个窃贼，从他那里偷取一切，让他都不愿去想她干的事情。他愿意成为富人，那将是完美的事情，他可以照料他的马，疯狂地骑马，他看着我，微笑着，我清楚地知道他的意思——血和心，每一样东西都在怦怦地跳动，幸福，害怕，时间长河中的人体之钟。

她毁了我，他说。我以为他说的是他母亲。

我是她的宠物狗，他继续说，这时我知道他指的是玛琳。你知道，这才是真正的我，他说。她愿意给我盛饭，为我刷大衣。我宁愿被抛弃。

我可以毁掉她，稍后他说。这是反话，老伙计。我可以毁掉她。但到底什么才是关键呢，老家伙？要是我毁了她，她就不会擦我的耳朵了。

我在美国的天空上醒了过来，嘴巴里尽是灰尘，优质的含漱液、剃须膏和女人用的肥皂的香味。

洛杉矶到了，他说。

这是我第一次观光，我不知道那会意味着什么，但后来我会看到夜空中聚集着微弱的灯光，看到美国的城市和高速公路，白蚁的美丽，贪婪的白蚁，交配信号在它们脉动的尾部发光。哪个预言家曾预言过这样的大规模侵扰？

奥利维尔拍拍我的膝盖说，我现在很兴奋，老兄。他递给我一盒药片和他的一小口水。他说他如果吃花生的话会死的，如果他吃牡蛎他的喉咙就会关闭，但如果他没有玛琳他就不如用一把斯坦利刀割自己的喉咙。

我把药片盒还给他。他也吃了一片。

他说，我刚刚决定不给她那个东西签字。

我问是什么东西。

他说，那完全是假的，所以我不会签。该是我坚持原则的时候了。

我问是怎么回事。

他说，她永远不会认为我有胆量。但你看着她老朋友。当我拒绝她时，你看着她吧。

我问他会不会毁了她。

这让他笑了很久，然后停下，又笑，喷鼻息，弄得我怕他疯了。

最后我问他，到底有什么好笑的，但是我们，照人家的说法，**正准备着落**，当飞机砰的一声落地时，我的问题还没有得到答案。

39

纽约的出租车完全是一场噩梦。我不知道人们怎么会忍受得了，我不是抱怨那些芯子露在外面的座位，那些糟糕透顶的减震器，要命的左驾驶，而是所有那些马来西亚锡克教信徒，孟加拉印度教徒，哈莱姆穆斯林，黎巴嫩基督教徒，科尼岛上的俄罗斯人，布鲁克林的犹太人，佛教徒们，琐罗亚斯德教徒——谁知道怎么回事呀？——就是这些人，有一个普遍的信念，坚信只要你死劲按你该死的喇叭，大海也会给你让路。你可以说我没有资格发表评论。我是个乡巴佬，出生在巴克斯马什的一个肉店里，但真是操他妈的。闭上他妈的臭嘴。

对，只有疯子才会考虑操蛋的一个一个教育他们，礼仪小姐，但当我发现在我的窗子外面一个傻瓜靠在他的喇叭上时……

所以我只好在晚上某个时候去超市，你会认为那时候去路上很好走，因为所有的好犹太祖母应该都在家里的床上，或做他们特别的过岁首节①吃的鱼饼冻②或不管她们在干什

---

① 即犹太国历的新年。
② 一种犹太菜肴，用鱼糜加入鸡蛋和面包粉制成。

么——也许在大联盟超市里的一群群奶奶都是基督徒或鞑靼人，但老天在上，那些老太太是她们自己的另类，要是你赶不上她们的速度，她们就会用她们的采购车把你撞得粉碎。我是个时差症患者，一个外国人，我速度很慢。上帝助我。

一个美国超市是一回事，耶稣——但一个纽约超市完全是一份狗的早餐——你一定得生在 5 号通道才会理解它的逻辑。你无疑已经猜到，我来买一打鸡蛋。起先我找不到它们，然后发现了，就在羊奶干酪旁边，那么多品种，那么多大小，那么多颜色的鸡蛋哪，我的购物伙伴都等不及我挑选了。我堵住了他们的通道，所以他们用手推车围住我，聚集在 2 号通道和 3 号通道，像拥挤在霍兰隧道①入口处的一群傻瓜似的。

我买了褐色蛋，因为它们看起来含碱量更高——我真是个乡巴佬——但是在五个街区之后，默瑟街和布鲁姆街北面，当我站在太平梯恶臭的影子里时，我发现那些昂贵的小东西的壳像混凝土一样硬。我有没有告诉过你们，在马什高中的时候，我是一个非常敏捷的十柱球投手？我依然有着很好的眼力和我父亲的胳膊，但不管我怎样投掷那些蛋，它们都从不断按着喇叭的出租车窗子上弹开。

玛琳，上帝保佑她，既不试图阻止我，也不鼓励我，当我从敞开的窗子走回来时，正摊手摊脚地在破旧的沙发上看

---

① 位于哈得孙河底的双管隧道，连接纽约市和新泽西州的泽西市。

《纽约时报》的她抬头看着我。"过来，我的天才。"

她那么，那么慷慨，台灯的灯光照着她的左脸颊，一股金色的灰尘从石板蓝的地上升起。

"你是个傻瓜，"她伸出双臂，我抱住了她，闻着她茉莉花似的皮肤，用了洗发水的头发的香味。我说过我爱她吗？我当然说过。我把手从她爬电线杆者的脊背上滑下，抚摩着那根一节节的生命线上的每一根脊椎。她是我的小偷，我的情人，我的秘密，一连串可爱的新发现，我祈祷这种发现永远不要结束。这是我们在纽约城的第三个晚上。现在我们有钱了。这是一个非常成功的日子，不仅因为布尔戈伊的案子和那瓶拉格瓦林——虽然那起到了磨平棱角的作用——而且还因为多齐·博伊兰的信号蝇的画现在存放在长岛城一个艺术世界的城堡里。它唯一的入口，玛琳告诉我说，是穿过一条每天晚上都泛滥的运河。那些保险库里放满蒙德里安①，戴库宁以及她珍爱的莱博维茨的画，她那古怪的丈夫会尽快赶来签字结束与莱博维茨之间的关系。

"把出租车的事忘了吧，"她说。"这是在纽约。你还指望什么呀？你会习惯的。"

她说得对。当然啦。我来自马什，那里的三十一号高速公路就从我的卧室经过，卡车整晚都呼啸着碾过，而你

---

① P·蒙德里安（1872—1944），荷兰画家，抽象艺术运动"风格派"代表人物。

则等着看它们在斯坦福山上失去控制，往下冲进主街，把店铺前人行道上的屋顶都撞得东倒西歪。我会慢慢习惯操蛋的出租车的，但我无法习惯的是玛琳不对我吼叫。这会儿那个捞赡养费的娘们或许已把警察叫来，但我已经迅速喝完了一杯拉格瓦林——上帝保佑艾莱岛①的工人——因为我要去买一些较好的蛋，她就说我是白痴，在我耳边嚼舌头。

悉尼的这个时候，只有酒吧还在营业，但大联盟的入口处挤满了一瘸一拐的黑人，他们是来往一个自动机器里塞空罐子空瓶子的。新的祖母也来到了——后来我发现邻近地区有层出不穷的黑手党母亲，我现在之所以提这件事，是因为约翰·戈蒂的母亲后来被一个不幸的家伙从背后袭击并抢劫了。我知道些什么？算我走运，对所有这些致人死命的家伙客客气气的，当我把一两个鸡蛋放进冰箱里时，没人有时间看见我的罪行。

纽约有八千五百三十四辆有执照出租车，这必定意味着有将近两万个驾驶员，我当然不能给所有的驾驶员上职业道德课，但当我告诉你说，我的蛋最终起了作用时，你一定要相信我。你以为这很荒唐，但问问你自己：所有那些锡克教信徒在他们的无线电上相互都说些什么？

我的第二打鸡蛋让我高兴多了，那些是又大又白的薄壳

---

① 苏格兰几个著名的威士忌酒厂所在地。

蛋，噼噼啪啪的，漂亮极了。我们关掉灯，我的美丽的小偷出门来到太平梯上，欣赏我的瞄准。

"你不公平，"她说。"被你惩罚的人是无辜的。忘了出租车吧。去找挂新泽西牌照的小型货车吧。"

我们回到屋里时我醉了，双脚软绵绵的，就在半夜前，下一拨喇叭声轰然鸣响时，我想说我的看法已经表白过了。但我正站在冰箱前，所以就顺手拿起一个鸡蛋，关掉灯，使劲推开窗子，把我的黄色炸弹掷向冒犯我的挡风玻璃，原来那是一辆小型货车，挂着新泽西牌照。

"回来。开灯。"

在小型货车前面——它的雨刷正把蛋黄蛋白涂在玻璃上——停着一辆黄色的出租车，两个乘客正慢慢地下车。

这会儿小型货车终于没有声音了，我很高兴，慢慢地才发现，那两个从出租车上下来的人我都认识。

40

过去有许多不愉快的声音。过去有炉灶变黑的气味、约翰逊的地板打蜡的气味，浑浊的阿摩尼亚气味，然后有我父亲带血的围裙浸在漂白剂中的气味。黄褐色杯子里所谓的**尸体**——福斯特藏啤、维多利亚苦啤、巴勒拉特苦啤、卡瑟尔缅恩XXXX①，所有那些玩意儿最好都留在啤酒托盘里，但我从来不喜欢听人说起它们。瞧，我已经说过了。在过去，有大街。有肉店。店铺后面的围场里长满枸杞，山上则有教区牧师住所。聆听晚祷的钟声更令人愉快。瞧，我已经说过了。倾听笑翠鸟的啼鸣，看着它们黄昏时分在它们的领地里追踪更令人愉快。关于笑翠鸟，最好知道什么叫饱和脂肪酸，上帝救我们逃离它的嘴巴，聚集的蠕虫和老鼠。

那就是说，**先生们请不要发出噪音**。同样在现如今，我不喜欢听我哥哥在纽约的默瑟街上跟奥利维尔说话的样子，这个地址是写在我的手腕上的。**不要误解我**——我在抵达的一瞬间非常高兴，但随后玛琳请奥利维尔在那份**假文件**上签字，不出五分钟我就去了街上。很快就有一个家伙过来。他是谁？我不知道。他拖着一只显眼的纸板箱横穿外国卵石路。他想干什么？他是个**黑人**，留着灰胡子，长着一双**米老鼠似的**耳朵，抑或是别的什么老鼠，因为那耳朵挺小，粉嘟嘟的，**跟假的一样**。坦率地说，我喜欢他的外表。

他问，瑟斯彭德在这儿吗？

我说我刚来这里。

他问我从哪里来。

澳大利亚。

疯狂的马克斯，他说，在马路中央接着走他的路，大声

————————————
① 以上均为澳大利亚著名的啤酒品牌。

[246]

笑着。我哥哥也许会说，**你这傻瓜开什么玩笑？**我回到阁楼这个安全之地，但布彻正忙着用武力威胁奥利维尔，我要打断你这个，撕掉你那个。家，可爱的家，**友谊地久天长**。他气得涨红了脸，描绘着盛满奥利维尔的血的塑料桶，但他的声音像鸡笼顶上一个松动的铁罐一样摇晃。我知道他害怕了。

奥利维尔始终一声不吭，身体蜷缩在沙发里，像冈比一样①。当我看见他朝着我哥哥微笑时，我知道将会发生流血事件。我又一次从可怕的工厂梯子溜走，穿过森林般密布的一卷卷的毯子，都是些老掉牙的潮湿、烧焦的东西。我胳膊上的肌肉溅着火星，我脑袋里激灵了一下。谢天谢地我来到了外面的空气里，但随后我明白到，我肯定是在**纽约贫民窟**里，上帝保佑。门在我旁边关上，我无所事事，只好等待，希望我不至于成为一个**牺牲品**。

我受到了瑟斯彭德的惊吓，这是事实。后来，我使用过这个名字，一次或两次。你是谁，我是瑟斯彭德。

有一个人骑着自行车经过，上帝保佑，我根本没想到会看见自行车。没有什么伤害。

然后奥利维尔出现了。

他说，我把你的手提箱带来了，但现在得靠你自己了。

什么？

我不能留在这里，老伙计，他说。

---

① 美国一动画人物形象。

[247]

我问他要去哪里。

去我的俱乐部，但你也许宁愿跟你的**亲吻和亲人**在一起。

我能跟你去吗？我问。

他上下打量我。他不要我。我看得出来。

当然，他最后说。他笑了。他搂着我，但我们一上出租车，他就蜷缩在他的角落里，发作起来，**我恨那个操蛋的婊子！**

上帝保佑，救救我们。星期天的悲哀。

我恨她。

把刀藏起来，把门锁起来。

我巴不得她死。

然后他付了车钱，我们停在一座大楼前。

这是比克俱乐部，不管那是什么意思。他让我在门外等一会儿，他要跟黑文思先生**说句话**。我会惹麻烦。我还能怎么办呢？

我有**大量的**时间阅读比克俱乐部非会员着装标准。

以下为不得体服装：

紧身弹力裤，踏脚裤，卡普里裤

短裤或毛边短裤

无领长袖运动衫，宽松长运动裤，或宽松慢跑裤

套装

三角背心或背心裙

任何类型或颜色的劳动布服装，

包括外套，衬衫，裙子，背心

以及/或者便裤

氨纶或莱卡服装

T恤，短背心或露脐装

　　我有卡普里裤吗？什么叫莱卡服装？奥利维尔回来了，不是跟黑文思，而是跟杰文思，一个奇怪而丑陋的家伙，穿一身**企鹅服**，傲慢得像那个把我哥哥送进监狱的、打着皮尔卡丹领带的法官。杰文思顶着个秃脑袋，长着一对大耳朵，说话时扬起一条眉毛，像是要向我传递私人信息。我一句都听不懂。

　　杰文思给了我一件长毛大衣，但我**天生怕热**（我妈常这么说我），她称我是**我们亲爱的**V8①。我说我不冷。

　　奥利维尔说，这件熊皮大衣可不是白穿的，老兄。

　　这下子我明白了，原来杰文思这个无礼的家伙是要我把自己的衣服遮起来。太对了——一旦那些会员们看不出我的马什躯体了，我就可以进入比克俱乐部了。你从没见过这样的地方，对老妈来说，太有高教会派的特色了，彩色玻璃天花板，像该死的**圣坛屏**一样的木雕，所以这里**任何一点都比**我们离开可怜的老布彻和玛琳的地方要**高级**，那里唯一的座

---

　　①　即V形8缸汽车。

位就是一只装酒的箱子。我始终把大衣扣得紧紧的，因为这会儿我已确信我肯定穿着一套莱卡服装，当杰文思说，你长途旅行一路劳顿了吧先生，我回答说是的。

然后我补充了一句，疯狂的马克斯。

他哈哈大笑起来。我很开心能开一次玩笑。

在前往你会称为一个古电梯的路上，我们经过了一个长廊，有一个彩色玻璃的天花板，没有一丝阳光，完全过时了。墙上挂着蹩脚的画，我庆幸布彻不在这里，要不他会**彻底发疯**，挥着鞭子把所谓的画家们赶到公园里去干体力活。我当然对格拉梅西公园一无所知，也不知道秘密的树毒，不知道第一大街上的锁匠会把非法的钥匙插进它的大门，不知道跟委员会之间的麻烦，当杰文思告诉我说伯泰·约翰逊声称这座大楼是纽约最漂亮的大楼之一时，我对这个名字就像对瑟斯彭德一样陌生。

同样，在纽约城的第一个夜晚，我明白了我是跟一个上流社会的人在一起。我睡在一张两英尺宽的床上，像个蟑螂藏在毯子里一样舒服。

41

我在曼哈顿的第一个星期始终在倒时差，在玛琳试图说服奥利维尔·莱博维茨实施他的精神权利，在鉴定证明上签字的时候，我就捻着大拇指，打着盹。

玛琳什么都跟我说，一点儿细节都不漏过，所以我一点醋意都没有，该死的成年人，你想都想不到，只有当 AT&T①问我要我的社会保障卡号码时，我才真正勃然大怒。一个小时之后，在王子大街木材行有人打架，因为他们不知道"outlet"其实应该叫做"power point"②，后来我几乎在休斯敦街上一路奔跑。我是个孤独的、未被雇用的灾星，一个二百磅重的在甲板上扑腾的澳洲肺鱼。

那个慢博内斯为了讨好该死的比克俱乐部而抛弃我，这给我造成的痛苦出乎你的想象。但我又能怎么办呢？休总是无处不在，就像挡风玻璃上的阻碍物，扬声器里的噪音，没病没灾的身体上令人烦恼的疼痛。所以我有什么好抱怨的呢？我口袋里的钱比我父亲一辈子辛苦积攒的钱还多。所以我可以在这个大都市里参观柯罗③的作品，或最终承认，哪怕只对我自己，我从没见过一幅罗斯科④的作品，除了复制品外。我有时间。不错，默瑟街的房间里有的是时间，一种冰冷的金属蓝色，浸淫在每一个角落，从灰色和棕色中吮吸

---

① 美国电话电报公司的英文首字母缩写。
② "outlet"和"power point"均为"电源插座"之意。
③ 柯罗（1796—1875），法国画家，是使法国风景画从传统的历史风景画过渡到现实主义风景画的代表人物。
④ 马克·罗斯科（1903—1970），生于俄国的美国画家，抽象表现主义代表画家之一，以颜色为唯一表现手段，作品有《蓝、橙、红》等。

生命，每当我裸体站在灰蒙蒙的长镜子前，面对着自己皱巴巴的胸脯时，我就知道，最好还是到外面去，离开拉格瓦林和我自己的腐败和内疚。

在百老汇的一块空地上，我从一个戴着连指手套，一脸凶相的韩国人手里买了一件二手的伦敦雾①风衣。这风衣足可派上用场，或者说在一两个星期里可以派上用场。别介意，我匆忙走进一家商店，那里的人们能听懂我的口音，我买了一份旅游指南、一张五美元的彩票，然后我从所有那些挂着呆头呆脑的无衬线字体、推销优质亚麻布和工厂剩余产品的招牌的商店底下走过，经过斯特兰德陈尸所，始终走在百老汇的南面，往北走向联合广场，我猜想那里的地铁可以载我去现代艺术博物馆。然后，在一阵我们所谓的伪冲动下，我折向一边，穿过灰色和黑色的粘着口香糖的人行道，往南走向格拉梅西广场。我也许不妨看一眼这个可笑的比克俱乐部。毕竟我的旅行指南里有关于它的介绍。菲利浦·约翰逊说它很棒。我不知道他的作品，接着往前走。

像在下百老汇一样，这里的街上也是吵吵闹闹的，所以，当我进入这个可爱的花园广场，又一次听见喧闹的人声，我并不惊讶。哇……！我把双手插进肮脏的二十美元的大衣里，透过黑色的装着尖铁的栏杆张望，只见在上了锁的公园的远端，有一个白人在奔跑。这时一辆救护车驶进了二

---

① 美国一著名的风衣品牌。

十街，试图强行穿过去，驶向麦迪逊大街，而它所能使用的力量也只有灯光和声音。在这片混乱中，我隔了一会儿才看清那个奔跑的白人原来是那个可怕的"哇……"的作者。他正绕着公园飞奔，一条牛仔的皮护腿套裤遮不住他赤裸的双脚。

随后我看见那皮护腿套裤原来是撕坏的裤子，而那个人就是我的弟弟休。

格拉梅西公园的问题在于，你需要一把钥匙。但如果你是比克俱乐部的客人，你就有资格在里面闲逛，看起来奥利维尔吩咐过那个小个子老门房（他的名字我不想说出来），让他放休进去。那小个子老门房，不管他那扭曲的小脑袋里出现的是什么样残酷的理由，不仅把我弟弟放了进去，而且在他身后把门关上。这个大傻瓜发现自己被关后，试图向街上的人们求救，先是向一个遛狗的人，随后向一个豪华轿车驾驶员，然后向一群像是去拍照的英国模特儿，但是他们中没一个人——这并不能怪他们人品不好，而要怪慢博内斯的澳大利亚口音太重——没一个人理他，结果他非常沮丧，以至于他向后来那些人求助时，显得更加惊慌，那些人里面包括——我听说——格拉梅西公园董事会的一个成员，一个"生气勃勃的"——哦，天哪——八十岁老人，发现自己跟一个"无家可归的人"一起被锁在公园里，连忙飞奔到街边，拼命地捶门。

据说，我弟弟试图爬过尖铁围栏，为了这么做，他成功地把一张公园长椅拆了下来，然后把它拖进一个花坛——你会觉得这一切都很有理智——直到在一个最不幸的时刻，他的重量把椅子给压垮了，一根铁栏杆从他崭新的灰色法兰绒裤子的一只裤腿穿过，最后把他从袖口到宽松短裤都撕破了。

可怜的亲爱的老傻瓜。我在等他回到大门口。他看见我时，号啕大哭起来，攀爬，滑溜，然后隔着围栏就抱住了我。他想要回家，就要回家。过了会儿他才喘过气来，又过了相当长一段时间，我才听说了他怎样进入公园，又是谁才能让他出来。

于是我亲自来到比克俱乐部那个傲慢的小个子势利鬼面前，看他似乎不喜欢我的二十美元的大衣或我弟弟袖子上新的黏液的痕迹，我就把他提溜起来，这小个子门房——他看上去不怎么样，也就是裹着一件紧身衣而已——我像拎着一卷毯子似的拎着他穿过车水马龙的街道，最后来到大门口，这时我问他是放了我弟弟还是跟他一起关起来。

他选择放我弟弟，于是我非常轻地把他放在人行道上，看着他一双慌乱的大手抓起一串叮当响的钥匙，把门打开。休看着我，眨着眼睛，然后狠狠地一肘子把我撞开。

我抓住他，但他一猫腰，贸然地跑到了街上。他在远端的路缘上绊倒了，然后冲上台阶，进了俱乐部。

值得夸赞的是，小个子门房没有责骂或威胁。他弯了弯腰，拨弄着他门房制服上的扣子。

"你醉了，"他说。

然后他一眼都没看我大衣里面明显可见的阿玛尼服装，步子僵硬地回到了大楼里。

这以后我叫了辆出租车回到了默瑟街，又给自己倒了杯拉格瓦林，加了——操蛋的爱丁堡纯麦芽威士忌协会——一把碎冰块。该死的休。后来，到了东京的早晨，我醒了，洗过脸，从那讨厌的梯子上下来，从默瑟街去到科奈尔街，在那里找到了珀尔潘特①。在四楼我买了一本写生簿，一盒墨棒。

42

这个伟大的画家发现除了玛琳外谁也没听说过他，不由得勃然大怒。除了他所谓的画外，他**什么都不是**，而他的画就是他的支撑，就像你用来支撑晾衣绳的容易碎裂的木头。

休·博内斯则是另一回事。我对这个城市有一种如鱼得水的感觉。我坐在第三大街百货商场外面的样品椅上。要不是椅子腿被一根链条拴着，我真的就成了一根**丝绒绳**

---

① 纽约的一家画材商店。

子后面的**跳跃的人**[①]了。我穿着一件又软又厚的意大利大衣，戴着一顶黑色的羊毛无檐小便帽，我**巨大的胳膊**交叉着抱在胸前。然后警察过来了。他们从麦当劳里出来，径直走向我这里，枪、警棍和手铐挂在他们肥大的臀部上。

我想，我是个**外国人**，**违规**占据了公共人行道的空间。但是，像俗话说的那样，警察连屁也没放一个。他们有更重要的事情——谁知道会是什么事情呢？——也许是找手纸去擦他们**了不起的大屁股**。

这是我第一次在第三大街以及所谓的亚美利加斯大街上注意到**目无法规**的行人们根本不理**不可行走**的牌子，墨尔本的警察们会把**违规者**推回到人行道上，并大声地给他们上一堂精神健康课。第三大街的警察呢，套用一句俗话，屁也不放一个，他们拖着他们的大屁股在街上溜达——他们应该使用一辆手推车——当奥利维尔从商场里出来时，我还是个自由的人，他的腋下夹着一把崭新的折叠椅，那是一把十三美元的椅子，又黑又亮，像梅赛德斯-奔驰一样。奥利维尔搂着我的肩膀，然后带着我离开，并让我知道，我为什么要活得非常开心。

这是你的城市，老小孩。

使用了氢化可的松之后，奥利维尔的荨麻疹好多了，只

---

① 典出美国电影《跳跃，在丝绒绳子后面》，由寇特妮·拉芙主演。

有脖子上还剩下一条长长的印记，不过被他的**进口大衣**竖起来的领子遮住了。他很英俊，像个温布尔登的英雄，回到底线，双膝弯曲，低着脑袋回应人们的喝彩。

奥利维尔现在教我永远不要称亚美利加斯大街，而是第六大街①，这样所有的人一下子就会知道我是个纽约人。这件事一落实，我们就散了会儿步，然后右拐进入贝德福德街，在那里我听说我不经许可就可以坐在自助洗衣店外面。我们很快就遇到一个叫杰瑞的人，他嗓子沙哑，头上裹着块手帕。杰瑞说我随时都可以带着我的椅子到那里去。他说他一直想着去澳大利亚。我说那是个很好的国家，但是不经许可别想坐在街上。

这以后我坐在王子街和斯普林街之间的沙利文街上。然后我又坐在了钱伯斯街上。

老小孩，在这类事情上你是个天才。

最后我坐在了默瑟街上，在布彻从**新南威尔士政府**那里偷来的画家阁楼的下面。我按了门铃，但是家里没人。不是门铃就是我哥哥在装睡。

这时奥利维尔透露说他必须到这个城市的其他地方去跟玛琳做生意去了。

我问他会不会毁了她。

---

① 第六大街是纽约曼哈顿的一条主街，1945 年被官方改名为亚美利加斯大街。

这一次他没有哈哈大笑。他使劲盯着我看，说他此刻想要教我学会自己从默瑟街走到比克俱乐部。

　　我为我说的话向他道歉。

　　休，他说，你是个了不起的人。你很神奇。

　　但我怕没人帮助的话我很难走到比克俱乐部。我的长肌里冒着火花，脑袋里像个需要上油的锁扣发出喀嚓声。

　　奥利维尔给了我一颗狭长条的胶囊，我没喝水就干吞了下去。过来，老家伙，他说，你现在是纽约人了。他拿出一个笔记本，给我画了张地图。是这样的：

　　明白了吧，老家伙，他说。没有比这更简单的了。

　　药没起作用。

　　要是你迷了路，奥利维尔说，你就叫一辆出租车，跟司机说，送我去格拉梅西公园。

　　我说我不知道该付多少钱。

　　给司机十美元，他说。说不用找了。

在默瑟街上，我把 A 补到 B 上，把 A 加入到 C 上，如此等等。想想这最后的局面吧：我坐着火车前往村子，手黑得像煤矿工人，过于活动的脸上的眼睛冰冷而透着疯狂。

玛琳可以明白我到底干了什么。你看得出这是我始终信任她的原因之一。当她跟我一起站在画的面前时，她说的是实话。正是玛琳，不仅去纽约中央供应站采办更多的材料，并且想办法从莫里先生那里借来了我的两幅画，作我的生日礼物。

我们两个谁也无法预料结果，但结果是，她在得到我完全同意的前提下，可以找人来看我的作品。

到头来，这却是一个可怕的主意，因为《我，发言人》和《如果你曾看见一个人死去》刚被钉到墙上，就会得到各种各样的光顾，并被各种各样的白痴误解，他们认为艺术未来的蓝图将由汤姆·韦塞尔曼①之流来描绘，真操蛋。

他们的假设是，我到纽约城来是为了出名，我来到了宇宙的中心，所以我肯定要巴结一个美术馆，办一次画展，会见弗兰克·斯特拉②或利希滕斯坦③。没什么比这更让我感觉糟糕了。在任何情况下，在三十七岁的时候做出这样的提议，都是荒唐的。这实在是行不通的。

―――――――――――

① 汤姆·韦塞尔曼（1931—2004），美国波普艺术家。
② 弗兰克·斯特拉（1936— ），美国微型画家、雕刻家。
③ 罗伊·利希滕斯坦（1923—1997），美国著名的波普艺术家。

我当然不时地去参加一些聚会，在卡斯特里、马丽·布恩、葆拉·库帕①看画展开幕式。我最终甚至会见了暴怒的米尔顿·海塞，第一次莱博维茨给他的信让我腻烦，第二次他可以看看我的画。我多傻啊。直到现在，想到在《我，发言人》面前他怎样说起他在 1958 年跟古斯通②吵架的故事，我都还感到尴尬。我耐心地等待着他把这件事跟对我的作品的评价联系起来。但到头来只有一连串的废话而已，他对任何跟我有关的事情都毫无兴趣。

　　跟古斯通的争吵，他说，被画家俱乐部录了音。他纳闷的是——把他宽阔而微驼的背对着画——玛琳会不会有时间替他打印一份。

　　当然啦，我是——只在一般意义上而言——土里土气的，跟不上潮流，我的一部分是相当引人注意的，我会坐在达席尔瓦诺③，看着罗伊·利希滕斯坦和莱奥·卡斯特里在隔壁桌子上吃肝和洋葱头，如果我像任何乡巴佬一样惹人注意，我的反应对利希滕斯坦的画没有帮助，他的画已经迅速走向被交换出售的过程，这就是说，美术馆的馆长们开始悄悄地把他们过多过烂的藏品处理掉。

　　纽约，据信是在九十六街南面，产生了最好的画家，但

―――――――――――――――――

① 以上三处均为纽约著名的画廊。
② 菲利普·古斯通 (1913—1980)，美国画家。
③ 纽约一家四星级饭店。

我无法说这对我有什么影响。当然啦，我是有点妒忌的。我知道成为悉尼的利希滕斯坦是什么感觉，但我永远无法成为纽约的利希滕斯坦。我什么都不是。我像个旅游者去伊莲餐馆，温顺地接受厨房边的餐桌。这一切都在我的预料中。为什么不是这样呢？

我的错误在于，因为一念之差，我相信了我也许是错的，然后就同意画商们看《我，发言人》，看见他们的眼睛变得呆滞，意识到他们其实根本不想看它，他们来这里只是因为他们想从玛琳那里得到点什么。然而，即便是特别的羞辱也不该被夸大。画家们对屈辱是习以为常的。我们从屈辱开始，我们始终准备着回到真正的失败，坠入悲惨的谷底，被酒精和痛苦摧毁我们的天赋。我们知道，与塞尚或毕加索活在同一个时代，我们什么都不是，永远什么都不是，进坟墓前就将被人遗忘。

羞愧，怀疑，自我厌恶，所有这一切我们每天都当早饭来吃。真正让我难以忍受的，真正、完全让我恨得牙痒痒的是，当面对——我们不妨称之为"艺术"——时看见的完全、十足、确信无疑的平庸。就是那些用呆滞的目光注视着我的画的人，常常出现在索斯比、克里斯蒂、菲利普斯拍卖行里。就是在那种时候，当拍锤啪地敲响的时候，我终于明白，他们不仅有乏味的自信，而且根本没他妈的什么眼光。

在一个冰天冻地的2月天，我去了索斯比。那里有两幅莱热的画,批号是 25 和 28。第一幅画于 1912 年,有六页用于宣传的文件,主要包括一些真正上乘的莱热的复制品,索斯比曾经把它们卖了好多钱。这两幅画是狗屁。这些要卖八十万美金。对我来说,这就是纽约真正的问题所在。那个八十万美金。要是你不知道那东西价值几何,你怎么能知道你该付多少钱呢?

那里还有一幅德·基里科①的《伟大的形而上学者》,1917,41 3/4″×27 3/8″,原属阿尔伯特·巴恩斯②收藏,一幅被交换出售的作品。有没有人想过,哪怕只在一个毫微秒之间,它为什么会被交换出售呢?1918 年前的经过鉴定的德·基里科的作品比母鸡的牙齿还要稀罕。意大利画商们常说,大师的床离地六英尺,下面藏着他不断"发现"的所有"早期作品"。但突然间这堆垃圾都成了真的了?它值三百万?这让我恶心。不完全是那肮脏的钱,而是辨别力的完全缺失和被当成时尚的疯狂。德·基里科当红,雷诺阿③过时。凡·高很热。凡·高达到了顶峰。我希望我能杀死那些操蛋的家伙,我真的希望。

就在这之后,奥利维尔最终签了鉴定证书。我没问什么事情花了这么多时间,没问提供了什么善意的行为,达成了

---

① 德·基里科 (1888—1978),意大利超现实主义画派先驱。
② 阿尔伯特·巴恩斯 (1872—1951),美国著名的艺术品收藏家。
③ P·A·雷诺阿 (1841—1919),法国印象派画家。

什么交易，但我怀疑这个可怜的神经衰弱的宝贝皱起了鼻子，然后吃了一大块肮脏的馅饼。他当然可以为所欲为，这不关我的事。他可以做我弟弟的护士，我弟弟充满敌意的眼睛的始作俑者。如果愿意，他可以把老慢博内斯从我身边偷走。

玛琳和我留在默瑟街。起先我把这理解为一种经济行为——为什么不呢？这是免费的——所以过了好一阵才明白我们在躲藏。我们的确过着一种社交生活，我，根据协议，始终躲避着画商们，但我们跟修复师、鉴定师和一个奇人成了很好的朋友。那个奇人名叫索尔·格林，一个矮小的家伙，在十五街上开着一家家族经营的画品店。谈论茜草红的奇怪历史比起聆听索斯比最新的闹剧要有趣多了。

玛琳四处张罗着，想找到几幅可以出售的莱博维茨的作品——有个收藏家正在等着——但是我们最好的时光其实只是花在了走路上。于是，在早秋季节，我们开始租汽车，沿着哈得孙河，兜遍旧货店和主人已死的庄园。我不想说，以这样的方式看美国不是件有趣的事情，正是在其中一次这样的旅行中，在莱茵克利夫一个发霉的仓库里，我发现了一幅平庸的画，画上有非常清楚的题词——多米尼克·布鲁萨德，1944。这是一幅粗糙的模拟性的立体主义作品，这种东西你在周末驾车从墨尔本过来的一路上随时都能发现——粗重的黑线条，色彩凌乱的粗制板条——一种因误解而形成的时尚，你在俄罗斯或许也能看到，但在雷恩路 157 号是难得看到的。

那是个泥地仓库，那幅画斜靠在墙上。那不是艺术，比艺术差。它在那里放了很久了，你可以从画框上感觉到莱茵克利夫的潮气，但看起来这种疏忽是不会长久的，因为它就像到今天才被想到将要灭绝的白蚁粪便一样珍贵。

我拍了拍并把一些脏土擦掉，然后我看见的东西让我哈哈大笑，因为一个人可以这么清楚地看见她的性格。她是个小偷——她偷了她老板的画。她没有色感——在她手里莱博维茨的调色板是华而不实的。她自以为得意。

你可以想象她歪着脑袋，欣赏着自己的画笔像条毒蛇在夏日草丛里穿行。她没有手腕，没有攻击力，没有品位，没有天赋。总之，她令人厌恶。

如果说这种厌恶显得残酷或过分的话，那跟玛琳的比较起来，绝对算不了什么。

"不，"她说。"你决不能买这个。"

我哈哈大笑。我不明白她的意思，无法真正体会到她在多大程度上还在保护着奥利维尔，反对他的母亲。她当然知道对手的笔触，但她从没见过一幅真迹，这里暴露出完全与可怕的匮乏，不仅是在天赋上，而且是所有的一切。终于抓住了这个伟大的"什么都不是"，玛琳，如她后来所告诉我的，病了。

在完全无知的状态中，我把画拿到了像个棚子一样搭在仓库里的小办公室里。一个和蔼的灰发女人正在看电视上的足球转播，她肿胀的双脚裸露着，对着一台电热器。

"多少钱？"

她从眼镜上方看过去。"你是画家？"

"对，我是。"

"三百。"

"放屁，"玛琳说。

"这可是我们的历史，宝贝。"

"我要把这操蛋的东西烧掉，"玛琳说，"要是你胆敢把它带回家的话。"

那女人饶有兴趣地看着玛琳。"两百，"她不温不火地说。"这可是一幅油画真迹哦。"

说来也巧，我正好有两百块钱。于是我最终以一百八十五美元加税款成交。

"你们俩结婚了吗？"

"没有。"

"听上去真像结婚了。"

她慢慢地开着收据，等她把我买的东西包起来时，玛琳出门上了汽车。

"现在你去给她买点漂亮东西吧，"那女人说。

我答应说我会买的，然后开车和我的恋人回到了纽约城——经过泰科尼克风景区主干道，然后是锯木厂风景区主干道——在冰一般的沉默中开了六十分钟。

44

奥利维尔签署了那份假文件，他太虚弱了，他跟我说，他连死的力气都没有。他在往活的路上爬，老家伙，回到他从前在麦凯恩的工作。

他们不喜欢我，休，但我是个十足的懒小孩。懒小孩，他朝那个爱尔兰酒吧服务生叫道，服务生说，对，先生。

奥利维尔喝了一杯赛德卡鸡尾酒，吞了一颗蓝胶囊。

这是对诚实劳动的奖励，他说。

杰文思正站在他的旁边，这会儿他谨慎地把他柔软的大手从嘴巴上掠过。他也要吞药。

他说，谢谢你母亲的兔子，先生。这是我好多天前教他的一个**澳大利亚笑话**。

然后我吞服了我的胶囊。现在我会发生什么呢？

奥利维尔坐在矮圆桌旁边对我说，你见过她父亲吗，休？他说的是玛琳的父亲。

我说我从没到过贝纳拉。

他是个该死的卡车司机，你能想象吗？

杰文思对卡车司机大加称许。他像在舞池里那样滑开去，双臂从两肋伸开。

我想象着卡车司机。我看见他们全都在马丁利矿排着队。

这就是问题所在，你知道，这就是我所反对的。

那是什么意思？他伤心无语地把一张纽约地图摊开在小桌子上，用一把切奶酪的刀把地图裁开。

我问起关于卡车的事情。

说到底，她喜欢满嘴啤酒味的粗壮结实的大个子。就是这样，真的。要是你得到一个红脖子，还有一身的亚麻籽油味，她就会像热锅上的蚂蚁。你听得懂我的话吗？

我所能理解的是，用那把切奶酪的刀来裁地图是不合适的，看着他笨手笨脚的样子真让人难受。很快他就把半张地图给撕了下来。**西村**这两个蓝色的大字飘落到地上。

我抬着头。我也许会发出噪音。谁又不会呢？

什么事，老家伙？

我对他说，他让我对玛琳的老爸感到头疼。我希望他把地图拿走。

地图，老家伙，可以医治头疼。所以别再哼哼地叫。他说，你就是在哼哼地叫。

玛琳的父亲怎么样了呢？

生肺癌死了，他说，但直到今天还在制造麻烦。

他把一块地图挪开。在它往下飘落时我把它抓住，但他一把又夺了回去，揉成一团，扔过吧台！**这没有让我平静下来。**

他说中央公园对我们没什么用处。

但她父亲怎么样了呢？

我要说的只是，你那愚蠢的哥哥是个有福气的人。

他用一根搅酒棒敲敲地图。听着！记着！一切都是直上直下的，除了百老汇。盯着点那个地方，伙计。他用笔把百老汇标出来。草丛里的一条蛇。

她父亲？

百老汇。还有西百老汇。不要搞混。

为了让我的地图完整，他把笔划向顶上的五十五街。这里是世界的尽头，他说。我的事务所。地图的右上角。

现在，他说，测验驾驶。

我们驶过了第五大街，在那里发现了一家叫做杜安里德①的药房，那里的人向我介绍他们的货物，就是托牙胶，还有发泡性片剂，患者在晚上清洗牙齿用的，可怜的母亲，她就是被称做**目标市场**的那种人。

在第六大街奥利维尔买了补给品，包括一瓶波旁威士忌，藏在大衣里挺贴身。这是你的城市，老伙计。绝对别让人家有别的说法。他等着看我查阅地图。我认准了我所在的方位。

现在，老家伙，我们要摆脱掉地图走路了。别惊慌。仔细看着就行。

---

① 纽约的一家连锁药房。

很快，我们就在二十四街上一座教堂外面找到了一群人。并不全都坐在我这样的椅子上，但至少有四个是一样的。其他人宁愿坐在消防栓、教堂台阶、**管道接口**上。像煞**布丁主人们**的一次集会①，由于生病他们的脚踝肿了，脚又紫又黑。

都是些专业的家伙，他说。你的同道中人。

我把椅子打开。奥利维尔穿着他那闪闪发亮的灰色衣服和女里女气的鞋子。他没有椅子，但当他掏出他的威士忌瓶子时，很快就交到了朋友。

纽约是个非常友好的城市，他对我说。

第一个喝了酒的人给了我们他的名片。

文森特·卡罗洛
电影音乐师《切尔西小餐馆》

他的黑发是用皮鞋油擦亮的。像一条直线从他的额头穿过，所有的头发都从额头那里往后梳。他说叫我文尼。他在《切尔西小餐馆》演奏班卓琴，似乎是一部著名电影。而且，我们不应该一直待在西十六大街的避难所里，记住，圣马克的汤比圣彼得的要好喝。他还教我绝对不要让我的椅子

---

① 这是《神奇的布丁》中的一个情节。

没人照看，然后我唱了《前进，美丽的澳大利亚》①。他把名片拿回去，因为他稍后用得着。他说我也可以出演下一部电影，但当我邀请他去比克俱乐部时，奥利维尔说我们该走了。

但他让我知道，我是可以交朋友的。我现在不需要他了。这是他的全部用意所在。他想要甩掉我。我不能跟他一起坐在他的办公室里，任何时候都不能去拜访他。他希望他能改掉这条规矩，但是别屏息，休。

问题是，老家伙，他说，他们是非常肤浅的人。

我问我能不能站在外面的马路上。

他说你有**独特的天赋**，老家伙。我是说，老家伙，你知道怎样**生活**。

他所谓的我的天赋是指我坐在一把椅子上，而布彻则发疯似的到处飞，一个想要做国王的鹪鹩扇尾鹟。他不知道我有画画的**天赋**。当他们把我从学校送回家里时，我没有把它们付之一炬。相反，我开始平心静气地用圆珠笔在我的纸上画起来，当妈妈到房间里来看我时，我已经把整个的马什安排在了纸上。蓝博内斯以他一贯的方式处理了这件事。

马什是我唯一的地盘。不仅是那张椅子，人行道。我知道那里的阴沟和涵洞，每条马路的长度，它们在哪里相撞。从梅森巷到马丁利铁路道口是六千四百五十次心跳。在五千

---

① 《前进，美丽的澳大利亚》，澳大利亚国歌。

人口中，还有谁知道这个简单的事实呢？对，这是一种天赋，但我却被认为动作太慢而不能上学。

星期一早晨奥利维尔离开了我，我拿过地图，把它摊开在房间地毯上。我的脖子里发出爆裂声，不过没事儿。我在百老汇下面画上巴克斯马什的主街，与三十四街交叉的吉斯本路。像个鬼魂似的与第八大街并排的莱德尔德街。

我感觉好点了。我感觉更糟了。然后我受不了那张地图。我离开了。

穿过第三大街往北。那是我的计划。二十二街，二十三街，等等。我无疑可以走到五十五街。在喧闹声中，心跳接近二百，大块通红的肌肉在喧嚣，别在意。走到五十五街时，一个穿着褐色制服的人拒绝我接近大楼。

我转身朝商业街走去。照着马什地图的指点，走到了杜安里德药房隔壁的肉店，我在药房买了一盒邦迪，**价钱高得离谱**。

奥利维尔终于回到了俱乐部，**晚到总比不到好**，我把邦迪给了他，叫他把一块贴在他的窗子上，这样我在街上就能看到他的办公室。

老家伙，他说，我会在一点十分准时把邦迪贴上。

我们来到酒吧后，奥利维尔对我说，他又活过来了。

来，把这粒药丸吃了。

现在他要跟玛琳离婚。

他喝下一大杯金汤力，嘎吱嘎吱地嚼着冰块。这将彻底让那个婊子完蛋，他说。她一旦离婚后，就再也别想给别的画做鉴定或试图让他在任何表格上签字。

来，把这粒药丸也吃了。

我指出说，第二粒药丸的颜色跟第一粒不一样。他答道，我们是亡命之徒而不是装潢家。

他说着他老生常谈的话题，唠叨个不停。她可以回到联合打字室，老伙计，她出道的那个地方，然后他列出长在池塘上面的不同浮藻的名字，比如水绵。①

杰文思过来听信。

偷汉子的娘们，他这些话是从一首歌里来的，谁知道是哪首歌。杰文思朝酒吧服务生做了个手势，我知道奥利维尔要疯了。

第二天早晨我知道我必须跟我哥哥一起休假。照顾我是他的工作。到这里的时候我就问过有没有香肠和蛋。他知道他的责任。

玛琳睡在地席上，一只赤裸的脚从被子下面伸出来，我可以看见她的屁股，上帝保佑，好漂亮啊，我不得不把目光移开。**出于只有他自己才知道的理由**，我哥哥买了一块玻璃，这会儿正在碾颜料，用一把刮刀把颜料集中、收刮

---

① 这里作者玩了个文字游戏："联合打字室"的原文为 typing pool，下句"她出道的那个地方"原文为 the pond from which she rose，其中 pool 和 pond 原意即为"池塘"。

起来。

我问他为什么不买一些好的一磅装的颜料管。

他叫我到一边操我自己去。

很好。我坐在那里看着，直到他问我要不要试试。这么说来他需要我给他做**勤杂工**。

他没有亚麻籽油，但有一些叫做水溶性酚醛树脂的东西。我很开心地向他显示我多么出色地做出了他需要的那种黄油似的东西。那颜色很柔和，可他后来把它弄得很强烈。黄色的海洋，上帝之色，无边无际的光。

哎，他说，你的伙计戈培尔博士怎么样啦？

谁？

奥利维尔。

我告诉他奥利维尔要跟玛琳离婚了。我是想让他高兴。也许我做到了。不管怎么说，我听见玛琳在床上挪动着，但她也许是睡着的，因为她一句话也没说。

45

多米尼克·布鲁萨德那幅灰尘覆盖的画现在永远都面朝墙壁了，如果我们两个之间还有某种程度的紧张关系的话，那完全是令人开心的。

那就是说，我的宝贝有个秘密——她怎样把那幅画缩小的呢？我也有我自己的秘密——几瓶各种颜色的颜料，我拒绝向她解释来龙去脉。我把这五瓶神秘的东西放在一眼就看得见的有沙眼的厨房台面上，我在离开那里二十英尺的地方画画，在窗前的一个角落里，坐在一个木箱子上，背对着肮脏的街道。我在忙什么呢？我不会告诉她，她也不会问。我们常常笑个不停，比以往更频繁地做爱。

然后她买了一副推举杠铃，用跟我画油画和铅笔习作时一样的精神把它安装起来。有时候我会从我的秘密工程那里离开，画她可爱纤细的胳膊，她脖子上舒展的腱。她锻炼时大汗淋漓，但是在那些画中（我依然保存着），是我自己的欲望在她的皮肤上晶莹闪亮。

那是在 1981 年，唯一的规则是**不要跟你不认识的人说闲话**。但是，在后来一个下雪的早晨，街钟响了，我跟陌生人讲了话，把我们屋子的门向着命运之神打开。不管是这样还是往下走五段楼梯，都不能发现有谁比联邦快递的人更有趣。

就是这一次我偶然间把该死的侦探安伯斯特里特放了进来。

玛琳把杠铃放了下来。

"你来这里干什么？"她问道。

"你来这里干什么，玛琳？"安伯斯特里特说，他那满是皱纹的白脸从一件加有软衬料的黑色长大衣里伸出来。"这件事更要紧。"

"好鞋子,"我说,但对于别人的侮辱,他向来都不当回事,此刻他木然地审视着露出在他黑色大衣下摆外面的沾着雪的匡威旅游鞋。"谢谢,"他说。"这鞋子只值六十块钱。"他眨着眼说。"问题是,玛琳,这间阁楼是新南威尔士政府的财产。为了你好,我希望你有住在这里的许可证。"

但这时他的目光被《我,发言人》吸引住了,他那尖刻的态度突然发生了变化,眼睛里出现了一种奇怪的崇拜神色。他没有把目光从新的目标上移开,并且脱掉那件怪诞的大衣,露出了一件宽松无领长袖运动衫,上面印着"UCK NEW YOR","F"和"K"被他的胳膊遮住了。①

"这么说来,"他说,用大衣像被子似的裹着自己,"这么说来,迈克尔,你是海伦·戈尔德的朋友啰?"

玛琳迅速看了我一眼。这他妈的是什么意思?

"她是个非常可怕的画家,"我说。"我为什么要认识她那样的人呢?"

"她是这里的常驻画家。"

"事实上,她是我的朋友,"玛琳说。

"这么说来,莱博维茨太太,你知道海伦自杀了啰?"

"当然。"

"所以你明白你破坏了一个犯罪现场?"

---

① 全句应该是"FUCK NEW YORK",意为"操你妈的纽约"。

"对不起，"她对我说。"我不想让你受惊吓。"

"这里的光线很差，"安伯斯特里特说，把他那根二十八英寸的皮带又收紧了一个口子。"我不知道谁会替一个画家买这样的地方。你在这里干活吗，迈克尔？你在创作吗？"他打量四周，好斗的脑袋伸向我排列在厨房台面上的一瓶瓶颜料。

"换一换调色板！"

他朝厨房走去，把地板踩得嘎吱嘎吱地响。玛琳瞪了我一眼，以示警告，但为什么呢？

侦探像条狗，这里嗅嗅，那里闻闻，从一个气味跑到又一个气味。他把大衣放在台面上，拿起两瓶颜料，一瓶红的，一瓶黄的。"多刺激啊。"噗嗤，噗嗤，噗嗤。然后他把尖鼻子伸向了《我，发言人》，眯缝起眼睛，把我的颜料瓶捂在他的胸口。要是他打开其中一瓶，闻到一点儿酚醛树脂味儿……他没有打开。

"天哪，"他说，"就连这照明设备也有点太完美了。我是说三越百货。彻底的脱销，我说的是褒义的，迈克尔，所有的东西都卖掉了。我希望你能带一些评论回家。"

"我不知道。"

"当然你们俩都没家。是莫里，对吗？浩司莫里买断了整个他妈的画展。他可比你那个让-保罗上档次啊。"

"对。"

"你的一个朋友，玛琳，这样说对吗？"

玛琳一直坐在长椅上，但这会儿她站了起来，把一条毛巾裹在肩上。"哦，对不起，"她说。"这太无聊了。"

"对，你知道我想什么吧，迈克尔？"他立刻把我的颜料递还给我。"当我听说了你的画展后，你知道我是怎么想的吗？我想，玛琳想趁这个机会把博伊兰的莱博维茨拿出澳大利亚。"

对这个小操蛋的很难不笑出声来。"啊，这你可想错了。"

"不，我不这么认为，迈克尔。我一点都没错。天哪，这幅画被修复得很美。"他眼睛周围 V 形的皱纹更深了，像铁丝嵌进砂岩块里一样。他歪着脑袋，以一种似乎因好奇而产生的疯狂，把两条肌肉发达的胳膊使劲抱着胸脯。"真的，这不能成为我们对这幅画造成伤害的借口，但它的确改进了，你不觉得吗？"

我看着玛琳。安伯斯特里特捕捉到了我的目光。

"我听说，玛琳，纽约市场上有一幅新的莱博维茨。来自东京。所以，按我的理解，玛琳，迈克尔的画是些伪装。我们在悉尼机场打开了所有的板条箱，但你把莱博维茨藏在了你的随身行李里面。我得说，是在你放衣服的折叠式旅行袋里。"

哦操蛋，我想道，她被抓住了。事情结束了。就像这样发生了一样。但玛琳看上去一点都不像被抓住的样子。的确，她还在笑呢。"你非常清楚，那不是博伊兰的画。"

安伯斯特里特歪着脑袋，看着她，不再公事公办甚至嘲笑的样子，而是在那么一瞬间，流露出一点几近赞赏的神色。

最后说话的是玛琳。"你量过吗？"

侦探没有回答，但是，他用一种怪异的礼貌姿势，把我的颜料瓶重新夺了回去，放回到厨房，敏捷地打开一个碗柜的门，小心翼翼地关上，手指从台面上滑过，打开水龙头洗手指，然后，最终他似乎要说话。但随即他的目光遇到了多米尼克那幅小尺寸的呆笨的画的背面，眼睛发亮。他把画翻过来。我屏住了呼吸。

"猜猜我刚刚在哪里，"他用命令的口气说。

"告诉我们，"我说。我想道，这个操蛋的家伙想干什么呀？

"跟比尔·戴库宁一起在汉普顿家。"

"是吗。怎么呢？"

"没人跟我说过他那么英俊，"安伯斯特里特说。

我不明白他的意思。

"还有他的妻子。伊莱恩。回到了他身边。"

玛琳的眼睛里一点都没有担心的神色。她的眼睛明亮而清澈，死死地盯着他。她把我的大衣递给我。

"等一下，"安伯斯特里特请求道。"对不起。只要看一眼。"

他从他那滑稽的大衣里掏出一个信封，从里面拿出一个两页夹层纸板，纸板里面藏着一帧小小的炭笔画。他把画放在掌心里，递给我，那东西脆弱得就像蝴蝶一样。

"这是戴库宁的画？"

"每个人都有上厕所的时候。"

"你这个卑鄙的家伙，"玛琳说。"这是你偷来的。"

"其实不是的，不。这画甚至还没签名呢。"他两只脚来回倒腾着，嘴巴往下耷拉，龇牙咧嘴地表示否认。"在悉尼谁会相信这事？"他说。"谁会有任何想法？你们两个都要离开？我要跟你们一起走，但告诉我，我要问你们。你们看了诺兰德①画展吗？"

关于莫里和被偷的莱博维茨再也没说什么。

"嗯，"我们到了街上后他说。"我要去格林威治。我弄到了一张画家们的住家的地图。"

"你是说那个村子。"

"你知道我要抓住你，玛琳，"他说。"你就要进监狱了。"

随后他眨了眨眼睛，这个小爬虫，我们看着他昂头朝休斯敦而去，他那傻乎乎的大衣像条枪乌贼似的在暴风雪中飘曳。

玛琳抓着我的胳膊，捏着。

"这是个伪装？"我问她。当然我并不这么认为，她那么

---

① K·诺兰德（1924— ），美国抽象色彩派画家，后转向锋刃画，创造了用稀释油画色作画的渍染技巧。

[283]

快就朝我微笑，我真要大发雷霆。事实上我由衷地高兴她没被抓走。我哈哈大笑，亲吻她。我的朋友们都告诉我说，我应该恨她。哦，她可真是个骗子。我好笨哪，就为东京这点屁事而上当受骗。我好歹创作出来的最好的画被当成了斗牛士的斗篷。我肯定生气了吧？

不。

但是，当我们走过科奈尔街，往南走进莱特街巨大黑暗的沉寂中，行走在煤烟覆盖的原先的铁路货运的终点站之间，就连我那九幅画中的七幅都从操蛋的地球表面消失了，这难道不是真的吗？就我所知，它们现在会不会像从圣诞节礼物上撕下的漂亮的包装纸一样被丢弃了，被塞进黑色的塑料运尸袋里，扔在了六本木的街上呢？

不。

但是我就不能看见自己被拒绝吗？我所有乏味的关于我的画的讲话都被忘了吗？

不。

但现在，我们从这个有着刮痕的铁门下面走过，那里飘浮着莳萝和肉桂的说不清的味儿，我为什么就不能离开她呢？

我并不想离开。

所以我真正相信一个自己承认的说谎者和骗子真正喜爱我的画。

我没有怀疑。从来没有。

但为什么呢？

因为这幅画是了不起的，你这笨蛋。

我们顺着格林威治街往南走，凄冷的风吹过哈得孙河，一张张的报纸被吹上孤寂的空中，像海鸥翱翔，玛琳依偎在我的胳膊下面，显得很娇小，我没有生气，因为我知道，到现在为止，没有人爱过她。我确切地知道她是怎样创造出她自己的，她是怎样，像我一样，进入一个她永远不被允许进入的世界的，就是安伯斯特里特潜入的那个世界，凭借着他从比尔·戴库宁的地板上偷走的那张纸。

我们生来与艺术绝缘，从来没猜想到它的存在，直到我们溜到大门下面或烧毁了门房的屋子，或撬开浴室窗子，然后我们看见了藏起来不让我们看的东西，在我们的卧廊里，户外茅厕里，有穿堂风、带着啤酒花苦味的小酒店里，然后我们开心得近乎疯狂。

我们以前不知道有凡·高，或弗美尔[①]或霍尔拜因[②]，或马克斯·贝克曼[③]，而一旦我们知道了，我们就把命押在了他们身上。

---

① J·弗美尔（1632—1675），荷兰风俗画家，以善用色彩表现空间感及光的效果著称。
② 德国著名的父子画家，分别为老汉斯·霍尔拜因（1465—1524）和小汉斯·霍尔拜因（1497—1543）。
③ 马克斯·贝克曼（1884—1950），德国表现主义画家。

这就是我不能正儿八经地讨厌安伯斯特里特的原因，至于我那苍白而受伤的新娘，我的慷慨的小偷，我只愿把她搂在我的怀里，抱着她。尽管此刻翠贝卡①一片漆黑，我也能看见她母亲厨房地板上糟糕的油地毡。这几乎是一幅幻象，用水稀释的康定斯基，细节部分令人发狂和恐惧，然后就是那个煤油冰箱，那个有缺口的黄色的笑翠鸟牌炉灶，邻居们都被称为"这个先生"，"那个太太"，没一个有一丁点意识到他们都将饿死。菲利皮诺·利比是谁，克洛弗代尔太太？你把我给难住了，詹金斯先生。我不得不说，我一点头绪都没有。

　　不要拿中下层阶级开玩笑，你会惹上麻烦，收到传票，被指责，被告发，遭检举，知道自己的斤两，栽大跟斗，操蛋。一个一开始就没有资产阶级的民族注定要面临某些不利，它们没有一个是以建立一个集中营而让事情启动的方式被征服的。当然啦，到目前为止悉尼已经得到了充足的启示，上了火车后不可能不被迫听到人们用手机打电话对瓦萨里产生争论。

　　谁是利比，克洛弗代尔太太？对不起，詹金斯先生，你是说菲利波②还是菲利皮诺？

---

① 纽约一区名。
② 菲利波·利比（1406？—1469），意大利文艺复兴早期佛罗伦萨画派画家，菲利皮诺·利比之父。

但是玛琳和我出生在不同的时代和地方，我们纯属偶然才迷恋上我们这种邋遢、痛苦的生活。看看把亲爱的小布鲁诺·鲍豪斯①送到马什的所有的谋杀和摧毁吧。等他到了那里他拿什么来喂养我呢？除了他对莱博维茨发疯似的迷恋外，一无所有。甚至没有一幅真正的油画。三十英里方圆之内没有一幅真正的油画。

他告诉我说，你必须从这个肮脏不堪的地方离开。

我听从了他，这个奇怪的蓝眼睛的小个子。我把我的母亲和弟弟扔给了蓝博内斯去照顾，坐火车去了墨尔本，一个好斗的人，目不识丁，穿着白袜子和裤子。我没有别的选择，只能打好发到我手里的牌，我还试图好好利用一下手中的牌，赶到写生班时，双手故意还沾着血。因为别人除了把我看成一头发怒的猪，还会是别的什么呢？我没念过贝伦森或尼采或克尔恺郭尔②，但我依然争个不休。原谅我，丹尼斯·弗莱厄蒂③，我没有权利把你打倒。我没有权利讲话。我什么都不懂，什么都没见过，从没到过佛罗伦萨或锡耶纳或巴黎，从没研究过艺术史。在威廉·安格利斯批发肉店休息吃午饭时，我读了布尔克哈特④。我还读了瓦萨里，并看

---

① 指前文出现过的那个德国鳏夫。
② 克尔恺郭尔（1813—1855），丹麦哲学家，神学家，存在主义先驱。
③ 丹尼斯·弗莱厄蒂，国际著名的吠陀梵语占星家。
④ J.布尔克哈特（1818—1897），瑞士历史学家，致力于文化艺术史研究，主要著作为《文艺复兴时期的意大利文化》。

见他为那个讨厌的乌切洛①辩护。可怜的保罗，瓦萨里写道，他被委托画一个安乐蜥。他不知道安乐蜥是什么东西，就画了一头骆驼来代替。

哦，操你的，瓦萨里。这是我的答复的水准。我想道，你有理由进最好的学校，但你只不过是个爱嚼舌头的人、爱拍科西莫·美第奇②马屁的人而已。我是个屠夫，我从浴室窗子进来，除了抱着玛琳之外，我还能做什么呢？我从没这么近接触过另一个人，甚至是，对不起，我亲爱的儿子。晚上十点，在格林威治，杜安和里德之间，我亲吻我的小偷，不是因为我眼瞎，或因为我是傻瓜，而是因为我懂她。我站在她一边，不是站在克里斯蒂一边，不是站在索斯比一边，不是站在那些来自五十七街的目光呆滞的家伙一边，那些家伙假装评判我的画，转身出门就去哄抬威瑟尔曼③或德·基里科的垃圾作品的价格。我吻她潮湿的沾有污迹的眼睑，然后，在蓝色的光线中，随着风把她草黄色的头发吹向空中，她笑了。

"你想知道为什么那幅莱博维茨的尺寸跟博伊兰的不一样吗？"

我等待着。

---

① 保罗·乌切洛（1397—1475），意大利文艺复兴初期佛罗伦萨画家。
② 科西莫·美第奇（1389—1464），意大利银行家、富豪、文艺保护人，开创美第奇家族对佛罗伦萨的统治并创建美第奇图书馆。
③ 汤姆·威瑟尔曼（1931—2004），美国波普艺术家。

"多米尼克，"她说。

"分类目录！"

"多米尼克是个醉鬼，"她说。"分类目录上说明是三十英寸乘二十英寸半。那是错的。我肯定是第一个测量过的人。"她吻了吻我的鼻子。"我也知道你的秘密。"

"不，你不知道。"

"你在画一幅新的莱博维茨。"

"也许吧。"

"你是个非常调皮的孩子，但你考虑过没有，哪怕是在一瞬间，一幅新的莱博维茨怎样才能获得一个出处？"

"你会找到办法的，"我说，我是认真的，因为我以前很多次想到过这个问题。

"我会的，"她说，然后我们接吻，喘气，挤压，推搡，吞咽，潮湿的躯体，一个整体，一个历史，一种理解，我们之间不留任何空气。你想知道什么叫爱吗？

不是你想象的那样，我亲爱的年轻人。

46

从那以后我就回到了我们彼此郑重宣布我们全心全意的犯罪意图的地方。那里应该有一块蓝色的饰板，但只有一个韩国美甲店、一家宠物店、卖波尔多葡萄酒的那种酒店。街上到处是一千元的折叠式婴儿小推车，轮子像运动型多功能车的轮子一样大，每三辆里面就载着一对双胞胎。体外受精的科幻小说。没关系。我不介意。这里我变成了一个冒牌货，真他妈的丢人。请让我公开为自己的堕落表示歉意。当然啦，所有的人都知道，莱博维茨本人是别人所谓的"伦勃朗工厂"的一部分。那是在慕尼黑，在他十来岁的时候。他是个画铅笔画的人，受雇于一个德国的费根①，也就是说，他是去贫民区画"角色"的那些人中的一个。那些画后来被交给一个瑞士人，瑞士人会把它们带到美术馆，在那里小心翼翼地打上伦勃朗的标签。莱博维茨从爱沙尼亚一路走过齐踝深的泥浆地，只为了试图活下来，他的伪造品跟我在默瑟街上那个冰凉的，如液体般蓝色的房间所做的，天哪，是无法比较的——不管是道义上还是艺术上。这里，门被锁着并上了门闩，我开始准备那幅著名的遗失的莱博维茨，毕加索曾不停地对它表示赞赏，莱奥·斯泰因在日记中描述过它。原作在雷恩路157号的餐厅里挂过一阵子，但在多米尼克那些令人厌烦的聚餐照片中根本看不到它。这些照片中有四十八幅保存了下来，每幅都是一个样子——客人们被要求转身面向女主人，每人都举着杯子。那幅画，我猜想，在她的身后，被她的臣民们、被历史遮住了。

---

① 英国作家狄更斯小说《雾都孤儿》中的人物，靠唆使小孩偷窃等为生。

一种说得通的猜测是，这幅画在1954年1月那个下雪的晚上被偷走了，它进入了科奈尔圣马丁边上的汽车间里，但在那以后，谁知道呢？关于这幅画的一切都是值得关注的——尤其是——斯泰因说起过——它是画在画布上的，而那个时期画布根本不可能弄到。

所以当你看到署名和日期——多米尼克·布鲁萨德，1944——它向你揭示了关于多米尼克的什么呢，她胆敢为她自己动用一平方英寸宝贵的画布？

同样值得记住的是：那个画家是维希法国①的犹太人，由于他拒绝离开巴黎，从而让自己身处险境。巧合的是，在身处绝对严峻的境地的同时，他决定放弃流行伤感的犹太人小村的现代风格，从1913年的高峰起，他就逐渐接纳了那种风格。

莱奥·斯泰因描述过一幅立体主义作品，用的是典型的莱博维茨的圆锥和圆柱，让读者在未见其人的情况下了解他年轻时的全部作品的概貌。不过，斯泰因在努力地表明，这是一个"出人意料的跳跃"。最让他发笑的是，一个发怒的怪物，"像个杂技团的动物"，一个明黄色的机器人，带着电线，一台发动机，五个受惊的村民像转动绞盘似的转动发动机。任何一个看见过《机械的卓别林》（1946）的人都会认

出这里被描述的风格，更接近于莱热而不是布拉克，其实无疑是一种莱博维茨。当《机械的卓别林》还没存在的时候，斯泰因就写过文章，美丽地再现了简洁的机械平面，钢灰，烟灰，怪人发怒时披挂盔甲的牺牲者，"像人一样的弹簧，致人死命、惊恐中的百脚虫"，往左下方跌去，指甲，螺钉，法兰绒布块，一切都呈现出"受到挫败时最精致的几何图形般的杂乱"。

如果门铃响起来，别理它。休？稍后才回来。玛琳？她有一把钥匙，但就连她也没资格看一眼正在创作中的画，反正有很大一部分完全是在我的脑子里进行的。也就是说，我又画素描又阅读，用辛格①的小魔鬼和傻瓜，马斯敦·哈特利，格特鲁德·斯泰因充实我非犹太人教徒的想象。这不是莱博维茨。我没说这是。

我找出战前的疯子，未来主义者，旋涡主义者，这些人至少可以说是非常善良，写的比他们画的要多。倒不是因为犹太人莱博维茨会把自己置身于他们之中，而是因为他对工艺学的未来总是抱有一种伟大的共产主义者的希望。我在伍斯特街的楼上发现了一家荒唐的书店，在大量可怕的连环漫

---

① I·B·辛格（1904—1991），生于波兰的犹太美国小说家，诺贝尔文学奖获得者。著有长篇小说《卢布林的魔术师》、短篇小说集《傻瓜吉姆佩尔和其他故事》等。

画和阿莱斯特·克劳利①的作品中，居然还有戈迪耶-布热泽斯卡②：

人群众多来来往往，遭到毁灭死后复生。

马群三个星期里筋疲力尽，死在路旁。

好多的狗在流浪，惨遭毁灭，其他的狗跟着往前。

我无奈地感受到过去，似乎在明天之前过去不会到来，在我的肚子里感受到它，仿佛它生在那里，感受到受哥萨克人、伊萨克·牛顿、布拉克、毕加索、恐惧和希望、可怕的博斯③驱使的各种凶猛力量和矛盾的冲突。

我只能从表面的安排中得到我的情感，我要由我的表面以及为我的表面作定义的平面和线条的安排来表现我的情感。

你可以把上述这一切都归类于心情舒畅。这不是画……的主题。要是我比我在索思比的对手们略胜一筹，我不能沾沾自喜。我在底层涂了一遍白色的铅涂料，在这上面我画了一幅炭笔素描，这种粗笔卡通形式的作品用 X 光一照就会在铅涂料上显现出来，只要他们叫他们在现代艺术博物馆的朋友们帮下忙就行。这幅作品必须是"关于"——不是那个"怪物"——而是线条和平面，由一个从圣维克多山到阿维

---

① 阿莱斯特·克劳利（1875—1947），英国作家和传奇人物。

② 戈迪耶-布热泽斯卡（1891—1915），法国立体主义雕刻家。

③ 博斯（1450—1516），荷兰画家，作品主要为复杂而独具风格的圣像画。

尼翁艰难跋涉的未来的天使断裂并重新布置的空间。

然后就是笔法，那个老色鬼在一组组的平行影线中采用了大量短小而有力的笔触。这听起来非常容易，我确信，但这里包含的不仅是手腕上的工夫和一支红貂毛画笔。这还取决于你怎么站，怎么运气，是把画布铺平了画，还是在画架上画。这里有一种非常特别的圆柱体和立方体的立体感，就是我致力于创作的那种，只比《卓别林》少那么点儿——就他妈的一丁点儿——自信。

我在画我的素描时，发现并采纳了"怪物"的那种狂喜。他的肩上有一个燃烧的电灯泡，还有灼人的蓝眼睛，钴蓝色的球体。所以虽然是施行报复，他却是个——像斯泰因所说——"杂技团的动物"。我甚至没计划到这个。它发生了，一部分是调色板的作用，但只是一部分而已。《带电的怪物》（1944），当我后来可以随意地在它的背面书写时，它像一个公共游乐场里的盛怒的、报复心极强的乘坐装置。

我从不介意在公众注视下作画，但我不能让玛琳看见我走钢丝，直到我安全到达另一边为止。

她有眼光，有悟性，我以前就这么说过，但此时此刻，这些优点无法帮助我眼下在干的活。所以我径直把我的杰作拿去烘烤，而不是先征得她的同意。画布放在 GE[①] 烤箱里正正好好，我把它在一百零五华氏度中烤了令人紧张的六十

---

① 通用电器（General Electric）的首字母缩写。

分钟。要是我使用亚麻籽油的话，这是不够的，但因为我用的媒质是酚醛树脂，它就像酚醛塑料一样。它的表皮干燥坚硬，好像被风吹了六十年似的。

我把《带电的怪物》放在一个美国窗台上冷却，就像一块苹果馅饼似的，然后我拿起颜料，把它们扔进一个木框里，不是王子街角旁的那个，而是勒洛伊街上那个，几乎靠近西塞德高速公路，那个无情的强盗似的安伯斯特里特不会把他的又尖又红的鼻子伸到那里。同样是在这里，我还在一个废弃的车库里的破塑料和砖块中，发现了一个华丽精致的画框，刻着浅浮雕的葡萄和花环。太大了，但总比太小要好。我得意地把它带回了家，沿着慢慢变得熟悉起来的街道往回走，勒洛伊，贝德福，休斯敦，默瑟。我开门进屋，终于舒服地进入楼梯的黑暗中。

玛琳还没回家。我拉开画架，把画放上去，调整好能捕捉到剩下的一点光线的角度。这是件可爱的、可爱的东西，相信我，我正打算庆祝，在工作台上寻找一个起子，这时听到了一声惊呼。或者说不是惊呼，而是尖叫。玛琳！

47

我朝门口奔去。没有武器，只有起子，跳进黑暗，进入乱糟糟的垃圾和地毯中，摔倒，绊倒，什么都没打碎，终于到了楼下找到了她，坐在打开的门里面。虫钻进了苹果，但我不知道。我把她拉起来，但她使劲挣脱开我。她把一个柯达的信封丢在了地上。我捡了起来。她说："他说，你是玛琳·莱博维茨吗？"

正如我有一次想到的那样，我们因为伊万·格思里的掌骨而被驱逐，而眼下我觉得这次事故跟柯达信封有关。我把信封打开，发现了多米尼克的画的照片，就是我磨光后做成"怪物"的那幅。我在想，我们被抓住了。她被抓住了。

"不，不，不是那个。"她把照片从我手里夺回去，把一叠截然不同的纸扔到我的胸口，但我无法把精力集中在这上面，因为我心里像跑火车似的跑着另一个完全不同的故事，从这里到目的地，一路都是钢轨。

"他怎么得到的？"

"谁？"

"安伯斯特里特。"

"不！不！"她叫道，勃然大怒，针对我，针对这个世界。"念一下！"

我们依然站在敞开的门口，一半在默瑟街上，就是在这里，我终于明白了这叠纸的意思。一份文件。某个穿着伦敦雾的畜生给她送来了这份文件，由奥利维尔·莱博维茨（原告）签字的离婚诉讼状，被告是玛琳·莱博维茨。

"你就是为这事烦恼？"

"嗯，你想什么呢？"

但她为什么要烦恼呢？她又不爱他。他没有钱。她的反应让我非常吃惊。还有：我们以前从没这样交谈过，从来没有伤害、嘲讽、敌视过对方。我突然间就成了敌人？一个傻瓜？这些可不是我愿意扮演的角色。它们让我恶心。

"那么这些照片是怎么回事？"

"照片无关紧要。它们不是要点。"她的声音在颤抖，我拥抱了她，试图把我们两个的怒气都挤出来，但她不愿我抱她，当她拒绝我时，我感觉到一股巨大的恼怒的波浪。

"我是鉴定家，"她说，"是我。"

哦操蛋，我想道。谁他妈的介意呀？

我上楼时，她在我身后两级梯级的地方，我都能感受到她的火气。我们到了阁楼，我的画在那里等着我，她的脸红扑扑的，眼睛眯缝起来。她朝画瞥了一眼，点点头。

"现在，听着，"她说。"这才是我们现在要做的。"

我那该死的画该怎么办呢？她无疑看见了"怪物"，但那里没有——干得好，布彻，别人谁能做出这个来呀？

而她却忙着把文件扔过房间，然后把柯达复制品摊开来，像一手单人纸牌。这些带着黏性的小玩意儿里面藏着的可是布鲁萨德的原件。这些照片在别的方面非常令人不安，暗示着一种兴趣，而玛琳则想着法儿要把这种兴趣向我完全掩藏起来。

"这些是你拍的？"

"你不明白我知道你在做什么？"

"可这是为什么呢？"

她情绪很不好，一肚子火却发不出来。"你不是说我要找到出处吗。好，这就是我们要做的。你要把布鲁萨德重新画回到最上面。"

我哈哈大笑。"也许在我把它遮掉之前你想先看一看！"

"我当然已经看过了。你以为我一直都是怎么想的呀，宝贝？"

"你偷看。"

"我当然偷看过。你指望的是什么呀？"

"你喜欢吗？"

"它很棒，OK？现在你要把这个画回到你的'怪物'上面。"她把照片推来推去，像下百老汇街上玩藏豆赌博游戏的人。"并不是真正的原件，但非常接近。相信我。你要使用同样的颜料，一点都不能差。"

"我把它们扔了。"

"你什么？"

"嗨，冷静，宝贝。"

"你什么？你把它们扔哪儿了？"

"扔在一个木框里了。"

"哪里的木框？"

"勒洛伊街。"

"靠近哪头的勒洛伊？"但她已经把一只脚伸进了一只跑

[298]

鞋里。

"勒洛伊和格林威治。"

她把第二只鞋的鞋带系好,出去了。我看着她从太平梯下去。虽然我常看见她锻炼身体,却从没真正见到过她奔跑。要是在别的场合,这会让我痴情的心跳得更快,只见她跑过那些冰冷的灰色鹅卵石,就像跑过一个汉堡包的烤盘表面,跑得那么直,就像她草黄色头上有弹性的小发鬈上绑着根绳子似的。看着她,我的情人,我的资助者,我温柔有趣的天使,我被我自己的满足吓到了。

48

关于:性交。他们说当你在捅火的时候你**不要看着壁炉**,所以我就捅她,上帝保佑,烧得多么炽烈的原木啊,她尖叫着,**嚷嚷着**,像是被**林区大火**吞噬了似的,飘浮的树叶上深红色的边,天哪,那是两顿酒之间相隔很长的一段时间。

不错,这个**男爵夫人**并不是**最好**的。没有孩子上悉尼文法学校,如果奥利维尔没有那份工作,我根本不会去鲁索府上拜访。奥利维尔去干活了,带着他的**劳拉西泮**①瓶和混合

---

① 一种抗焦虑药。

盐缓释剂瓶，但没有什么东西可以让他开心，他不停地说着玛琳的坏话。当他在早餐桌上开始哭泣时，我知道选择了站在失败者的一边，原谅我，保佑我，我希望我是个比较好的人。

我试图回到布彻身边，但他就是不来应门。

我交了些**不合适**的朋友，这怪谁呢？他们常常是电影和舞台艺术家，比如维尼和男爵。我带着我的椅子去看他们，他们鼓励我把香肠塞进男爵夫人体内。那个房间里煮过太多的死猪了。没有 A TOUCH OF CLASS 里那样的莉拉克和罗丝玛丽，布彻会坐在外面的汽车里，看着《艺术新闻》，希望能从中找到他消失已久的名字。

男爵说他尊重我是个男人，但却从我的后裤袋里拿走了我的钱，还有奥利维尔的**安定**。但我正在干活，照他们的说法，就在山麓丘陵上，潮水开始变向，水草在漂浮，还有小鱼，上帝保佑。然后维尼和男爵把兔耳形室内天线从电视机上拿走，用它们来打我的屁股。后来他们太过分了。房间又黑又小，有六盏熔岩灯，我一拳打在维尼又亮又红的小**鼻子**上，于是他逃下楼去，把蜗牛痕迹似的黑皮鞋油留在了墙纸上。我本来应该用系索栓揍男爵，但我不是《神奇的布丁》里的人物，所以不得不用我的椅子来代替。那个所谓的男爵夫人尖叫着，像密西西比斯塔克维尔城里一座屋子的后院里一头**被刺死的猪**，她从那里来，希望能成为一个舞者，虽然她只有五英尺的身高。我从没打过一个女人。我捡起我的衣服，现在是打工仔①说再见的时候了。

我已经给了男爵夫人二十美元，足够让他们大家再举行一次二十四街的街区聚会了，而我却不得不往下走二十段楼梯，因为美国人所谓的电梯里挤满了人，他们一个个大呼小叫。我一向很开心。现在我不开心了。我希望我是在马什，那里没有一架电梯，甚至没有升降机，几乎没有一段楼梯的梯级超过十级的，我指的是长老会教堂，老是在搬运灵柩时遇到麻烦，被人称作水滑梯。

在十五楼我经过了文尼的房间，门口的牌子上写着电影音乐师《切尔西小餐馆》。他是那种有敛物癖的人，违反防火条例，沿墙堆放着他的爱好者杂志和《大屁股杂志》。

在二楼我有时间梳洗一番，但我脑袋发涨，肌肉非常酸痛，我不停地走，依然穿着新的卡尔文·克莱恩袜子，蹦跳着来到第十大街上。我开始跟着晚间的车流奔跑，然后我意识到那是错的。我调整好鞋子，然后顺着第十大街一路奔回到西塞德高速公路，在那里我休息了一下。天哪，用我父亲的话说，从侧面干我吧。

我可以走到比克俱乐部，我希望我能再大胆一点，但我做不到。我想让奥利维尔放我个假。他正在经历一段困难期，碾碎他的多动症的药，用吸管吸入，所以他的鼻子是红

---

① "打工仔"原文为 WALTZING MATILDA，是一首非常著名的澳洲民歌。WALTZING MATILDA 是指扛着铺盖卷到处找工作的打工仔。

的，被堵塞的，他的眼睑的颜色是乌青的，说文明点就是野兰花一样的，皮肤因为拼命拒绝日光而毫无生气。他在一片鬼魂的大海中畅游，被水母叮咬，红色的条痕出现在他的手上和脖子上。

还有卡式录音机每天晚上放着同样的歌曲。**苍蝇在明沟边上产卵。你的鞍子上沾了血。**他对我一直很好，照顾我，为我付房租，给我买衣服，陪我坐，给我介绍那么多的洗衣房、有趣的人、王子和贫儿，老家伙，但现在我害怕了。

我的袜子在鞋子里面不妥帖，但我不想停下来把它们弄舒服，当我最终到达默瑟街时，我的脚在黑暗中流血了。

我按响门铃。

里面有回音。

感谢上帝，感谢耶稣，保佑我们大家。我不在乎蓝博内斯是否拿着花线或磨剃刀皮带在等我，我走进黑暗的楼梯，像个毛鼻袋熊回到泥土和根的气味中。

49

玛琳从勒洛伊街上的木框里把我的五瓶颜料又捡了回来，当她回到阁楼上时，双脚在闪亮，眼睛因为生气或伤心而暗淡无神，我怎么知道呢？

我的"怪物"依然全部暴露在外，那个角度在她走进房间时正好吸引了她的目光，我毫不怀疑她已经理解了这个不可能实现的成就，不仅是1944年画布，笔迹的真实性，大胆的布局，还有这幅作品已经在莱奥·斯泰因和约翰·理查德逊的文章里提到过。但她一句话也没说。操你，我想道。生平第一次。

我要在"怪物"上面画画，她说，把它像骗人的文物一样埋掉。

操你。第二次。

我们喝了威士忌。我解释道，通常很冷静，我不能在"怪物"上面画画，这样它不但会被毁掉，而且再也找不到了。

她不同意，但没说理由。她的固执就像一堵冒着火星的坚硬的花岗岩墙，不过我从没撞上去过。而她也从没见识过蓝博内斯扬起的大三角帆，在怒火的暴风雨中飞舞。

这时门铃响了，总是那么可怕的噪音，但这次我想着要感谢基督了。我把一件衣服扔在画上，把画靠在墙上，给我的不速之客打开门，他很快就现身，喘气，放屁，然后大叫一声"哦，天哪"，原来是我弟弟休。

没等他喝上第一口奶茶，玛琳就试图，真他妈的太精怪了，把他送回比克俱乐部。

"实在太不好意思了，"她说，"这里没你的床。"当时我觉得她实在太不够意思了，但这当然全都是为了这份文件——她认为休成了她丈夫的间谍。

这会儿的休已经对奥利维尔产生了畏惧感，他——我觉得是在绝望中——掏出了一叠乱糟糟、潮乎乎的现钞，说是他要去买一条床垫，他知道哪里有卖。这样的独立精神倒是前所未见的。他一头扎进了黑暗中，留下我们两个，听着加了冰块的拉格瓦林叮当乱响。

一个小时之后我们经历了战争与和平后回来。休回来了，带着他的床垫从科奈尔街一路走来。他把潮湿的床垫扔在厨房料理台下面，这就是他的领地，他在那里看着我们奇怪的行动。不过，他压根儿做不了间谍，他是条穷困潦倒的老狗，贪睡，爱看连环漫画书，一天四次要我给他煮香肠。

最终他当然看见了那幅莱博维茨。"是谁画的？"他问道，这个问题让玛琳感到惊慌，她突然强烈地喜欢起他来，哄他远足去凯兹熟食店①，就是为了把他引开，别让他看见我埋葬"怪物"。

但是，我当然不会如她所愿地埋葬"怪物"。这是艺术家们的事情。我们像小店老板，习惯于在我们的地盘里说了算。要是你不喜欢我的做法，滚出我的店，我的小屋，我的生活。这里我负责，我不打算埋葬任何东西。

玛琳是个曾经爬上过电线杆割断电线的女人，这会儿她

---

① 纽约曼哈顿下城东区一家著名的犹太式小吃店。

急躁，气愤，忧虑，我不知道达到了什么程度。她已经忍受了我的抗拒达整整三天，到最后当我回来时——一个令人兴奋的下午，带着休的那个棘手的问题——只见她把一层达马罩光漆涂在了《带电的怪物》上。

"把画笔放下，"我说。

她打量着我，眼睛眯成一条线，脸颊在燃烧，那神情既不服又害怕。

最后，她终于把画笔放进了漆桶里，像个勺子放进汤碗里一样，我这才大大地松了口气。

"你他妈的别再碰我的画。"

她的泪水夺眶而出，我当然抱住了她，亲吻她潮湿的脸颊和饥饿的嘴唇，我把休的香肠煮好后，就跟玛琳出去散步，两人紧紧搂在一起，既恩恩爱爱，又不断拌嘴，走过唐人街满地的烂卷心菜，走进曼哈顿桥的阴影里。

我从没暗示过她的主意不聪明。只是科学让她的主意想不通，任她怎么坚持也没用。我是对的。她像任何一个要把画笔伸进罩光漆桶里的人一样错。没有人会相信一层达马罩光漆能够安全地把一幅有价值的画和一幅必须出现在最表层的烂画隔离开来。

再者说了，要是我们想埋掉它，我们就得计划好怎样找回它，我们需要有耶鲁文凭的人自己发掘出失踪的莱博维茨。我们需要他们——不是吗？——觉得是他们自己的天赋让他们从一堆粪土的下面发现了金子。我们要把布鲁萨德的画带到一个顶级的文物管理员那里去清洗——这个人就是简·斯雷德威尔——我们要让这个斯雷德威尔，通过微妙的化学反应，发现下面的秘密。

人家说，她是米尔特的情人。意思就是：这是米尔特自己声称的。别介意，这不是关键。这才是要紧的：管理员们——即便她们草率得可以跟米尔特·海塞做爱——像仓鼠一样小心翼翼。即便是清洗多米尼克·布鲁萨德的一幅无名之作这样一件简单的活儿，简·斯雷德威尔也要从一个小地方开始——1/8″直径——而不是从画布的中央开始，甚至不是从角上开始，而是从一般被画框的接榫处遮盖的外围开始。

这个非常聪明的颤抖的家伙是我们要下套套住的。虽然我们希望她会粗手粗脚地把布鲁萨德擦掉，直到绚丽的《怪物》露出来，但是休想。只要稍微碰到一点拭子上的颜色……她就会收手。

所以我们怎样才能让这个谨慎的人发现"怪物"呢？

"把画撕掉，"玛琳说。"她会看见那一层层的。"

"她的工作是把一幅烂画的画布修复好。这是个累赘，是个讨厌的东西，她也许根本就不会注意到。就算她注意到了，她凭什么会以为那下面藏着一幅杰作呢？"

"那怎么办呢？"

"我不知道。"

坦率地说，我觉得肯定有一种比较简单的方法来解释

"怪物"的出处。这是一幅好画，老天做证，不是范米格伦①的二流仿作。为什么要冒毁掉它的危险呢，玛琳明明可以把它带到，比方说，日本，或者说它是一份遗产？

哦不，不，她不能。

看在上帝的分上，为什么？

说来话长，但不。

为什么？

现在不能说。

她精神错乱，神经过敏，有时候我也神经过敏。即便如此，我还是想要让她开心——谁不会这么做呢？我的确相信要是我们能够做成这件事，我们就可以彻底摆脱奥利维尔，以及——感谢上帝——他母亲上演的混账戏。有时候我想象着自己开始购买让-保罗在贝林根的地盘——一个荒谬的念头，请别把它指出来。

一开始钱并不是其中的一部分，但随着我开始想象我们逃过精神权利的束缚，一百万美元可不是个小数目。我买了一本梅耶的《画家的材质和技巧手册》，试图从这本八百页的书中找到关于化学和年代学的谜团的答案，可靠的颜料，一种可以安全洗去遮盖物的溶剂。我噩梦连连：化学品、雷保灵油漆、水粉颜料、白酒精、松脂，一切都以灾难结束，我自己被关在一个外国监狱里，"怪物"被洗掉了。我时常受到

---

① 荷兰画家，以伪造名家杰作而出名。

突然的惊吓，一次次哭叫，猛然醒来。玛琳也好不了多少。

"你醒了吗？"

当然。她醒了，仰面躺着，眼睛在黑暗中闪光。

"瞧，"她说。"听我说。他在用他父亲的画换该死的咖啡。你不明白吗？他是个十足的无能之辈。"

"嘘。睡吧。这无关紧要。"

"他又懒又没条理。他至今还在做着广告工作的唯一理由，就是他可以飞到得克萨斯去看他的客户，而客户会带他去吃饭并操他的屁股。"

"不！真的吗？"

"不，不是真的，但我把这个马屁精从他的噩梦中救了出来。我照顾他。我真的，真的照顾他。我确保让他骑马，参加汽车拉力赛。我本来还会继续这么做，操他的。"

"让他去吧。他伤害不了我们。"

"他已经伤害到我们了，这个无赖。"

然而她挤进我的怀里，我的乖宝贝，把她可爱的脑袋舒服地靠在我的脖子和肩上，她那温暖的小女阴靠着我的大腿，当她嗅着我的锁骨，吮吸着我的皮肤时，我能感觉到她，她整个柔软的躯体与我粗壮的布彻躯体非常吻合。

"不要停止爱我，"她说。

我把祭坛蜡烛吹灭，抚摩着她的脖子，直到她睡着。她的呼吸散发着牙膏味道，空气里充满烟味、蜡味，像某个夏天的晚祷之后那样。

　　第三大街上的纽约中央供应站有一个巨大的后间，像个废品旧货栈，放着画家的颜料和画笔，就是在那里，我绊在了一件古董上，也就是二十三个样品盒的三十五年马格纳颜料。要是你听说过马格纳，那是因为莫里斯·路易斯[1]使用过它，弗兰肯泰勒[2]使用过它，我觉得肯尼斯·诺兰德也使用过它。

　　马格纳是由萨姆·戈尔登[3]发明的，那是一个大化学家，是了不起的改变宗教信仰者伦纳德·博科尔[4]的合伙人。从1946年起，当马格纳进入生产时，博科尔把这些样品盒送到了世界各地。给，试试看，莫里斯·路易斯。给，试试看，毕加索。给，试试看，莱博维茨，悉尼·诺兰[5]。他把一把把绿色的或黄色的颜料扔出去，每个盒子里都是些各种各样奇奇怪怪的颜料。他并没有让我随意试用，但是当

---

① 莫里斯·路易斯（1912—1962），美国抽象派画家。
② 海伦·弗兰肯泰勒（1928—2011），美国抽象派画家。
③ 萨姆·戈尔登（1915—1997），美国绘画颜料发明家。
④ 伦纳德·博科尔（1910—1993），美国绘画颜料制造商。
⑤ 悉尼·诺兰（1917—1992），澳大利亚画家。

我最终从纽约中央供应站脏兮兮的地板上爬起来时，我挑选了十三个盒子，里面装着，一句话，我需要的数量和颜色。

如果你是个画家，你已经走在了故事的前面。你知道马格纳是个突破，一种可以跟油调和的丙烯酸树脂。最终的结果看上去像油，不是多乐士。

要是我在布鲁萨德上使用马格纳，那个管理员在检查了罩面漆，看见了日期后，会充满信心地确认那是油。于是她就会使用一种类似石油溶剂的东西，对油绝对安全。哈哈。想象一下吧。里面有个小仓鼠——嗅，嗅，轻轻地，轻轻地——小 Q 牌棉签，蘸一点溶剂，喏，你他妈的就请瞧好吧：颜料像潮水似的掉下来。

一个示警信号，像人家说的那样。

这不是油画。嗅，嗅。

耶稣基督，埃勒维兹，这是马格纳！又一个示警信号。马格纳是在那幅画面世四年后才被发明出来的。

到这时我们可以吸引住她的注意力了。她知道布鲁萨德跟莱博维茨结了婚。她只要稍微动脑子想一想，就会知道，这幅画跟布鲁萨德的原件对不上号。

这还不够，但几乎已经差不多了。如果我们能把这个家伙再拉近一点，只要我能让她继续使用那种石油溶剂，她会把所有的马格纳都除掉，让底下艳丽的油彩显现出来。但她是个文物管理员。她不会那么做。

即便这样，我还是信心满满地回到了默瑟街，我的十三盒马格纳装了两大塑料袋。我把它们搁在工作台上，打开给我恋人看。我真是他妈的天才，这么个大罪犯。我需要钳子来打开颜料管的盖子，但每一根管子里的东西都像它们被装进去时那么新鲜。

你以为这足以让玛琳不再为精神权利激动，但是不。结果依然如此：我离了婚，这不容易。我觉得，她的离婚会像所有的离婚最终的结果那样来了又去。等这件事过去了，她也许依然会对精神权利耿耿于怀。同样，我也会对靠捞赡养费的娘们发火。但与此同时我们会在纽约取得一个非常令人满意的私人的胜利。谁也不会知道。我们不必让他们知道。

画布鲁萨德整整花了四个小时，即便画好后，我也觉得我比多米尼克更费心。由于马格纳干得很快，我很快就能往上面喷糖和水的溶液了。我把它留在屋顶上去吸纽约的灰尘。

有没有人说过，哦你这个聪明的家伙？

没有，但这没关系。我把画放在了休的溅出来的香肠上面的架子上，当它们贡献了它们的油腻时，我用一块脏兮兮的海绵粗陋地"清洗"了一下表面。

当然啦，休看着这一切，但他几乎沉浸在玛琳在斯特兰书店淘到的一本《神奇的布丁》中。

晚上我把那幅肮脏的画扔在床边，在它前面点上四支祭坛蜡烛，开心地注视着油腻上面的炭精积淀。这真他妈得好好清洗一下了。

我侧躺着，玛琳靠着我的背，我有时候想到了钱。这很甜蜜。

"这就是布鲁萨德，宝贝，"米尔顿·海塞会对简·斯雷德威尔说。"我知道这是垃圾，宝贝，但它有点历史价值，不管怎么说，布鲁萨德家族的人希望把它清洗一下。"诸如此类的话。"别吓成这样，"那个笨蛋会说。"他们又不是要你给他们的脑子开刀。"

简·斯雷德威尔不会立刻处理这幅画，她要忙着拯救一幅破裂的蒙德里安或某件基弗①，年代久远得就像旱灾时的一个养猪场。她会把布鲁萨德送给她画室里的某个人，一个小杂务工，米尔特·海塞的一个狂热痴迷者。但那样一来的话，那个最谦卑的助手就会开始清洗它，到时候，天哪，玛琳就会接到米尔特的电话。

这不单单是年代误植的画。当他们把框子去掉时，他们发现，在槽口下面，框子把那幅画擦掉了很大一部分，那里——这是怎么回事呢？——出现的是早先的那幅油画。考虑到画家关心的材料史，玛琳想要干什么呢？

然后玛琳自然会犹豫，于是米尔特就会给斯雷德威尔打电话，斯雷德威尔会给她在现代艺术博物馆的好朋友雅格布打电话，然后他们就会去求助于搜索光，红外线，X光片，最终他们都会发现他们处在一种非常兴奋的状态中。《带电的怪物》。

---

① A·基弗（1945— ），德国画家。

"莱博维茨太太，我们真的认为你应该同意简往下进行。"

现在，当他们把马格纳除掉后，就会是柔和的本特利，嗅，嗅，嗅。一点儿石油溶剂。哦，它会像潮水一样流走。

给《纽约时报》打电话，给《纽约时报》打电话。米尔顿将会有他得意的时刻。"我哭了，"他会说。"我像个孩子似的哭了，就像雅克死的时候那样。"

我感觉在我的满足中有一种卑鄙的成分，是对那个乡巴佬的报复，那个来自艾恩巴克、跟城里的理发师作对的人①，一件完美的，外地的，而不是巴克斯马什的事情，不大声，不公开，但对那些知道的人来说却是一种深深的操蛋的满足。哦多可爱啊，博内斯先生，多他妈的可爱啊。恭喜你和你的一切。

51

谁会偷我的椅子?

我问，玛琳说我肯定把它落在楼上了，于是我拿了手电

---

① 典出澳大利亚诗人安德鲁·巴顿·佩特森（1864—1941）的诗《来自艾恩巴克的人》。

筒，往所有那些灰尘和脏东西里面张望，那里有一只死耗子，可怜的东西心都干了，谁会偷走我的椅子呢？

我肯定做了什么让我**脑子糊涂**的事情。我还是个孩子的时候，有一次我梦游，直到赤裸的双脚踩在通往茅厕的潮湿的小路上才醒来。又有一次，我用一支圆珠笔从被单上划过。上帝保佑，我无法解释这种事情。也许我自己偷了我的椅子。房间里有一种秘密，像腐烂的肉，恶臭的味道，如此熟悉，从我非常伤心和失望的出生之日起，那些漫长的下午，阳光穿过防蝇网，屋外渴血的苍蝇的嗡嗡声，妈妈的呼吸像玫瑰，像圣餐酒。

现在谁会来救我呢？

布彻在**死一般的沉寂**中画着画，这是件怪事，跟他平时的风格截然不同，平时他总是夸夸其谈的，几乎像发疯一样**地发牢骚，吹牛**，真能**把死人给说活了**。看着这个，休，这将会非常美丽。这将会彻底超过他们。这将让他们焦躁不安。早先时他曾把画布摊开在地板上，这时他就需要我表现出我的**宽容**，但现在他有了一小套能变戏法似的棍子，像达利路上的一个勘测员。他变成了，原谅他，一个**画架画家**，所以他可以把我搁在画布的背面，好像我是地板似的。

我一辈子都生活在各种秘密的氛围中，血，玫瑰，圣酒，谁能说在主街，巴克斯马什发生在我们大家身上的事情，就不会发生在我身上呢。我们可能都会接着做屠夫，画红线，所有的死亡都温柔地到来。我该多么喜爱那些畜生，我比先前的任何人都好。别介意。他们不会给我刀，所以我继续跟所谓的屠夫和那个可爱的孩子住在一起，草丛里的桃子，他的婚姻的甜蜜腐烂的香味，我知道它，但无法为它命名，我围着那个孩子转悠，试图保证他的安全，然后又是我伤了他。一切总是错的，中心部位是坏的，阳光里苍蝇的声音变得兴奋起来，一个人进来另一个人离开时转门发出轻轻的嘎吱声和重重的碰撞声。这就是马什，另一个房间里的各种声响。我不是生来就慢的，这我知道。

在纽约，我坐在我**科奈尔街床垫**上，我的脑子忽前忽后地迷糊着，为什么我哥哥现在像个**庸人**似的在画画。他没说我没问。这是一种最糟糕的感觉。

在马什我曾翻动妈妈的衣柜下面的大抽屉，一个人的时候，我是个**好管闲事**的人，原谅我。人家说我天生就是慢博内斯，伤透了我母亲的心。但我身上有些东西被夺走了。有些事情发生了，从来没有找到，只有抽屉里的樟脑味儿。于是我们绕着它走，就像我们现在绕着我失踪的椅子走一样，似乎在围着某种奇怪的脏东西绕圈子，因为否则的话他为什么要画一个庸人呢？这让我头疼。我坚持不住了，像一条蚯蚓在一个可怕的钩子面前那样不安。

我哥哥来到了纽约，在一家餐馆里没人知道他的名字，没人朝他这个了不起的**前迈克尔·博恩**点头哈腰，他非常气愤，因此他变得渺小、枯萎，像马丁利露天开采的煤一样黑。他从"珍珠颜料美术材料行"买来墨棒，然后离开，擦了又擦，好像能把自己擦掉，把自己擦成粉末似的。

不管发生了什么我们都无从知道。

四处走动，四处走动。

来自贝纳拉的玛琳·库克。来自巴克斯马什的迈克尔·博恩。默瑟街上的国王和王后们。他爬到楼顶上，那里他的画躺在夜的目光下。蛋白，黑砂，烧焦的灵魂在坠落。

现在会来救我呢？

52

从那天早晨我把休拎起来，带他去墨尔本起，他一点都没改变。他曾试图淹死他的老爸，反过来说也一样，但他依然凝视着我，好像我是造成他不幸的人。那天在我母亲低矮的厨房里，我发现了他，堵住了吉斯本路边窗子的灯光，像个巨型的耶和华见证人，穿着黑色的教堂鞋子，弗莱彻·琼斯牌裤子，一件短袖白衬衫，打着根领带。百利护发霜把他的头发变成了潮湿的焦土色，小贝壳耳朵变成了火红色。眼睛还是老样子，那双歹毒的小眼睛此刻正注视着玛琳。

在默瑟街上我问他，"你他妈的怎么啦？"

没有回答。

"你吃药了吗？"

他好斗地注视着我，然后又退回到让他深感不快的乱糟糟的床上，床上落满了面包屑，他躲在被子里，看着我的心上人在读《纽约时报》，那副专注的样子，你会觉得更适合于一条危险的蛇。

玛琳换上了跑步的衣服：宽松短裤，沾了土的白T恤。直到现在，她一直没注意到我弟弟的密切关注，但当她站起来时，休把脑袋歪到一边，扬起一条疑问的眉毛。

"什么？"她问道。

门铃响了。

休吃了一惊，缩回到被子里。

他是个傻子，但我自己跟那个门铃的关系也好不到哪里去。我当然不想让那个笨侦探询问关于那幅画的事情，我在昨天晚上非常仔细地把它用报纸包了起来。此刻它正靠在墙上，还是那个刚擦洗过的样子。

我站起来，想要把它挪走，但这时米尔特·海塞走了进来。这是我第一次高兴见到这个讨厌的老家伙，因为他是来帮我们清洗我们的宝贝的。他进来时我弟弟非常严厉地盯着他，我真怕他会冲上去。

"唷，"我说。"唷，道宾。"

没等米尔特明白自己的处境，他就伸出胳膊朝那个缩在被子里的大家伙冲去。"我没见过你，先生。你是另一个澳大利亚天才吗？"

但休碰不到他，米尔特显然具有纽约人对各种疯子的良好判断力，他转身从旁边来到桌子前，亲了玛琳。

"娃娃脸。"

他的左臂摔坏了，现在还绑着绷带，所以他让玛琳把包裹塞在他的右胳膊下面。

与此同时，休已经缩成了一团，双膝顶着胸脯，左右摇摆着。要是你不认识他，你会以为他在怠慢客人，但是当米尔特要离开时，我弟弟突然站了起来，我一点都不感到惊奇。

"我送你出去，"玛琳突然说。

休又蹲了下来，躲在被子里，他终于找到了大衣，把它和被褥分开来，然后，他径直朝门口走去，而玛琳和米尔特就在前面不远处。

"不，兄弟，你别这么做。"

我堵住他的路，但是他用肩膀把我顶开。

"对不起，兄弟。别找麻烦。"

他停了一下。"他是谁？"

"他是来洗画的。"

"哦。"

他往后退去，先是一脸的困惑，但最后摆出一副傻乎乎的会意的笑容，好像所有的人当中只有他知道了一件秘密似的。

"你在想什么呀，伙计？"

他拍拍脑袋。

"你在想？"

"房顶，"他说。

那种操蛋的傻笑实在让人难以忍受。"什么房顶，兄弟？"

他又往后退退，退到床垫那里，他的嘴巴这会儿小得不能再小，耳朵慢慢因充血而变得通红。他钻回到被子里去时，干燥的头发因为静电而变得乱糟糟的，慢慢在脑袋上矗立起来。当玛琳跑步回来时，他还是那副可怕的、龇牙咧嘴的怪样子。

她也显得紧张不安，反正始终都紧张不安，不管她怎样跑步或减肥，她怎么也安定不下来。

坐在桌旁，她径直拿回《纽约时报》。

"你烧了那所高中，"我弟弟说。

哦休，我想道，休，休，休。

玛琳的脸色已经通红，一种可爱的粉色，把最细小的雀斑都显露出来。

"你跟玛琳说什么来着？"

休双手抱着他巨大滚圆的膝盖，咯咯地笑着。"她烧了贝纳拉高中，"他说。

玛琳笑了。"休，你真是个怪人。"

"你也是，"我弟弟说，却显得有点满足，好像解开了一个谜团似的。"我听说你烧毁了贝纳拉高中。"

玛琳此刻凝视着他，一时间她的眼睛眯起来，嘴巴抿紧，但随后她的脸色就放松了。

"为什么，休，"她笑道，"你的鬼把戏多得就像装满猴子的袋子。"

"你也一样。"

"你也一样。"

"你也一样，"这两人笑得前仰后合的，我就借着上茅厕躲开了。

午饭时，米尔特打电话来说，简拿到了那幅画，就是那幅好像，她说，曾经挂在某个人家的厨房里的。那天晚上我给休煮了香肠，玛琳完成了晚上跑步后，和我去范内利吃晚饭，我们喝了两瓶上好的勃艮第葡萄酒。

我没感到醉，但我摔倒在了床上，像一道光似的晕了过去。醒来时发现玛琳爬回到床上。我的头疼得像裂开来似的。她身上冰冰凉。起先我以为她在抖，但当我摸她脸时，她的脸上挂满了泪水。我抱着她，她的身体一阵一阵地颤抖着。

"嘘，宝贝。嘘，没事的。"

但她停不下来。

"对不起，"休说，站在门口。

"滚你的蛋，滚回床上去。三点钟了。"

"我不该那么说的。"

"这事跟你没关系，你这白痴。"

我听见他叹了口气，玛琳都快窒息了，发出一种可怕的溺水似的噪音。我借着街灯的光线看着她,她所有柔滑可爱的表皮都皱缩在了一个拳头里。这都是愚蠢的离婚给闹的,我想道,还有那该死的精神权利。她为什么非要得到它呢,我实在,实在想不明白。

"你还能爱我吗?"

不管头疼不头疼,我爱她,我这辈子都没这么爱过,爱她的机智,她的勇气,她的美丽。我爱这个偷了多齐的画的女人,这个读过《神奇的布丁》的女人,这个假造了目录的女人,但更有甚者,这个姑娘逃离了贝纳拉那个肮脏的小房间,我都能闻到她母亲每个星期天刷壁炉用的红铅漆的味道,品尝到用菊苣根制作的蹩脚的代用咖啡和冰冻色拉里面给蛋白着色的甜菜根的味道。

"嘘。我爱你。"

"你不知道。"

"嘘。"

"你不会爱我的。你不能。"

"我就是爱你。"

"是我做的,"她突然哭了起来。

"你做了什么啦?"

我凝视着她的脸,看见一种惊慌的恐怖,一种面对我温和的询问而产生的可怕的畏缩。她轻轻哼了一声,把脸埋在我的胸口,又抽泣起来。在这过程中,我发现了休,此刻他就站在我们上方。

"上床去，快。"

他的光脚从地板上擦过。

"是我做的，"她说。

"她烧毁了贝纳拉高中，"休伤心地说。"对不起。"

我托着她的下巴，让她抬头面对着我，街灯的灯光全都照在她水汪汪的眼睛上。

"是吗，宝贝？"

她点点头。

"这真是你做的？"

"我真卑鄙。"

我把她拉到我跟前，抱着她，她的身世对我来说是一团谜。

53

我错了，这是相当有可能的，我犯了罪，这是非常可能的，做了伪证，成了讨厌的爱嚼舌的人。你听说了吗？人家说玛琳·库克烧毁了那所高中。人家是谁呀？哦，只是奥利维尔而已。所以这只是谣言，道听途说，上帝保佑，我若不是像俗话所说的那样，感到了可疑，我绝不会重复这件事。我感到困惑——这是好事情——所以我傻乎乎地重复一个瘾君子胡说八道的事情，弄得玛琳哭了起来，而且是在深更半夜，像一个迷失在外太空或困在一个塑料袋里的人，大口呼吸着空气，他们的好名声被真空起来，像真空吸尘机吮吸氧气，上帝之磨的怒吼一样。

我有什么权利呢？没有权利，只有错误。耶稣上帝原谅我，听到她难受我很痛苦，我巴不得天快亮，我就可以回到比克俱乐部，向奥利维尔挑明，是他编出了这个故事，因为他恨她。

天蒙蒙亮的时候，我站在了他们面前。我希望我是个天使，但我毛茸茸的后背上永远不会有翅膀。她正睡着，她的脑袋照例枕着我哥哥的胸脯。他睁开一只眼睛，瞄了一眼手表。

出去吗？他问道。

散步，我说。

这是个晴朗的早晨，刚过七点，鸽子已经在生锈的太平梯上呱呱叫，我相信它们是分不清这天跟那天的，也许只分得清潮湿和干燥，热和冷，它们的心脏像一块口香糖般大小，里面的血还不够倒满一杯。一点都不像我为它们感受到的痛苦，我想道，但话又说回来，谁能想象虱子的不断骚扰产生的痛苦呢，疾病的痛苦谁都不知道，只有病人自己心里有数，他们自己的秘密恐惧，不坏也不好。垂着头，走到默瑟街上。我的四周全都是黑塑料袋，喷发，呕吐，比方说餐馆里的鱼。一条鱼能有什么知识呢？谁能预先告知一条红鳍笛鲷的后世呢，默瑟街上的这个炼狱？当我走上百老汇时，这些可怕的念头萦绕着我，我一身的臭味，几乎累得要死。然后我又走上联合广场，格拉梅西公园，但现在杰文思在哪里呢？这无关紧要。我有钥匙。我早就承认过。我已经说出了故事的结果。这个故事被录了音，一盘又一盘带子。

我上了二楼，打开门，上帝保佑。我不知道我都干了什么。

奥利维尔穿着黑色睡衣，脸被椅子遮挡着，椅腿像剪刀似的绕着有淤青的白色喉咙，一大块蓝色胎记，他的皮肤下面奔涌着一条地下湖泊。他的眼睛睁着。他很安静。我说不出我的脑子里闪过了什么样的念头。我用脚碰碰他，他像个死畜生似的动了动，仅此而已。

我没有用手去碰那个尸体。我从俱乐部里逃出来，杰文思在我后面叫我停下。我跑过百老汇，大声叫着不要走，不要管。天哪，告诉我发生了什么。

54

慢博内斯把我们叫醒。像钢板掉下来一样，挥打着，啪地掉在床上。没时间穿袜子或内衣，我们三个一起走了出去，到了比克俱乐部，在那里我们发现了所谓的杰文思，几乎气急败坏的样子。

就是他向警察指认了"妻子",结果玛琳获得了被带到案发现场的特权——我认为我也有权利去,但警察对我动手动脚——这时她成了"宣誓证人",发誓那个死者的"遗体"一度叫做奥利维尔·莱博维茨。

我等候在大楼台阶上,这是我被允许靠奥利维尔最近的地方。休和我并肩而立,全都哑口无言。玛琳出来了,张开嘴巴想说话,却跑过门廊吐了起来。

休陪着警察进了比克藏书室。玛琳在人行道上干呕,但我被指示陪休走一段路。我注意到他们让他坐在一张由约翰·威尔克斯·布思①主演的《哈姆雷特》的肮脏的海报下面,头上是高高的拱形门洞,对他的审讯被录了音。我听不见他们在说什么,但他似乎承认了谋杀。这我完全相信。他们给我弟弟戴上了手铐,他看着我,不再哭,小眼睛那么宁静,乌黑。

他们把这个身高马大的家伙扶了起来,让他转了个身,面对藏书室的墙角站立。

这时出现了一个东西,天知道到底是什么东西——在楼梯上来来去去。然后那个最年轻的警察,一个穿着帆布胶底运动鞋和牛仔裤、留着板寸的年轻人,打开了休的手铐,这

----

① 约翰·威尔克斯·布思(1838—1865),美国莎剧演员。公开主张实行奴隶制,因刺杀林肯总统而被击毙。

头老公牛头朝下，朝我冲来。

"休！"

他冲了过去。

那警察是个身材修长的板刷头，不像我认识的任何警察，更像在墨尔本的约翰尼绿屋卖杂碎的黎巴嫩小伙子。

"那是你弟弟？"

"对。"

"他是不是有点迟钝？"

"对。"

"让他离开这里。"

"什么？"

"他自由了，可以走了。"

休睁着责怪的小眼睛，正在犹豫。他允许我搂着他，陪他走下了台阶。

"在这里坐一会儿，兄弟。"

我脱掉羊毛套衫和 T 恤，又把刺人的套衫套回到遭到损害的皮肤上，用 T 恤给玛琳擦洗，她刚才靠在两辆停着的汽车之间，这会儿还在大喘气，虽然现在她呕出的最多也就是胆汁而已。我没见到她见到的东西，我也不想见到。我擦了她的脸、下巴，T 恤被苦胆汁染成了绿色，我擦完后就把它扔过了——操他妈的——格拉梅西公园的栏杆。

一辆救护车开来了，但没人费心出来。这是个灰色、多云、潮湿、热得出汗的天气。我们没有生气，我们所有的骨髓都浸入了天知道有多深的无底洞里。

警察来了又走了。出租车朝救护车鸣着喇叭，但谁也不急着把那个著名画家的儿子抬下楼。

我当然还不知道奥利维尔右手掌骨新近断裂的事情。我不知道我该做些什么。我是不是应该揭发我弟弟呢？举报他？让他完蛋？我他妈的怎么知道呢？然而，这个真正的秘密不是我的性格，而是罪行本身。凶手要么是有钥匙——但所有的钥匙都在——要么就是爬上一堵五十英尺的笔直的墙，从敞开的窗子进入。

休是有钥匙的，不过当杰文思端茶进来发现尸体时，休还在默瑟街上睡觉。是杰文思干的吗？没人这么认为。当休看见尸体并从现场逃走时，奥利维尔·莱博维茨死了已有五个小时了。

所以这事跟休没有关系，但这尸体对任何知道休的历史的人来说都包含着一种信息。

验尸官办公室的人不认识休，不知道这是一种信息，虽然天知道他们将挖掘。他们取了一点奥利维尔的脑浆、肝和血。他的脑浆里有混合盐缓释剂、西酞普兰和吗啡，但这些药不足以要他的命。他的死因是窒息。验尸报告揭示了一些可以说明问题的征兆：剧烈的心肌充血（扩大的心脏；右心室），受伤点上面静脉肿胀和青紫（嘴唇和手指尖蓝色蜕变）。这是休的椅子的折叠式椅腿造成的。

你尽可以想象，但他们不行。他们在就像我们当初在德雷伯恩客栈宰猪似的把他切开，用"通常的切开术"打开他美丽的躯体。苍蝇在嗡鸣。他们称了他可怜糟糕的脑浆的重量。他们发现脑底的血管"均匀堵塞，大范围开放"，不管那是什么意思。他们称了他的肺、心脏和肝。这就是全部吗，波特太太？他们发现食管很普通。他们在他胃部周围戳来戳去，报告说发现有"未消化的食物残渣并认出是肉和蔬菜，还有一股浓烈的酒精味"。

他们割了他的阴茎。"杯状器官、骨盆、输尿管和膀胱，都无异样。轻轻刮去脑囊，就露出相当苍白和润滑的脑皮层。"我甚至都不想知道这是什么意思，但他做了什么，要有这样的下场呢？他可是生在画家的高墙深院里的啊！他们割了他的结肠，记录下他大便的内容。这可是一条生命，一个人啊，不管是部分的，还是完整的。

无聊小报几乎无孔不入——他们报道说他的母亲，多米尼克·布鲁萨德，于1967年在尼斯死于同样的原因。他们立刻跟进。窒息致死是女人和孩子的正常命运，这样的报道给人启迪。只有一个细节他们给忽略了，尽管验尸报告上说得很明白，只要有人愿意想想这是什么意思——凶手还打断了奥利维尔·莱博维茨右手的掌骨。

这不是休干的。

这不是我干的。

在全纽约，只有一个人会明白，这种伤害，在死亡时受到打击，与我弟弟的历史有直接的关系。

当然啦，我并不是一下子就认识到这一点的。奥利维尔死于一个星期六的早晨，直到星期三——对验尸官来说已经很快了，或者说他们在验尸房里是这样对我说的——我才拿着验尸报告回到默瑟街。我给休煮了香肠、土豆泥，然后我开始看起来。过了一两分钟我读到了掌骨这一段。

玛琳一直静静地坐着，默默地看着梅耶的《画家的材质和技巧手册》，但她突然抬起头来，显然她在等我的反应。

"怎么啦，宝贝？"

我把报告上的面包屑抖掉，用指甲在"掌骨"两个字下面划了条杠杠。

她的嘴巴微微翕动了一下。不是微笑，而是一种意味深长的收缩。她注视着我的眼睛，慢慢地合起报告。

"你不需要这个，"她说。我终于明白了——她现在有了精神权利。奥利维尔死了。

休在我身边继续切着香肠，仔细地把它们切成四分之一英寸宽的一段段。

"我知道这看起来很糟，"她说。"其实这不糟，宝贝。这只是出于小心而已。"

她的话很怪，但她只是坐在桌子边上，她的手搁在我的手上，像以往一样温柔。

"什么看起来很糟呀？"

"那个伤口，"她说，目光朝着我弟弟那里。

"那个断裂的掌骨？"

"当然，"她说。这是她第二次几乎笑出来。

她有了操蛋的精神权利。上帝拯救我们。我在房间里走到对面，打开她放着跑步用的家什的箱子，要是你想知道真相的话，那就是她做夜盗贼时用的工具。里面什么也没留下，只有一双臭烘烘的运动鞋和一条宽松运动短裤。

"你的绳子在哪里？"

我指望她怎样回答我呢？哦，我用绳子爬进了我那神经病丈夫的房间。我杀死他后把那东西扔了。然后我回到家，舒舒服服地上了床。其实她说的是："上帝存在于细节之中。"①随后郑重其事地把手伸向我。"现在不会有什么糟糕的事情发生了，宝贝。我可以保证我们的秘密是安全的。"

"看在上帝的分上，"我朝我正在吃东西的弟弟点点头，"他睡得很香。他在这里。"

"从取证的角度来看，这是一种欺骗。不管怎么说，没人愿意惹那个麻烦，"她说。"我当然不会。"

我带着喘气声有气无力地笑了一声，对她的话表示不信。

"宝贝，我从来不需要用任何东西。看你的样子好像我打算使用什么东西似的。我才不呢。"

"你以为我对这件事会有什么感觉呢？"

"也许我们都可以去法国南部。开开心心地生活在一

---

① 西谚，意为"细节决定成败"。

起。休会喜欢的。你知道他会的。"

休坐在那里啧啧有声地吃着点心。谁知道他听到了什么
或想些什么呢?

玛琳绕过桌子,站在我面前,尽管穿着高跟鞋,比我还
是矮了整整九英寸。"澳大利亚依然 OK。我不必去法国。"
我感觉到她温柔的手搁在我的胳膊上,我低头看着她的眼
睛,在她瞳仁四周虹膜的闪烁中,看到了大洋底下的岩石,
云雾般的薄翳,一扇通往完全陌生之地的门。

于是,我最终害怕了。

"不?"她问道。

我甚至连动都不能动。

"布彻,我爱你。"

我打了个哆嗦。

她摇摇头,豆大的泪珠夺眶而出。

"不管你怎么想,我都会证明那不是真的。"

"不。"

"你是个伟大的画家。"

"我要杀了你。"

她退缩了一下,但随后摸摸我冻僵的面颊。"我会照料
你的,"她说。"我会把早餐端到你的床上。我会把你的画放
在世界上任何一个你喜欢的地方。当你老了病了的时候,我
会照顾你。"

"你吹牛。"

"这不是吹牛，宝贝。"然后玛琳·莱博维茨踮起脚尖，吻了我的嘴唇。

"这只是技术问题，"她说。她等了一会儿，似乎我会奇迹般地改变主意，然后，她叹了口气，把验尸报告放进了钱包。

"你再也找不到第二个像我这样的人了，"她说。

她又一次等待我的反应，而休则死死地盯着他的杯子。

"不？"她问道。

"不，"我说。

她没再说一句话，走出门去。谁知道她去了哪里呢？第二天早晨休和我飞离了肯尼迪国际机场。

"玛琳会来吗？"他问道。

"不会，"我说。

55

飞行员说，女士们先生们，男孩们女孩们——这是我们父亲的声音，一个**人物**——他说现在正一路向悉尼滑降。我问我哥哥现在他的画会有什么样的命运，他说画永远失去了，成了一个日本人的财产，他希望那个畜生早死。当我们在空中时，他喝了很多小瓶的红酒，要不是那个**脂粉气的家**

伙不再吸引他的目光，他还不会停下。

在地球上空跳跃，夜非常漫长。

随之而来的是**残缺不全的**悉尼的各个不同的地址——坦佩，马里克维勒，圣彼得。布彻失望之极，他的毕生之作被**原告和日本人**偷走了。

我见到过在这里的太阳底下做过的所有事情；它们都是空洞的，都在追风。他从来不知道他在画什么。

他花了一两个月的时间**作画**，但随后他在悉尼电台 2UE 听到原告和让-保罗把他们所有的迈克尔·博恩的作品都卖给了那个日本人。我哥哥曾经是国王，但他现在是头猪，被取出了内脏。把这个畜生翻过身去，把他的肠子抽出来。千万小心，别把肚子或肠子弄破。当你把肚子和肠子尽可能多地拉出来后，你会发现它们就吊在肝的下面。愿他安息。他把十五码上好的画布扔在了坦佩垃圾场。

曾经著名的迈克尔·博恩随后建立了一个草坪修剪公司。我从来没有比干这个活儿更开心的了，但我哥哥是他父亲的儿子，总有发不完的火，不是帕拉马塔路上交通阻塞，耗费了二冲程的燃油，就是草坪太潮湿，无法给予妥当照料。**聪明之人烦恼多，一个人知道得越多，要忍受的也就越多。**

他光着脚丫子在屋子四周走来走去，扰乱了我的睡眠，他的脑子一团糨糊，心在无休止地工作，肾脏四周堆积着脂肪。我没有忘记，我自己的幸福是以他的可怕支出做代价的。**但是……现在轮到我了**。我希望我是一个好一点的人。我喜欢割草，春天的叶片，香味，在雾蒙蒙的光线中飞舞的小虫，黑脉金斑蝶，还有其他一些我叫不出名字来的东西。

我们过了五个夏天的正常生活。

后来接到了来自德国的**我们的宿敌们**的信，一切就都变了。我们打得他们落花流水，但写信向布彻通报**近况**时，这点却没有提到。信是从路德维希博物馆来的，哈哈，不需要电池。他们邀请我哥哥去看他挂在他们**非常重要的博物馆**里的画，他不止一次跟我说过。同时他害怕这是个非常**残酷的阴谋**。

现在他成了个胖老头儿，他的脑袋被夏日的太阳晒得很厉害，嘴巴往下耷拉，双手总是插在口袋里，寻找永远也没有的零钱。但这天晚上他打开来自路德维希博物馆的信，要是他在**电话里**跟他们说话，**操蛋的那可费钱啦**。就这样，在坦佩我们舒适的公寓厨房里，我们正式得到确认，他被从**历史的垃圾堆**里拯救了出来。日本人把他的两幅画捐给了路德维希博物馆，这两幅画——最后一次是在纽约的默瑟街，NY 10013 露面——现在被置于了**显赫的地位**。哦天哪。

一分钟内我们破了产——没有钱买任何东西，只能买些羊颈背肉——但现在我们出得起飞往德国的机票了，不仅是我们两个，还有小比利·博内斯，一个高大英俊的小伙子，一点不像他父亲。这钱是从哪里来的呢？别管闲事。

我哥哥就此得救了。你还可以说他是**恢复元气**了。我们径直从科隆火车站出发，发现了他的两幅最好的画面对面挂在路德维希博物馆它们各自的地下室里。

《我，发言人》，迈克尔·博恩（澳大利亚），生于1943，第一公司的礼物

《如果你曾看见一个人死去》，迈克尔·博恩（澳大利亚），生于1943，第一公司的礼物

我在**草坪修整**方面更在行，可我不明白为什么这种天上掉馅饼的好事如今会在别的地方重复出现，上帝保佑，伦敦，纽约，堪培拉，可怜的妈妈，在她的视野之外，她私底下的祷告被公开展示，一个让世人看见的卓越的神迹。损坏严重的割草机面对着他的作品，他两眼圆睁，笑容颤动。

"耶稣基督，"当他念着那块匾，看见玛琳的**犯罪合伙人**的名字也在上面时，不由得叫道。

你弄不懂的，他对我说。

但是老慢博内斯知道得非常清楚。这是来自玛琳的一封情书。这就是他威胁说要让她暴死的那天，她所向他承诺的。

有一个**博士馆长**来看我们，当布彻找到一块手帕来擦鼻子时，这个家伙彬彬有礼地问道，我们想不想去看看莱博维茨的画。

布彻的回答实在非常粗鲁。不。

好吧，博士说，我还以为你们之间的私人关系会让你们对他的画有兴趣呢。我们从莫里先生——就是你们的那个大收藏家——手里新买了一幅莱博维茨的画。

哦，我哥哥说。哦，我明白。

他站在那里，愣愣地看着博士馆长，好像有人在他后面悄悄走来，用一根扫帚柄打在了他的屁股上。

前面带路，麦克博士，他说。

于是我们在画廊里兜了一圈，我们都是大个子，大脚，皮鞋嘎吱嘎吱地踩在路德维希博物馆的地板上，一直来到一幅机械的查理·卓别林的画前，这幅画的法文是 *LE CHAPLIN MÉCANIQUE*。我怕自己会把画碰下来，所以始终保持着一段距离，但布彻却把他那太阳晒黑的鼻子紧贴在画上。

他问这是什么时候从莫里手里买来的。

不，博士馆长说。不是那幅。这幅。这是我们新买的。

在我们身后，天哪，有一件可怕的东西，就是我哥哥放在索霍的房顶上的。从那以后它就变成了《带电的怪人》。我紧闭着嘴巴，但你应该看得见我哥哥的脸，像墨尔本的天气，下雨，出太阳，下冰雹，微笑，皱眉，绷着脸，擦鼻子，天哪，接下来会发生什么呢？

多少钱？

那个博士／馆长说三点二。

德国马克？

美元。

这幅画的前面有一张木头长椅，我哥哥现在坐了下来。他很镇静。随后他终于从发亮的鼻子里笑了一声。他轮流打量着我们，他要选择一下，看看他接下来要说的话对谁说比较合适。我们都不合适。他并不特别针对某个人说道：这是莱博维茨画得最好的画。

然后他朝酒吧走去，一个高大肥胖的家伙，一只短胳膊插在口袋里，另一只手擦着被太阳晒得黝黑的长着雀斑的脑袋。

56

我希望有人喜欢，有人慈爱地记得我，我会像个白痴似的赤身裸体地站在你的面前，但此外我还做过什么呢？

现代艺术博物馆，路德维希博物馆，泰特陈列馆——我无法列出莫里向其捐赠我的作品的所有博物馆名单，也无法想象这些礼物会牵连上什么肮脏的交易。只要知道我很快就像凤凰涅槃似的从我布彻的生命的灰烬中重新崛起就足够了。

我的救星？一个杀人凶手。其实比那还要糟，因为即使我一度离开了她，我依然是个博内斯，所有的黑和白，那天早晨在纽约都那么清晰，注定要被一层一层地涂湿，慢慢收干，难以确认，像一股在美丽和恐怖之间摇摆的潮流。它在我的皮肤里肿胀，充斥着我的嘴巴。

在那些受污染的夏日的市郊，当休和我被锁在我们脏兮兮的维克挞割草机后面时，我依然是——尽管有那么些死亡和欺骗——这个纷乱的往昔的囚徒。我一边修整着班克斯敦像花一样操蛋的边缘，一边重温着秋天前的那些日子，当时我的宝贝和我一起看着日光，喝着加冰块的拉格瓦林，手挽手走在现代艺术博物馆里，那些个晚上，她总是把她可爱的脑袋枕在我的脖子上，我呼吸着她额头四周充斥着茉莉香味的空气。

一个比我好的人也许会吓得逃走，但我爱她，而且不会停止。我曾明白无误地说过。她走了，没有走，在外面的什么地方，通过索斯比和芝加哥艺术学院给我送信。她是在作弄我还是在思念我？我怎么会知道呢？如果你不知道某件东西的价值，你怎么知道该付多少钱呢？

图书在版编目(CIP)数据

偷香窃爱：一个爱情故事 /（澳）彼得·凯里
(Peter Carey) 著；张建平译.—上海：上海译文出
版社,2017.3
书名原文：Theft：A Love Story
ISBN 978-7-5327-7384-8

Ⅰ.①偷… Ⅱ.①彼…②张… Ⅲ.①长篇小说—澳
大利亚—现代 Ⅳ.①I611.45

中国版本图书馆 CIP 数据核字（2016）第 231186 号

图字：09-2013-357 号

偷香窃爱：一个爱情故事

〔澳〕彼得·凯里/著　张建平 译
责任编辑/宋　玲　装帧设计/张志全工作室

上海世纪出版股份有限公司
译文出版社出版
网址：www.yiwen.com.cn
上海世纪出版股份有限公司发行中心发行
200001　上海福建中路 193 号　www.ewen.co
浙江新华数码印务有限公司印刷

开本787×1092　1/32　印张 11　插页 5　字数 167,000
2017 年 3 月第 1 版　2017 年 3 月第 1 次印刷
印数：0,001—5,000 册

ISBN 978-7-5327-7384-8/I·4501
定价：55.00 元